KB116590

신곡
|지옥|

신곡

|지옥|

La divina commedia: Inferno

단테 알리기에리 장편서사시   김운찬 옮김

LA DIVINA COMMEDIA : INFERNO
by DANTE ALIGHIERI (1321)

일러두기

1. 각 곡 앞의 짤막한 해설은 독자의 이해를 돕기 위해 옮긴이가 붙인 것이다.

2. 『신곡』은 「지옥」 「연옥」 「천국」의 세 부분으로 이루어진 노래로, 각 노래는 세 개 행이 한 단락을 이루는 〈3행 연구(聯句)〉로 구성되었다. 열린책들의 『신곡』에 는 3행마다 행수를 번호로 표기했다.

3. 인명과 지명 등 고유명사는 해당하는 나라 언어의 발음을 따르는 것을 원칙으 로 하되, 이탈리아와 밀접하게 관련된 경우에는 이탈리아 발음을 따르고 각주로 풀이했다.

4. 고전 신화의 고유명사는 라틴어 이름을 기준으로 하였지만, 발음의 차이가 거 의 없거나 군소 인물의 경우 그리스어 이름을 따랐다.

5. 『성경』에 나오는 고유명사 표기나 번역은 〈한국 천주교 주교 회의〉의 새 번역 『성경』(2005)을 기준으로 하였으며, 교황이나 성인의 이름은 학계의 라틴어 표기 방식을 따르되 일부는 관용을 따랐다.

신곡 |지옥|

7

제1곡

1300년 봄 서른다섯 살의 단테는 어두운 숲속에서 길을 잃고 헤매다가 햇살이 비치는 언덕으로 올라가려 하는데, 표범, 사자, 암늑대가 길을 가로막는다. 그때 베르길리우스가 나타나 언덕 위로 올라가기 위해서는 다른 길, 즉 저승 세계를 거쳐 가야 한다고 말한다. 그리하여 단테는 베르길리우스의 안내를 받아 저승 여행길을 떠난다.

우리 인생길의 한중간에서[1]
나는 어두운 숲속에 있었으니
올바른 길을 잃어버렸기 때문이다.   3

아, 얼마나 거칠고 황량하고 험한
숲이었는지 말하기 힘든 일이니,
생각만 해도 두려움이 되살아난다!   6

죽음 못지않게 쓰라린 일이지만,
거기에서 찾은 선을 이야기하기 위해
내가 거기서 본 다른 것들을 말하련다.   9

---

1 단테는 인생을 70세로 보았다는 것이 일반적인 해석이다. 그렇다면 단테는 1265년에 태어났으므로 인생의 한중간인 서른다섯 살이 되던 해는 1300년인데, 그해는 교황 보니파키우스Bonifacius 8세(재위 1294~1303)가 처음으로 제정한 최초의 희년(禧年)이기도 하다.

올바른 길을 잃어버렸을 때 나는
무척이나 잠에 취해 있어서, 어떻게
거기 들어갔는지 자세히 말할 수 없다.   12

하지만 떨리는 내 가슴을 두렵게
만들었던 그 계곡[2]이 끝나는 곳,
언덕 발치에 이르렀을 때, 나는   15

위를 바라보았고, 사람들을 각자의
올바른 길로 인도하는 행성[3]의 빛살에
둘러싸인 언덕의 등성이가 보였다.[4]   18

그러자 그 무척이나 고통스럽던 밤
내 가슴의 호수에 지속되고 있던
두려움이 약간은 가라앉았다.   21

마치 바다에 빠질 뻔하였다가 간신히
숨을 헐떡이며 해변에 도달한 사람이
위험한 바닷물을 뚫어지게 뒤돌아보듯,   24

2 어두운 숲.
3 태양을 가리킨다. 당시에는 태양도 행성들 중 하나로 간주되었다.
4 어두운 숲은 인간의 죄악과 타락을 상징하고, 햇살이 비치는 언덕은 하
느님의 구원과 은총을 상징하는 것으로 해석된다.

아직도 달아나고 있던 내 영혼은
살아 나간 사람이 아무도 없는
그 길을 뒤돌아서서 바라보았다.   27

잠시 지친 몸을 쉰 다음 나는
황량한 언덕 기슭을 다시 걸었으니
언제나 아래의 다리에 힘이 들었다.[5]   30

그런데 가파른 길이 시작될 무렵
매우 가볍고 날쌘 표범[6] 한 마리가
얼룩 가죽으로 뒤덮인 채 나타나   33

내 앞에서 떠나지 않았고 오히려
내 길을 완전히 가로막았으니, 나는
몇 차례나 되돌아가려고 돌아섰다.   36

5   논란의 여지가 있는 구절로 원문에는 *sì che 'l piè fermo sempre era 'l più basso*로 되어 있다. 오르막길을 올라가는 사람의 경우 상대적으로 〈아래에 있는*'l più basso*〉 다리가 〈확고한*fermo*〉 버팀대 역할을 하기 때문에 이렇게 표현한 것으로 해석된다.

6   원문에는 *lonza*로 되어 있고 아마 〈스라소니〉를 가리키는 것으로 해석되지만 얼룩 가죽을 강조하기 위해 〈표범〉으로 옮겼다. 여기에서는 〈음란함〉을 상징하며, 뒤이어 나오는 사자는 〈오만함〉, 암늑대는 〈탐욕〉을 상징하는 것으로 해석된다. 이 세 마리 짐승은 사람들을 죄의 길로 유혹하는 세 가지 주요 원인이다.

때는 마침 아침이 시작될 무렵이었고,
성스러운 사랑이 아름다운 별들을
맨 처음 움직였을 때,[7] 함께 있었던   39

별들[8]과 함께 태양이 솟아오르고 있었다.
그래서 달콤한 계절[9]과 시간[10]에 힘입어
나는 저 날렵한 가죽의 맹수에게서   42

벗어날 희망을 갖기도 하였다. 그런데
내 앞에 사자 한 마리가 나타나는 것을
보고 나의 두려움은 사라지지 않았다.   45

사자는 무척 굶주린 듯이 머리를
쳐들고 나를 향하여 다가왔으니,
마치 대기가 떨리는 듯하였다.   48

7 하느님에 의한 천지창조가 이루어진 것은 3월 25일, 즉 춘분 무렵이라고 믿었다.

8 양자리의 별들을 가리킨다. 천지창조가 춘분 무렵에 이루어졌다면, 태양은 최초로 회전할 때 양자리와 함께 떠올랐다고 한다.

9 봄을 가리킨다. 단테의 저승 여행은 1300년 부활절 직전의 성 금요일(4월 8일)에 시작되고(하지만 〈어두운 숲속〉에서 헤매던 밤, 즉 성 목요일까지 계산하면 4월 7일부터 시작된다), 부활절 다음 목요일까지 일주일 동안 이루어진다.

10 해가 떠오를 무렵으로 대략 오전 6시 정도이다.

그리고 암늑대 한 마리, 수많은
사람을 고통 속에 몰아넣은 암늑대가
엄청난 탐욕으로 비쩍 마른 몰골로   51

내 앞에 나타나는 모습을 보고, 나는
얼마나 두려움에 사로잡혔는지
언덕 꼭대기를 향한 희망을 잃었다.   54

마치 탐욕스럽게 재물을 모으던 자들이
그것을 잃어버릴 때가 다가오자
온통 그 생각에 울고 슬퍼하듯이,   57

그 짐승도 안절부절 나에게 그러하였다.
나를 향해 마주 오면서 조금씩 나를
태양이 침묵하는 곳으로[11] 밀어냈다.   60

내가 낮은 곳으로 곤두박질하는 동안,
내 눈앞에 한 사람[12]이 나타났는데
오랜 침묵으로 인해[13] 희미해 보였다.   63

11 어두운 숲의 계곡 쪽으로.
12 뒤에서 밝혀지듯 로마의 위대한 시인 베르길리우스Publius Vergilius
Maro(B.C. 70~B.C. 19)의 영혼으로, 그는 단테를 죽은 자들의 세계로 안내하
게 된다. 로마의 건국 신화가 담긴 위대한 서사시 『아이네이스Aeneis』를 남긴
그를 단테는 정신적 스승으로 섬겼다.

무척이나 황량한 곳에서 그를 본 나는
외쳤다. 「그대 그림자[14]이든, 진짜
사람이든, 여하간 나를 좀 도와주시오!」   66

그는 대답했다. 「전에는 사람이었으나,
지금은 아니다. 내 부모는 롬바르디아
사람들로 모두 만토바[15]가 고향이었다.   69

나는 말년의 율리우스[16] 치하에서 태어나
그릇되고 거짓된 신들의 시대에 훌륭한
아우구스투스[17] 치하의 로마에서 살았다.   72

나는 시인이었고, 오만스러운 일리온[18]이

---

13   오래전에 죽었기 때문이다. 베르길리우스가 사망한 지 거의 1천3백 년
이 지났다.

14   죽은 영혼이라는 뜻이다.

15   Mantova. 이탈리아 북부 롬바르디아 지방의 도시로 베르길리우스의
고향이다. 「지옥」 20곡 52~99행에서 베르길리우스는 자기 고향 만토바의 연
원에 대한 전설을 들려준다.

16   공화정 말기 로마의 탁월한 장군이자 정치가로 로마 제국의 기틀을 세
운 율리우스 카이사르Gaius Julius Caesar(B.C. 102~B.C. 44)를 가리킨다.

17   Augustus. 〈존엄한 사람〉이라는 뜻으로, 카이사르가 암살된 뒤 로마
최초의 황제가 된 옥타비아누스Gaius Octavianus(B.C. 63~A.D. 14)에게 부
여된 칭호이다.

18   트로이아의 다른 이름으로 트로이아의 왕이었던 일로스의 이름에서
유래하였다. 트로이아의 파멸은 종종 오만함에 대한 형벌의 예로 제시되었다.

불탄 뒤 트로이아에서 돌아온 안키세스[19]의

그 정의로운 아들을 노래하였노라.   75

그런데 너는 왜 수많은 고통으로 돌아가는가?

무엇 때문에 모든 기쁨의 원천이요

시작인 저 환희의 산에 오르지 않는가?」   78

「그러면 당신은 베르길리우스, 그 넓은

언어의 강물을 흘려보낸 샘물이십니까?」

나는 겸손한 얼굴로 대답하였다.   81

「오, 다른 시인들의 영광이자 등불이시여,

높은 학식과 커다란 사랑은 유익했으니

나는 당신의 책을 열심히 읽었지요.   84

당신은 나의 스승이요 나의 저자[20]이시니,

나에게 영광을 안겨 준 아름다운 문체[21]는

---

19   트로이아를 세운 다르다노스의 후손으로 베누스(그리스 신화의 아프로디테)의 사랑을 받았고 그 결과 베누스가 아이네아스Aeneas(그리스어 이름은 아이네이아스)를 낳았다. 아이네아스는 『아이네이스』의 주인공으로 로마 건국의 시조로 간주된다.

20   나에게는 가장 권위 있는 탁월한 저자라는 뜻이다.

21   소위 〈달콤한 새로운 문체dolce stil novo〉(「연옥」 24곡 56행)를 가리킨다. 〈청신체(淸新體)〉로 번역되기도 하는 〈달콤한 새로운 문체〉는 13세기 토스카나 지방 시인들이 즐겨 사용하였으며, 단테 역시 그 대표적 시인이었다.

오로지 당신에게서 따온 것입니다.   87

나를 돌이키게 한 저 맹수를 보십시오,
이름 높은 현인이시여, 내 혈관과 맥박을
떨리게 하는 저놈에게서 나를 구해 주십시오.」   90

내 눈물을 보고 그분이 대답하셨다.
「이 어두운 곳에서 살아남고 싶다면,
너는 다른 길로 가야 할 것이다.[22]   93

네가 보고 비명을 지르는 이 짐승은
누구도 자기 길로 살려 보내지 않고
오히려 가로막으며 죽이기도 한다.   96

그놈은 천성이 사악하고 음험해서
탐욕스러운 욕심은 끝이 없고,
먹은 후에도 더욱더 배고픔을 느낀다.   99

많은 동물들이 그놈과 짝을 지었고,[23]
사냥개[24]가 와서 그놈을 고통스럽게

22 말하자면 저승을 거쳐 가야 한다는 것이다.
23 수많은 사람들이 탐욕에 눈이 멀어 죄를 지었다는 뜻이다.
24 세상의 악을 없애고 인류를 구원해 줄 이 사냥개가 구체적으로 무엇을
가리키는지 정확히 알 수는 없다.

죽일 때까지 더 많은 동물이 그리리라.   102

이 사냥개는 흙이나 쇠[25]를 먹지 않고,
지혜와 사랑과 덕성을 먹고 살 것이며,
그의 고향은 비천한 곳[26]이 되리라.   105

또 처녀 카밀라, 투르누스, 에우리알루스,
상처 입은 니수스[27]의 희생으로 세워진
저 불쌍한 이탈리아의 구원이 되리라.   108

이 사냥개는 사방에서 암늑대를 사냥하여,
질투가 맨 처음 그놈을 내보냈던
지옥으로 다시 몰아넣을 것이다.   111

---

25 영토와 부(富)를 상징한다.

26 학자들 사이에 논란이 많은 부분으로 원문에는 *tra feltro e feltro*로 되어 있다. 이 *feltro*에 대한 해석에 따라 일부 학자는 〈하늘과 하늘 사이〉로 보기도 하고, 또 일부는 베네토 지방의 펠트레Feltre와 로마냐 지방의 몬테펠트로Montefeltro 사이로 보기도 한다. 하지만 보카치오를 비롯한 여러 학자들은 아주 값싼 천으로 해석한다. 따라서 상징적인 의미에서 〈비천한 곳〉으로 옮겼다.

27 이들은 모두 『아이네이스』에 나오는 인물들로, 아이네아스가 이탈리아반도에 도착하여 벌인 전쟁에서 희생당함으로써 장차 세워질 로마의 밑거름이 되었다. 카밀라Camilla는 이탈리아 볼스키족 왕의 딸이자 뛰어난 여전사였고, 투르누스Turnus는 루툴리족의 왕이었는데 둘 다 아이네아스 휘하의 트로이아인들과 싸우다가 전사하였다. 에우리알루스Euryalus와 니수스Nisus는 절친한 친구 사이로 트로이아가 함락된 뒤 아이네아스와 함께 이탈리아에 도착하였으나 전투 중에 함께 죽었다.

그래서 내가 너를 위해 생각하고 판단하니,
나를 따르도록 하라. 내가 안내자가 되어
너를 이곳에서 영원한 곳으로 안내하겠다.　　　　114

그곳에서 너는 절망적인 절규를
들을 것이며, 두 번째 죽음을 애원하는
고통스러운 옛 영혼들[28]을 볼 것이다.　　　　117

그리고 축복받은 사람들[29]에게
갈 때를 희망하기에 불 속에서도
행복해하는 사람들[30]을 볼 것이다.　　　　120

네가 그 축복받은 사람들에게 오르고
싶다면, 나보다 가치 있는 영혼[31]에게
너를 맡기고, 나는 떠날 것이다.　　　　123

그곳을 다스리는 황제[32]께서는 내가

28　지옥에서 형벌을 받는 영혼들이다. 그들의 형벌은 영원히 지속되기 때문에 차라리 영혼마저 소멸하는 〈두 번째 죽음〉을 원한다.
29　천국의 영혼들.
30　연옥의 영혼들. 그들은 죄의 대가로 일정한 기간 동안 형벌을 받은 다음에는 깨끗해진 영혼으로 천국에 오를 수 있다
31　베아트리체. 그녀는 연옥의 산꼭대기에 있는 지상 천국에서 단테를 맞이하여 천국으로 안내한다. 베르길리우스는 지옥의 림보(「지옥」 4곡 참조)에 있기 때문에 천국에 들어갈 수 없다.

당신의 법률을 어겼기에, 그 도시에
들어가는 것을 원하시지 않기 때문이다.   126

모든 곳을 지배하고 다스리는 곳[33]에
그분의 도시와 높은 왕좌가 있으니,
오, 그곳에 선택된 자들은 행복하도다!」   129

나는 말했다. 「시인이여, 당신이 몰랐던
하느님의 이름으로 간청하오니,
나를 이 사악한 곳에서 구해 주시고,   132

방금 말하신 곳으로 안내하시어
성 베드로의 문[34]과 당신이 말한
그 슬픈 자들을 보게 해주십시오.」   135

그분은 움직였고 나는 뒤를 따랐다.

32 하느님.
33 천국.
34 대부분 연옥의 문, 말하자면 〈베드로의 대리자〉(「연옥」 9곡 127행 및
21곡 54행)인 천사가 지키고 있는 연옥의 문으로 이해한다. 하지만 여기에서
단테는 천국의 문을 암시한다.

제2곡

단테는 자신이 살아 있는 몸으로 저승을 여행할 자격이 있는지 의혹에 빠져 망설인다. 그러자 베르길리우스는 단테를 도와주기 위해 자신이 림보에서 오게 된 이유를 자세히 설명한다. 단테는 천국에서 베아트리체가 자신을 보살피고 있다는 것을 깨닫고 스승을 따라 저승 여행을 시작한다.

날은 저물어 가고, 희미한 대기 속에
지상의 생명체들은 하루의 노고를
벗어던지고 있는데, 나는 혼자서   3

그 힘겹고 고통스러운 전쟁을
치르기 위해[1] 준비하고 있었으니,
실수 없는 기억력이 기록하리라.   6

오, 무사 여신들[2]이여, 지고의 지성이여,
나를 도와주오. 내가 본 것을 기록한 기억이여,
여기에 그대의 고귀함을 보이소서.   9

1 힘겨운 저승 여행길을 가기 위해.
2 유피테르(그리스 신화에서는 제우스)와 기억의 여신 므네모시네 사이에서 탄생한 아홉 자매로, 서사시를 비롯하여 다양한 예술과 역사, 천문학 등의 학문을 수호하는 여신들이다. 단테는 고전 서사시의 전통에 따라 첫머리에서 무사 여신에게 자신의 시를 보살펴 달라고 기원한다.

나는 말했다. 「저를 인도하는 시인이시여,

그 고귀한 여행을 저에게 맡기기 전에

저의 덕성이 충분한지 살펴보십시오.   12

당신은 말하셨지요, 실비우스의 아버지[3]는

살아 있는 몸으로 불멸의 왕국에 갔으며

생생한 육신으로 그렇게 했다고 말입니다.   15

그러나 모든 악의 반대자[4]께서

그에게 친절을 베푸신 것은, 그에게서

높은 뜻이 나오리라 생각하셨기 때문이니,   18

지성 있는 사람에게는 정당해 보입니다.

그는 엠피레오[5] 하늘에서 위대한 로마와

그 제국의 아버지로 선택되었으니까요.   21

3 아이네아스(1곡 73~75행 참조)를 가리킨다. 이탈리아에 도착한 아이네아스는 라티누스 왕의 딸 라비니아와 결혼하였고, 둘 사이 태어난 아들이 실비우스Silvius이다. 아이네아스는 이탈리아반도로 가던 도중 살아 있는 몸으로 저승 세계를 여행하였다.(『아이네이스』 6권 참조)

4 하느님.

5 Empireo. 당시의 우주관에 의하면 아홉 개의 하늘 너머에 있는 열 번째 하늘이자 하느님이 있는 최고의 하늘이다. 라틴어 엠피리우스empyrius에서 나온 말로 〈불의 하늘〉, 즉 불처럼 눈부시고 순수하며 가장 높은 하늘을 가리킨다.

사실대로 말하자면, 로마와 제국은
위대한 베드로의 후계자[6]가 앉아 있는
그 성스러운 곳에 세워졌습니다.   24

당신이 찬양했던 곳으로 가는 동안
그는 자신의 승리와 교황의 복장이
무엇을 가져올 것인가 깨달았습니다.[7]   27

그리고 선택받은 그릇[8]이 그곳에
간 것은, 구원의 길을 열어 주는
믿음에 확신을 얻기 위해서였지요.   30

하지만 저는 왜 갑니까? 누가 허락합니까?
저는 아이네아스도, 바오로도 아니고,
그럴 만한 가치가 없다고 생각합니다.   33

6   베드로는 로마의 초대 교황이었고, 따라서 그의 후계자는 교황을 가리
킨다.

7   아이네아스는 저승에서 아버지 안키세스의 영혼을 만나 자신의 미래에
대한 이야기를 듣고 그에 따라 로마 건국의 기틀을 세웠으며, 그곳은 나중에
교황청이 자리 잡는 곳이 되었다.

8   뒤이어 언급되는 사도 바오로. 그도 살아 있는 몸으로 저승을 다녀온 것
으로 믿었다. 「코린토 신자들에게 보내는 둘째 서간」 12장 2절에서 바오로는
〈셋째 하늘까지 들어 올려진 일〉에 대해 증언하고 있으며, 오래된 전설에 의하
면 지옥에까지 내려갔다고 한다.

그러니 비록 그곳에 간다고 하더라도
잘못된 여행이 아닌지 두렵습니다.
현인이시여, 저보다 잘 이해하소서.」   36

그러고는 마치 원하던 것을 원치 않고,
새로운 생각에 뜻을 바꾸어
처음과는 완전히 달라지는 사람처럼,   39

그 어두운 숲에서 내가 그랬으니,
곰곰이 생각하며, 처음에는 그토록
서두르던 일을 망설이고 있었다.   42

「내가 너의 말을 잘 알아들었다면,」
마음씨 너그러운 그림자가 대답하셨다.
「네 영혼은 소심함에 사로잡혀 있구나.   45

그 소심함은 종종 인간들을 가로막으니
짐승들이 헛그림자를 보고 그러듯이
명예로운 일을 돌이키기도 한단다.   48

그러한 두려움에서 네가 빠져나오도록,
내가 왜 왔는지, 너의 불쌍한 처지를 듣고
처음에 느꼈던 바를 너에게 말해 주겠노라.   51

나는 허공에 매달린 사람들 사이[9]에
있었는데, 아름답고 축복받은 여인[10]이
나를 불렀고 나는 그분의 명령을 기다렸지.   54

그녀의 눈은 별보다 아름답게 빛났고,
천사와 같은 목소리로 부드럽고
잔잔하게 나에게 이렇게 말했다.   57

〈오, 친절한 만토바의 영혼이여,
그대의 명성은 아직도 세상에 남아
세상이 지속될 때까지 이어질 것입니다.   60

행운이 따르지 않는 내 친구[11]가
거친 산기슭에서 길이 가로막혀
두려워서 되돌아가려 하고 있습니다.   63

내가 하늘에서 들은 바에 의하면,
그는 이미 완전히 길을 잃어버려서
내 도움이 너무 늦지 않았을까 두렵군요.   66

9 지옥의 가장자리에 있는 림보(「지옥」4곡 45행 참조)의 영혼들이다.
10 베아트리체.
11 단테.

이제 그대는 움직이시어, 그대의
훌륭한 말과 구원에 필요한 수단으로
그를 도와주어 나에게 위안을 주십시오.   69

그대를 보내는 나는 베아트리체,
다시 돌아가고 싶은 곳[12]에서 왔으니,
사랑이 나를 움직여 이렇게 말합니다.   72

내가 나의 주님 앞에 가게 될 때,
그대에 대한 칭찬을 자주 하리다.〉
그러고는 침묵했고, 내가 말했지.   75

〈오, 덕성의 여인이여, 그대를 통해서만
인류는 가장 작은 하늘[13] 아래의
모든 것을 초월할 수 있습니다.   78

그대의 명령은 저를 기쁘게 하니
이미 복종했어도 늦은 것 같습니다.
그대 마음을 더 열어 보일 필요 없습니다.   81

12 하늘 또는 천국을 가리킨다. 고대부터 영혼의 원래 고향은 하늘이라고
믿었다.
13 달의 하늘이다. 당시 가톨릭교회의 우주관에 의하면 지구를 아홉 개의
하늘이 겹겹이 둘러싸고 서로 다른 속도로 돌고 있는데, 그중에서 가장 작고
지구에 가장 가까운 첫째 하늘이 달의 하늘이다.

하지만 그대가 돌아가고자 열망하는
그 넓은 곳에서 왜 이곳 중심부로
내려왔는지 이유를 말씀해 주십시오.〉   84

여인은 대답했다.〈그대가 그토록 깊이
알고 싶다면, 이곳에 들어오는 것을 내가
왜 두려워하지 않았는지 간단히 말하리다.   87

두려움이란 단지 남에게 나쁜 일을
할 수 있는 것들에서 나오는 것이며,
그렇지 않은 것들은 두렵지 않아요.   90

나는 하느님의 자비로 태어났으니,
그대들의 불행은 나를 건드리지 못하고
이 불타는 불꽃도 나를 휩싸지 못합니다.   93

저 위 하늘의 친절하신 여인[14]께서는
그대가 넘어야 할 장애물[15]에 대해
동정하여 엄격한 율법을 깨뜨리셨답니다.   96

---

14 대개 동정녀 마리아를 가리키는 것으로 이해되지만, 때로는 비유적으로 그녀에게서 나오는 은총으로 해석되기도 한다. 함께 등장하는 루치아, 베아트리체에 대해서도 마찬가지로 비유적 해석이 가능하다.
15 단테를 가로막고 있는 악의 세력들을 암시한다.

그분은 루치아[16]를 불러 말하셨지요.

《지금 그대를 따르는 자가 그대를

필요로 하니, 그대에게 그를 맡기노라.》   99

모든 잔인함의 반대자인 루치아는

곧바로 움직여, 내가 옛날의 라헬[17]과

함께 있던 장소로 찾아와 말했지요.   102

《진정한 하느님의 칭찬인 베아트리체,

그대가 그토록 사랑하는 사람을 왜

천박한 무리에서 벗어나게 돕지 않는가?   105

그의 고통스러운 울음소리가 들리지 않는가?

바다보다 넓은 강물 속에서 그에게

닥쳐오는 죽음이 보이지 않는가?》   108

세상에서 이익을 챙기거나 위험을

피하는 데 아무리 재빠른 사람도,

---

16 국립국어원의 외래어 표기법에 따르자면 〈루차〉로 표기해야 하지만,
오래된 관용에 따라 〈루치아〉로 표기한다. 성녀 루치아Lucia는 238년 시칠리
아섬의 시라쿠사에서 태어났으며, 디오클레티아누스 황제의 박해 때 젊은 나
이로 순교하였다.

17 「창세기」에 나오는 야곱의 아내로, 중세에 그녀는 정숙하고 명상적인
삶의 전형적 상징이었다.

그 말을 듣고 내가 복된 자리에서   111

여기 오는 것보다 빠르지 않았으리니,
그대와 그대 말을 들은 자들을 명예롭게
해주는 그대의 진실한 말을 믿었기 때문이오.〉   114

나에게 이렇게 말한 다음 그녀는
눈물에 젖어 반짝이는 눈을 돌렸으니,
그 때문에 나는 최대한 빨리 떠나   117

그녀가 원하는 대로 너에게 왔고,
아름다운 언덕으로 가는 지름길을
빼앗은 맹수에게서 너를 구했노라.   120

그런데 왜? 무엇 때문에 멈추는가?
왜 가슴속에 그런 두려움을 갖는가?
왜 용기와 솔직함을 갖지 못하는가?   123

그렇게 축복받은 세 여인이
하늘의 궁전에서 너를 보살피고,
내 말이 너에게 약속하지 않았느냐?」   126

꽃들이 밤의 추위에 고개를 숙이고

움츠렸다가 태양이 환하게 비치자
모두 줄기에서 활짝 피어 일어서듯이,   129

그렇게 나는 지친 힘을 되살렸고,
내 가슴속에는 멋진 용기가 흘러
마치 해방된 사람처럼 말하였다.   132

「오, 자비로운 그녀가 나를 도왔군요!
그리고 당신은 친절하게도 그녀의
진정한 말을 곧바로 따르셨군요!   135

당신은 당신 말씀으로 가고 싶은
열망을 제 가슴에 심어 주셨으니
저는 처음의 뜻으로 돌아갔습니다.   138

이제 갑니다, 두 사람의 뜻은 하나이니,
당신은 지도자, 주인, 스승입니다.」
이렇게 말하자, 그분은 움직였고,   141

나는 험난하고 힘겨운 길로 들어섰다.

제3곡

단테는 지옥의 문 위에 적혀 있는 무서운 글귀를 본 다음 입구 지옥으로
들어간다. 입구 지옥에는 선이나 악에도 무관심하고 오직 자신만을 위해
살았던 나태한 자들이 왕벌과 파리, 벌레 들에게 고통을 당하고 있다. 그
리고 아케론강 가에는 뱃사공 카론이 죄지은 영혼들을 지옥으로 실어 나
르는데, 무서운 지진과 번개에 단테는 정신을 잃는다.

〈나를 거쳐 고통의 도시로 들어가고,

나를 거쳐 영원한 고통으로 들어가고,

나를 거쳐 길 잃은 무리 속에 들어가노라.   3

정의는 높으신 내 창조주를 움직였으니,

성스러운 힘과 최고의 지혜,

최초의 사랑이 나를 만드셨노라.   6

내 앞에 창조된 것은 영원한 것들뿐,

나는 영원히 지속되니, 여기 들어오는

너희들은 모든 희망을 버릴지어다.〉   9

어느 문의 꼭대기에 검은 빛깔로

이런 말이 쓰인 것을 보고 내가 말했다.

「스승님, 저 말뜻이 저에게는 무섭군요.」   12

그러자 그분은 눈치를 채고 말하셨다.
「여기서는 모든 의혹을 버려야 하고,
모든 소심함을 버려야 마땅하리라.   15

우리는 내가 말했던 곳으로 왔으니,
너는 지성의 진리를 상실한
고통스러운 사람들을 보게 되리라.」   18

그리고 그분은 평온한 표정으로
내 손을 잡으셨고, 위안을 얻은
나는 그 미지의 세계로 들어갔다.   21

그곳에선 탄식과 울음과 고통의 비명이
별빛 없는 대기 속으로 울려 퍼졌고,
그래서 처음에 나는 눈물을 흘렸다.   24

수많은 언어들과 무서운 말소리들,
고통의 소리들, 분노의 억양들, 크고
작은 목소리들, 손바닥 치는 소리들이   27

함께 어우러져 아수라장을 이루었고,
마치 회오리바람에 모래가 일듯이
영원히 검은 대기 속에 울려 퍼졌다.   30

나는 무서워서 머리를 움켜쥐고 말했다.
「스승님, 저 들려오는 소리는 무엇입니까?
고통에 사로잡힌 저 사람들은 누구입니까?」   33

스승님은 말하셨다. 「치욕도 없고 명예도 없이
살아온 사람들[1]의 괴로운 영혼들이
저렇게 처참한 상태에 있노라.   36

저기에는 하느님께 거역하지도 않고
충실하지도 않고, 자신만을 위해 살았던
그 사악한 천사들[2]의 무리도 섞여 있노라.   39

하늘은 아름다움을 지키려고 그들을 내쫓았고,
깊은 지옥도 그들을 받아들이지 않는데,
그들에게는 사악함의 명예도 없기 때문이다.」   42

그래서 나는 말했다. 「스승이시여, 얼마나 심한
고통이기에 이토록 크게 울부짖는가요?」
그분이 대답하셨다. 「간단히 말해 주겠다.   45

___

1   태만한 자들, 즉 죄를 짓지는 않았지만 게으름이나 비열함 때문에 선
을 행하지도 못한 영혼들이다.
2   지옥의 마왕 루키페르Lucifer(「지옥」 31곡 142행 참조)가 하느님에게
반역할 때 중립적 입장을 취했던 천사들이다.

저들에게는 죽음의 희망도 없고,

그들의 눈먼 삶은 지극히 낮아서

모든 다른 운명을 부러워한단다.   48

세상은 그들의 명성을 허용하지 않고,

자비와 정의는 그들을 경멸하니, 그들에

대해 생각하지 말고 그냥 보고 지나가자.」   51

주변을 둘러본 나는 깃발[3] 하나를

보았는데, 아주 빨리 돌며 지나가서

아무리 보아도 알아볼 수 없었다.   54

그 뒤에는 사람들의 기다란 행렬이

뒤따라왔는데, 죽음이 그토록 많이

쓰러뜨렸는지 나는 믿을 수 없었다.   57

나는 그중에서 몇몇을 알아보았는데,

비열함 때문에 커다란 거부를 했던

사람[4]의 그림자를 보았고 알아보았다.   60

3 본문에서 명확히 설명되지 않은 이 구절에 대한 해석은 다양하다. 아마
뚜렷한 의식도 없이 깃발처럼 이리저리 흔들리는 자들을 상징하는 것으로 짐
작된다.
4 구체적으로 그가 누구인가에 대한 해석은 다양하다. 일반적인 견해에
의하면 1294년 교황 카일레스티누스Caelestinus 5세로 선출되었으나 교황의

나는 곧바로 분명히 깨달았다, 그들은

하느님도 싫어하시고 하느님의 적들도

싫어하는 사악한 자들의 무리라는 것을.   63

제대로 살아 본 적이 없는 그 비열한

자들은 벌거벗은 채, 거기 있는 말벌과

왕파리들에게 무척이나 찔리고 있었다.   66

그것들에 찔린 얼굴에는 눈물과 피가

뒤섞여 흘러내렸고, 다리에서는 역겨운

벌레들이 그것을 빨아 먹고 있었다.   69

그 너머를 바라본 나는 거대한

강가[5]에 몰려든 사람들을 보고

물었다. 「스승님, 가르쳐 주십시오.   72

직위를 포기했던 피에르 다 모로네Pier da Morrone(1210?~1296)를 가리키
는 것으로 해석된다. 그가 교황의 직위에서 물러나도록 주도한 인물이 카에타
니 추기경이었는데, 그가 뒤이어 교황 보니파키우스 8세로 선출되었다. 다른
한편으로 예수를 사면하지도 못하고 처벌하지도 못한 빌라도, 또는 죽 한 그릇
을 먹기 위하여 쌍둥이 동생 야곱에게 장자 상속권을 포기한 에사우(「창세기」
25장 29~34절 참조)를 가리키는 것으로 해석되기도 한다.

5 뒤에서 이름이 나오는 아케론강이다. 〈고통의 강〉이라는 뜻으로 그리스
신화에서 저승 세계의 입구에 있다고 믿었다. 그리스 신화에서는 아케론 이외
에도 저승의 강으로 스틱스(〈증오의 강〉), 플레게톤(〈불타는 강〉), 코키토스
(〈통곡의 강〉)가 있는데, 단테는 이 강들을 자의적으로 바꾸어 지옥의 여러 곳
에 배치하고 있다.(「지옥」 14곡 참조)

희미한 불빛을 통해 보이는 저들은
누구이며, 또한 저토록 서둘러서
건너려는 저들의 본능이 무엇인가요?」   75

그분이 말하셨다. 「아케론의 고통스러운
강가에 우리의 발걸음이 멈출 때
너는 분명히 알게 될 것이다.」   78

내 말이 그분에게 거슬릴까 두려워
나는 부끄러운 눈길을 아래로 깔았고
강가에 이를 때까지 입을 다물었다.   81

그때 머리카락이 새하얀 노인[6]이
우리를 향해 배를 타고 오며 소리쳤다.
「사악한 영혼들이여, 고통받을지어다!   84

하늘을 보리라고 기대하지 마라. 나는
너희를 맞은편 강가, 영원한 어둠 속으로,
불과 얼음[7] 속으로 끌고 가려고 왔노라.   87

---

6 카론. 그리스 신화에서 그는 암흑의 신 에레보스와 밤의 여신 닉스 사
이에서 태어난 아들이며, 죽은 자들을 저승 세계로 건네주는 아케론강의 뱃사
공이다.
7 지옥의 다양한 형벌들을 가리킨다.

그런데 거기 너, 살아 있는 영혼아,[8]
너는 죽은 자들에게서 떠나라.」
하지만 내가 떠나지 않는 것을 보고   90

말했다. 「너는 다른 길, 다른 항구를 통해
해변[9]에 가야 하니, 이곳을 지나지 마라.
좀 더 가벼운 배[10]가 너를 데려갈 것이다.」   93

그러자 안내자가 말하셨다. 「카론이여, 화내지 마라.
원하는 대로 할 수 있는 높은 곳[11]에서
이렇게 원하셨으니, 더 이상 묻지 마라.」   96

그러자 눈 가장자리에 불 테두리를
두른, 그 검은 늪의 뱃사공의
털북숭이 얼굴이 잠잠해졌다.   99

그러나 지치고 벌거벗은 영혼들은
그의 무서운 말을 듣자마자
얼굴빛이 변하고 이를 덜덜 떨며   102

8   살아 있는 몸으로 들어오는 단테를 가리킨다.
9   바다 한가운데에 솟아 있는 연옥의 해변이다.(「연옥」 2곡 50행 참조)
10   연옥으로 가는 영혼들을 실어 나르는 천사의 배이다.(「연옥」 2곡
41~42행 참조)
11   천국.

하느님을 저주하였고, 자신의 부모와
인류 전체와, 자신이 태어난 시간과
장소, 조상의 씨앗, 후손들을 저주하였다.　　　　105

그러고는 모두 눈물을 쏟으며 한데 모여,
하느님을 두려워하지 않는 자들을
기다리는 그 사악한 강가로 모여들었다.　　　　108

악마 카론은 이글거리는 눈빛으로
그들을 가리키며 모두 한데 모아 놓고
머뭇거리는 놈들을 노로 후려쳤다.　　　　111

마치 가을에 나뭇잎들이 하나하나
모두 떨어져, 마침내 나뭇가지가
땅 위에 떨어진 잎들을 바라보듯이,　　　　114

그렇게 아담의 사악한 씨앗들은,
손짓으로 부름받은 새들처럼
하나하나 그 강가에서 뛰어들었다.　　　　117

그리고 검은 파도 위로 지나갔는데,
그들이 건너편에 내리기도 전에
이편에는 새로운 무리가 모여들었다.　　　　120

「내 아들아.」 스승님이 친절하게 말하셨다.
「하느님의 분노 속에서 죽는 자들은
온 세상에서 모두 이곳으로 모여들어   123

저 강을 서둘러 건너려고 준비하는데,
성스러운 정의가 그들을 몰아세워서
두려움이 갈망으로 바뀌었기 때문이다.   126

착한 영혼은 절대 이곳을 지나지 않으니,
그러니 카론이 네게 불평하더라도 너는
그의 말이 무슨 뜻인지 잘 알 것이다.」   129

그 말이 끝나자 어두운 들녘이
강하게 떨렸고, 나는 얼마나 놀랐는지
아직도 내 가슴은 땀에 젖는다.   132

눈물 젖은 땅은 바람을 일으켰고,
불그스레한 한 줄기 빛이 번득이며
나의 온갖 감각을 억눌러 버렸기에,   135

나는 잠에 취한 사람처럼 쓰러졌다.

제4곡

단테가 정신을 차리고 보니 지옥의 첫째 원 림보에 와 있다. 이곳에 있는 자들은 죄를 짓지 않았고 덕성 있는 삶을 살았지만, 그리스도를 믿지 않았거나 세례를 받지 못하고 죽은 영혼들이다. 그들은 육체적 형벌을 받고 있지 않지만 천국으로 올라갈 수 없기에 괴로워한다. 여기에서 단테는 위대한 옛 시인들과 철학자들을 본다.

커다란 천둥소리가 내 머릿속의 깊은
잠을 깨웠고, 억지로 잠에서 깨어난
사람처럼 나는 깜짝 놀라 정신이 들었다.   3

벌떡 일어선 나는 눈을 들어 사방을
둘러보며, 내가 있는 곳이 어디인지
알아보려고 주의 깊게 바라보았다.   6

사실 나는 끝없는 고통의 아우성이
가득한 고통스러운 심연의 골짜기,
그 기슭 위에 서 있음을 깨달았다.   9

그곳은 깊고 어두웠으며, 안개가 얼마나
자욱한지 아무리 바닥을 보려고 해도
나는 아무것도 알아볼 수 없었다.   12

「이제 눈먼 세상으로 내려가 보자.」

창백한 표정으로[1] 시인은 말을 꺼내셨다.

「내가 앞장을 설 테니 너는 뒤따르라.」   15

나는 그분의 안색을 깨닫고 말했다.

「내가 의심할 때 용기를 주시던 스승님이

놀라는데, 제가 어떻게 가겠습니까?」   18

그분은 말하셨다. 「저 아래 있는 자들의 고통을

보고 내 얼굴이 연민으로 물들었는데,

네가 그것을 보고 걱정하는구나.   21

머나먼 길이 재촉하니 어서 가자.」

그리고 몸을 움직여 심연을 둘러싼

첫째 원[2] 안으로 나를 들어서게 하셨다.   24

그곳에서 들려오는 것은 울음소리가

아니라 탄식의 소리들[3]이었고,

---

1 베르길리우스 자신의 영혼 역시 이곳 림보에 있기 때문이다.

2 단테가 묘사하는 지옥은 지구의 땅속에 깔때기 형상으로 되어 있고, 그 꼭짓점은 지구의 중심에 맞닿아 있다. 크게 보아 아홉 개로 구별되는 각 구역을 단테는 〈원(圓)cerchio〉이라 부른다. 그 원들은 아래로 내려갈수록 좁아지며 형벌은 더욱 고통스러워지는데, 림보는 첫째 원이다.

3 림보에 있는 영혼들은 신체적 고통의 형벌을 받는 것이 아니라, 단지 천국에 오를 희망이 없는 것 때문에 괴로워한다.

그것이 영원한 대기를 뒤흔들었다.   27

그것은 어린아이, 여자, 남자 들의
수많은 무리들이 겪는 신체적인
고통이 아닌 괴로움의 소리였다.   30

훌륭한 스승님은 말하셨다. 「네가 지금 보는
영혼들이 누구인지 묻지 않느냐?
더 나아가기 전에 네가 알았으면 한다.   33

그들은 죄를 짓지 않았고 비록 업적이
있더라도, 네가 믿는 신앙의 본질인
세례를 받지 않았으므로 충분하지 않다.   36

그들은 그리스도 이전에 살았으니
하느님을 제대로 공경하지 않았고,
나 자신도 그들과 마찬가지이다.   39

다른 죄가 아니라 그런 결함 때문에
우리는 길을 잃었고, 단지 그 때문에
희망 없는 열망 속에서 살고 있단다.」   42

그 말에 커다란 고통이 내 가슴을

짓눌렀지만, 아주 가치 있는 사람들이
그 림보[4]에 있다는 것을 나는 알았다.   45

「나의 스승, 주인이시여, 말해 주십시오.」
모든 오류를 이기는 그 믿음을
확신하고 싶어서 나는 말을 꺼냈다.   48

「자기 공덕이나 타인의 공덕으로 이곳을
벗어나 축복받은 자[5]가 있습니까?」
내 말을 알아차린 그분이 대답하셨다.   51

「내가 여기 온 지 얼마 안 되었을 때,[6]
승리의 왕관을 쓴 권능 있는 분[7]이
이곳에 오시는 것을 보았단다.   54

그분은 최초의 아버지 아담의 영혼,

4 림보 *limbo*는 〈가장자리〉를 의미하는 라틴어 림부스 *limbus*에서 나온
말로 원래 예수의 부활 이전에 죽은 훌륭한 영혼들이 그리스도의 구원을 기다
리는 장소인데, 단테는 지옥의 가장자리에 배치하고 있다.

5 림보에서 구원을 받아 천국에 오른 영혼들을 가리킨다.

6 베르길리우스는 기원전 19년에 사망하였고, 예수는 34년에 죽임을 당
하였다. 예수 그리스도는 죽은 뒤 지옥으로 내려가 림보의 영혼들 중에서 덕성
있는 자들을 구원하여 천국으로 데리고 올라갔다고 한다. 그 일에 대해서는 나
중에 여덟째 원의 다섯째 구렁에 있는 악마들도 이야기한다.(「지옥」21곡
112행 이하 참조)

7 예수 그리스도.

그의 아들 아벨, 그리고 노아의 영혼,
율법학자이며 순종하던 모세의 영혼,   57

족장 아브라함과 다윗 왕, 야곱과
그의 아버지 이삭, 그의 자손들,
또한 그가 무척 정성을 쏟은 라헬,[8]   60

또 다른 많은 영혼들을 축복해 주셨지.
그들 이전에 구원받은 영혼은 아무도
없다는 것을 네가 알았으면 한다.」   63

스승님이 말한 대로 우리는 걸음을
멈추지 않고 어떤 숲을, 말하자면
영혼들의 빽빽한 숲을 지나갔다.   66

꼭대기[9]에서 아직 멀지 않은 곳을
가고 있을 때, 나는 어두운 반구(半球)를
밝혀 주는 불빛 하나를 보았다.   69

아직은 약간 멀리 떨어진 곳이었으나,

8 야곱은 라헬(「지옥」2곡 101행 참조)을 아내로 얻기 위하여 그녀의 아
버지 라반에게 무려 14년 동안이나 일을 해주었다.(「창세기」29장 15~30절
참조)
9 림보의 가장자리를 가리키는 것으로 해석된다.

그 장소에 어떤 명예로운 사람들이
있는지 구별하지 못할 정도는 아니었다.   72

「오, 이론과 기법의 명예를 높이신
분이시여, 다른 사람들과 구별되는
저런 명예를 가진 자들은 누구입니까?」   75

그분은 말하셨다. 「네가 사는 저 위 세상[10]에서
들리는 그들의 명예로운 이름 덕택에
하늘의 은총으로 저렇게 구별되고 있지.」   78

그렇게 가는 동안 어떤 목소리[11]가
들려왔다. 「고귀한 시인을 찬양하라.
떠났던 그의 영혼이 돌아오고 있노라.」   81

그 목소리가 멎고 잠잠해진 다음, 나는
커다란 네 그림자가 다가오는 것을 보았는데
즐겁지도 않고 슬프지도 않은 표정이었다.   84

훌륭한 스승님은 말하기 시작하셨다.

10 산 자들의 세상을 가리킨다.
11 누구의 목소리인지 구체적으로 언급되지는 않지만, 아마 시인들의 무
리를 이끌고 베르길리우스를 만나러 오는 호메로스의 목소리로 짐작된다.

「저기 세 사람 앞에서 마치 주인처럼
손에 칼을 들고 오는 분을 보아라.   87

그는 최고의 시인 호메로스이다.
다음에 오는 이는 풍자 시인 호라티우스,[12]
셋째는 오비디우스,[13] 마지막이 루카누스[14]다.   90

조금 전 한 목소리가 부른 시인의 칭호를
나와 함께 모두가 갖고 있기 때문에
나를 찬양하는데, 그것은 잘하는 일이다.」   93

다른 사람들 위를 나는 독수리처럼
가장 고귀한 노래의 주인[15] 주위에
아름다운 무리가 모이는 것이 보였다.   96

그들은 잠시 함께 이야기한 다음
나를 향해 인사하듯 손짓을 하였고,
거기에 나의 스승님은 미소까지 지으며   99

12 Quintus Horatius Flaccus(B.C. 65~B.C. 8). 로마 시대의 시인으로 아우구스투스 황제의 후원을 받았다.

13 Publius Ovidius Naso(B.C. 43~A.D. 18). 로마 시대의 시인으로 단테는 그의 대표작 『변신 이야기*Metamorphosis*』을 즐겨 읽었다.

14 Marcus Annaeus Lucanus(39~65). 로마 시대의 시인이며, 대표작으로 미완성의 역사적 서사시 『파르살리아*Pharsalia*』를 남겼다.

15 호메로스.

나에게 더 큰 영광을 베풀어 주셨으니,
나를 자신들의 무리에 포함시켜 주어
나는 현인들 무리의 여섯째가 되었다.   102

그렇게 우리는 불[16]이 있는 곳까지 가면서
거기서는 말하는 것이 좋았던 만큼, 여기서는
침묵하는 것이 좋을 것들에 대해 이야기했다.   105

우리는 고귀한 성(城) 아래에 이르렀는데,
그곳은 일곱 겹의 높은 성벽[17]에 둘러싸여 있었고
아름다운 냇물이 주위를 휘감고 있었다.   108

그 냇물을 단단한 땅처럼 밟고 지나가 나는
성현들과 함께 일곱 성문 안으로 들어갔고
신선하게 푸른 초원에 도착하였다.   111

거기에는 신중하고 위엄에 찬 눈빛과
권위 있는 모습의 사람들이 있었는데,
그들은 가끔 부드러운 목소리로 말했다.   114

16 69행에서 말한 불빛이다.
17 고귀한 성을 둘러싸고 있는 일곱 성벽은 고대 그리스 시대부터 시작된
중세의 일곱 가지 〈자유 학문artes liberales〉, 즉 3학(문법, 논리학, 수사학)과
4학(수학, 기하학, 천문학, 음악)을 상징하는 것으로 해석된다.

그들 모두를 바라볼 수 있도록

우리는 한쪽으로 물러났으며,

높고 탁 트여 밝은 곳으로 갔다.   117

거기에서는 똑바로 푸른 초원 위로

위대한 영혼들을 볼 수 있었으니

보기만 해도 내 마음은 고양되었다.   120

엘렉트라[18]가 여러 동료들과 있었는데,

그들 중에서 헥토르[19]와 아이네아스,

독수리 눈매의 카이사르를 알아보았다.   123

또 카밀라[20]와 펜테실레이아[21]를 보았고,

다른 한쪽에 딸 라비니아와 함께

앉아 있는 라티누스왕[22]을 보았다.   126

18   고전 신화에서 아틀라스의 딸로 유피테르와 정을 통해 트로이아를 세운 다르다노스를 낳았다.

19   트로이아의 왕 프리아모스의 아들로 전쟁에서 용감히 싸우다가 아킬레스에 의해 죽고 결국 트로이아는 함락되었다.

20   「지옥」 1곡 107행 참조.

21   고전 신화에서 여성 무사들로 이루어진 전설적인 종족 아마존들의 여왕이다.

22   『아이네이스』에 나오는 라티움의 왕으로 그의 딸 라비니아는 그곳에 도착한 아이네아스와 결혼하였다.

타르퀴니우스를 쫓아낸 브루투스,[23] 루크레티아,[24]

율리아,[25] 마르티아,[26] 코르넬리아,[27]

또 한쪽에 홀로 있는 살라딘[28]을 보았다.　　　　　129

그리고 약간 위쪽을 바라본 나는

철학자의 가족에 들어갈 수 있는

사람들의 스승[29]을 알아보았다.　　　　　132

모두 그를 우러러보고 영광을 돌렸는데,

그들 중에서 누구보다 가까이 있는

소크라테스와 플라톤을 나는 보았다.　　　　　135

23　로마의 정치가 루키우스 유니우스 브루투스Lucius Junius Brutus(B. C. 545~B.C. 509). 그는 기원전 509년 〈오만한 왕〉 타르퀴니우스Tarquinius Superbus를 몰아내고, 최초의 집정관으로 선출되면서 공화정을 확립하였다.

24　Lucretia(B.C. ?~B.C. 509). 왕정 시대 로마의 여인으로, 타르퀴니우스왕의 아들에게 겁탈당하자 그 사실을 알리고 자결하였는데, 그것은 타르퀴니우스를 몰아내고 공화정을 수립하는 계기가 되었다.

25　Julia(B.C. 76~B.C. 54). 카이사르의 딸이자 폼페이우스의 아내였다.

26　Martia. 연옥의 문지기 소(小)카토(「연옥」 1곡 참조)의 아내. 카토는 이 여인을 아내로 맞아 세 아들을 낳은 다음, 친구 호르텐시우스의 아내로 주었다가 그가 죽은 후 다시 자기 아내로 받아들였다.

27　Cornelia(B.C. 189?~B.C. 110?). 스키피오(「지옥」 31곡 115~117행 참조)의 딸이자 그라쿠스 형제의 어머니로 고대 로마 시민들에게 현모양처의 모범이었다.

28　Saladin(1137~1193). 1174년부터 이집트와 시리아를 지배하던 술탄으로 십자군 원정으로 세워진 예루살렘 왕국을 1187년에 정복하였다. 단테 시대에 그는 훌륭하고 너그러운 군주로 널리 인용되었다.

29　모든 철학자들의 스승 아리스토텔레스.

세상을 우연의 산물로 본 데모크리토스,
디오게네스, 아낙사고라스, 탈레스,
엠페도클레스, 헤라클레이토스, 제논,[30]   138

그리고 위대한 약초 수집가였던
디오스코리데스,[31] 또한 오르페우스,[32]
키케로,[33] 리노스,[34] 도덕가 세네카,[35]   141

기하학자 에우클리데스, 프톨레마이오스,[36]
히포크라테스, 아비켄나,[37] 갈레노스,[38]
위대한 주석가 아베로에스[39]를 보았다.   144

30   모두 그리스의 위대한 철학자들이었다.

31   Pedanius Dioscorides(40~90). 기원후 1세기에 활동한 그리스 약학
자로 약초들의 성격과 효능에 대한 『약물지』를 저술하였다.

32   그리스 신화에 나오는 신비적인 시인이자 음악가.

33   Marcus Tullius Cicero(B.C. 106~B.C. 43). 로마 시대의 정치가이며
탁월한 웅변가, 철학자.

34   그리스 신화에 나오는 음악가이자 가수로 오르페우스에게 음악을 가
르쳤다고 한다.

35   Lucius Annaeus Seneca(B.C. 4~A.D. 65). 로마의 위대한 철학자이
자 시인이었으며, 네로 황제의 스승이기도 했다.

36   Claudius Ptolemaeos(100~170). 기원후 2세기에 알렉산드리아에서
활동한 천문학자이며 수학자로 『신곡』에서 묘사되는 우주의 형상은 그의 견해
를 토대로 한다.

37   Avicenna(980~1039). 페르시아 출신의 의사이자 철학자로 본명은
이븐 시나Ibn Sina.

38   Cladius Galenos(129~200). 기원후 2세기에 활동한 그리스의 철학자
이며 의사.

그들 모두를 충분하게 묘사할 수 없는데,

기나긴 주제가 나를 뒤쫓고, 또한 때로는

이야기가 사실에 미치지 못하기 때문이다.[40]　　　　147

여섯 시인의 무리는 두 명으로 줄었고,

현명한 안내자는 다른 길을 통하여 나를

평온한 곳에서 떨리는 대기 속으로 안내했으니　　　　150

나는 빛 한 점 없는 곳으로 갔다.

39　Averroes(1126~1198). 스페인 출신의 이슬람 철학자이며 과학자. 본
명은 이븐 루시드Ibn Rushd이나 중세 유럽에는 아베로에스라는 라틴어 이름
으로 널리 알려져 있다. 그는 특히 아리스토텔레스의 작품에 대한 탁월한 주석
가로 중세 유럽에 지대한 영향을 끼쳤다.

40　이야기나 말이 실제의 사실을 충분하게 전달하지 못한다는 뜻이다.

제5곡

단테는 둘째 원으로 내려가 지옥의 재판관 미노스를 본다. 둘째 원은 음란함과 애욕의 죄인들이 벌받고 있는데, 그들은 칠흑 같은 어둠 속에서 무섭게 휘몰아치는 바람에 휩쓸려 다니는 벌을 받는다. 그들 중에서 프란체스카와 파올로의 영혼이 단테에게 자신들의 슬픈 사랑 이야기를 한다.

그렇게 첫째 원에서 둘째 원으로 내려갔는데,
그곳은 더 좁은 지역을 감싸고 있었지만
더욱 커다란 고통에 사로잡혀 있었다.   3

거기엔 미노스[1]가 무섭게 으르렁거리며
입구에서 죄들을 조사하고 판단하여
자신의 꼬리가 감는 숫자에 따라 보냈다.   6

말하자면 사악하게 태어난 영혼이
자기 앞에 와서 모든 것을 고백하면,

1 유피테르와 에우로파(그리스 신화에서는 에우로페) 사이의 아들로 두 형제들과 싸워 이긴 후 크레테(라틴어 이름은 크레타)의 왕이 되었다. 아버지 유피테르의 가르침으로 공정한 통치자였던 그는 죽은 뒤에 형제 라다만티스, 사르페돈과 함께 저승의 심판관이 되었다고 한다. 베르길리우스도 그를 저승의 심판관으로 묘사하였다.(『아이네이스』6권 432~433행 참조) 여기에서 단테는 기다란 꼬리를 가진 형상으로 묘사한다.

그의 죄를 심판하는 자는 그에게   9

지옥의 어느 곳이 적합한지 보고
아래로 떨어뜨리고 싶은 곳의
숫자만큼 자신의 꼬리를 휘감았다.   12

그 앞에는 언제나 수많은 영혼들이
순서대로 각자의 심판을 받으면서
말하고 들은 다음[2] 아래로 떨어졌다.   15

「오, 이 고통의 장소로 오는 그대여.」
나를 보더니 미노스는 하고 있던
자신의 임무를 내던지고 말했다.   18

「누구를 믿고 어떻게 들어오는가.
입구가 넓다고 속지 마라!」
안내자가 말하셨다. 「왜 소리치는가?   21

숙명적인[3] 그의 길을 방해하지 마라.
원하는 대로 모두 할 수 있는 곳에서
그렇게 하길 원하셨으니, 더 이상 묻지 마라.」   24

2 자신의 죄를 고백하고 또 그에 따른 판결을 들은 다음.
3 하느님의 섭리에 의해 마련된 여행이라는 뜻이다.

이제 고통의 소리들이 나의 귀에
들려오기 시작했으니, 나는 수많은
통곡이 뒤흔드는 곳에 이르러 있었다.   27

나는 모든 빛이 침묵하고 있으며,
마치 폭풍우 치는 바다가 맞바람과
싸우듯이 울부짖는 곳에 와 있었다.   30

잠시도 쉬지 않는 지옥의 태풍은
난폭하게 영혼들을 몰아붙이며
뒤집고 흔들면서 괴롭히고 있었다.   33

영혼들은 폐허[4] 앞에 도달하자
비명과 탄식과 한숨을 토해 내면서
거기서 하느님의 덕성을 저주하였다.   36

나는 깨달았다, 욕정에 사로잡혀
이성을 잃었던 육체의 죄인들이
그런 고통을 받고 있다는 것을.   39

4 구체적으로 무엇을 가리키는지 분명하지 않으나, 아마 예수가 사망 직
후 지옥에서 덕성 있는 영혼들을 구하러 왔을 때 일어난 지진(「지옥」 12곡
37~45행, 21곡 112~115행 참조)으로 무너진 폐허라고 해석된다.

추운 계절에 수많은 찌르레기들이
크고 빽빽한 무리를 지어 날아가듯이,
그렇게 그 바람은 사악한 영혼들을   42

이리저리, 위로 아래로 휘몰았으니,
휴식은 말할 것도 없고, 고통이
줄어들 어떤 희망의 위안도 없었다.   45

마치 두루미들이 구슬피 노래하며
길게 늘어서서 허공을 날아가듯이,
태풍에 휩쓸린 그림자들이 울부짖으며   48

고통스럽게 끌려다니는 것이 보였다.
나는 물었다. 「스승님, 검은 바람이 저렇게
벌을 주고 있는 자들은 누구인가요?」   51

그분은 대답하셨다. 「네가 이야기를
듣고자 하는 자들 중 첫 번째 여자[5]는
수많은 백성들[6]의 황후였단다.   54

---

5 뒤에 이름이 나오는 세미라미스Semiramis(B.C. 1356~B.C. 1314). 그
녀는 아시리아의 니노스 황제의 부인이었고, 니노스가 죽자 정권을 장악하여
페르시아와 아프리카를 지배하였다. 온갖 음란함을 일삼았으며 심지어 자기
아들과 근친상간의 죄를 저질렀고, 그로 인해 비난을 받자 욕구에 따라 행동하
는 것은 정당하다고 법률로 합법화하기도 했다고 한다.

애욕의 죄 때문에 저렇게 망가졌고

자기 행위에 대한 비난을 없애려고

법률로써 음탕함을 정당화시켰지.   57

책에 나오는 그녀는 세미라미스,

니노스의 아내였고 그의 뒤를 이어

지금 술탄이 다스리는 땅을 차지했지.   60

다른 여자[7]는 사랑에 빠져 자결했는데

시카이오스의 유골을 배신하였단다.

그 뒤에 음란한 클레오파트라[8]가 있다.   63

보아라, 헬레네[9]를. 그녀 때문에

지겹던 시절이 지났다. 보아라, 끝에는

6 원문에는 〈수많은 언어들〉로 되어 있는데, 그 언어들을 말하는 여러 민
족을 의미한다.

7 85행에서 이름이 나오는 디도Dido. 그녀는 포이니키아 지방 티로스의
왕 무토의 딸로 숙부 시카이오스와 결혼했는데, 그녀의 오빠 피그말리온이 재
산을 빼앗으려고 남편을 죽였다. 디도는 시카이오스의 재물을 몰래 배에 싣고
아프리카 북부에 도착하여 카르타고를 세우고 통치하던 중 때마침 그곳에 표
류해 온 아이네아스를 사랑하였으나, 그가 떠나자 실망하여 자결하였다.

8 이집트 프롤레마이오스 왕조의 마지막 여왕 클레오파트라Cleopatra
7세(B.C. 69~B.C. 30)로 카이사르, 안토니우스를 차례로 사랑하였다.

9 유피테르와 레다의 딸로 원래 스파르테(라틴어 이름은 스파르타)의 왕
메넬라오스의 아내였으나, 트로이아 왕 프리아모스의 아들 파리스(67행)의 아
내가 되었다. 그녀 때문에 기나긴 트로이아 전쟁이 시작되었다.

사랑 때문에 싸웠던 위대한 아킬레스[10]를.   66

보아라, 파리스, 트리스탄[11]을.」스승님은
사랑 때문에 삶을 마친 많은 영혼들을
손가락으로 가리키면서 이름을 댔다.   69

옛날 여인들과 기사들의 이름을
스승에게서 듣고 나자 측은한 마음에
나는 거의 정신을 잃을 지경이었다.   72

나는 말을 꺼냈다.「시인이시여, 저기
바람결에 가볍게 걸어가듯 함께 가는
두 영혼[12]과 이야기하고 싶습니다.」   75

10 그리스어 이름은 아킬레우스로 『일리아스』의 주요 영웅이다. 그는 프
리아모스의 딸 폴릭세네(「지옥」 30곡 17행)를 연모하였고 그로 인해 계략에
걸려서 죽임을 당했다.

11 아서왕의 기사 이야기들에 나오는 인물로 숙모 이졸데를 사랑하였고
그로 인해 숙부 마크에게 죽임을 당했다.

12 프란체스카Francesca와 파올로Paolo. 이 연인의 이야기는 『신곡』에
서 가장 많이 인용되는 일화 중 하나다. 프란체스카는 라벤나의 귀족 귀도 다
폴렌타의 딸로 1275년 리미니의 귀족 잔초토 말라테스타Gianciotto Malatesta
와 결혼하게 되었다. 그런데 잔초토는 불구의 몸이어서 결혼식장에 동생 파올
로를 대신 내보냈는데, 신부 프란체스카는 나중에야 이 사실을 알게 되었다.
프란체스카는 결국 파올로를 사랑하게 되었고, 형 잔초토에게 발각되어 두 사
람은 죽임을 당했다. 단테는 이 두 사람 중 한 명을 만났을 것으로 추정된다.

그분은 말하셨다. 「우리 가까이 오면 보리라.
그들을 이끄는 사랑의 이름으로
부탁하면 그들은 이리로 올 것이다.」　　　　　　　78

바람이 그들을 우리 쪽으로 밀었을 때
나는 말했다. 「오, 괴로운 영혼들이여,
하느님께서 허락하신다면 와서 말하시오!」　　　　81

마치 욕망에 이끌린 비둘기들이
활짝 편 날개로 허공을 맴돌다가
아늑한 보금자리로 날아오듯이,　　　　　　　　84

그들은 디도가 있는 무리에서 벗어나
사악한 대기를 가로질러 우리에게 왔으니
애정 어린 외침이 그렇게 강렬하였다.　　　　　87

「오, 자비롭고 너그러운 산 사람이여,
이 어두운 대기 속을 지나가면서
세상을 피로 물들였던 우리를 찾는군요.　　　　90

우주의 왕[13]께서 우리의 친구라면,
우리의 불행을 불쌍하게 여기는

13　하느님.

그대의 평화를 위하여 기도하리다.   93

그대가 말하고 또 듣고 싶은 것을,
지금처럼 바람이 잔잔한 동안에
우리는 듣고 또 그대에게 말하리다.   96

내가 태어난 땅은, 포강이 자신의
지류들과 함께 흘러 내려와 평화를
얻는 바닷가[14]에 자리하고 있지요.   99

상냥한 마음에 재빨리 불붙는 사랑[15]은
빼앗긴 내 아름다운 육체로 이 사람[16]을
사로잡았으니, 아직도 나는 괴롭답니다.   102

헛된 사랑을 용납하지 않는 사랑은
이 사람의 즐거움으로 나를 사로잡았고
그대가 보듯, 아직 나를 사로잡고 있다오.   105

14   라벤나를 가리킨다. 포Po강은 이탈리아 북부를 가로지르면서 널따란
평원을 펼치는 커다란 강인데, 아드리아해로 흘러드는 어귀에 라벤나가 자리
하고 있다.
15   이어지는 세 연(聯)은 모두 아모르Amor, 즉 〈사랑〉으로 시작된다. 따
라서 로마 신화에서 의인화된 사랑의 신 〈아모르〉(그리스 신화의 에로스)로
옮길 수도 있다.
16   곁에 있는 파올로를 가리킨다.

사랑은 우리를 하나의 죽음으로 이끌었고,
우리를 죽인 자[17]를 카이나[18]가 기다린다오.」
그들에게서 이런 말이 우리에게 들려왔다.   108

나는 그 괴로운 영혼들의 말을 듣고
고개를 숙이고 한참 동안 있었으니,
시인이 말하셨다. 「무슨 생각을 하느냐?」   111

나는 대답하여 말했다. 「오, 세상에,
얼마나 달콤한 생각, 얼마나 큰 욕망이
그들을 이런 고통으로 이끌었습니까!」   114

그리고 나는 그들을 향해 말했다.
「프란체스카여, 그대의 괴로움은 나에게
슬픔과 연민의 눈물을 흘리게 하는구려.   117

하지만 말해 주오, 달콤한 한숨의 순간에
어떤 상황에서 어떻게 사랑이 허용하여
그대들은 의심스러운 열망을 알게 되었소?」   120

17 파올로의 형 잔초토.
18 Caina. 지옥의 마지막 아홉째 원의 첫째 구역을 가리킨다. 아담의 아들이며 동생 아벨을 죽인 카인의 이름을 따서 단테가 지어낸 이름이다. 이곳에서는 가족이나 친척을 죽인 배신자들이 형벌을 받는다.(「지옥」 32곡 58행 참조)

그녀는 말했다. 「비참할 때 행복했던 시절을
회상하는 것보다 더 큰 고통은 없으니,
그것은 당신의 스승도 잘 알지요.[19]   123

그렇지만 우리 사랑의 최초 뿌리를
당신이 그토록 알고 싶다면
이 사람처럼 울면서 말해 주리다.   126

어느 날 우리는 재미 삼아 란칠로토가
사랑에 빠진 이야기[20]를 읽고 있었는데,
우리 둘뿐이었고 아무 의혹도 없었답니다.   129

그 책은 자주 우리 눈길을 마주치게
이끌었고 얼굴을 창백하게 만들었는데,
오직 한 대목이 우리를 사로잡았소.   132

그 연인이 열망하던 입술에다
입 맞추는 장면을 읽었을 때, 내게서
절대로 떨어질 수 없는 이 사람은   135

19 림보에 있는 베르길리우스의 심정을 암시하는 것으로 해석된다.
20 아서왕의 전설에서 원탁의 기사 중 하나인 란칠로토Lancillotto(프랑
스어와 영어 이름은 Lancelot)는 아서왕의 아내 지네브라Ginevra(영어 이름
은 Guinevere)를 사랑하였고, 그로 인하여 슬픈 최후를 맞이하였다.

온통 떨면서 나에게 입을 맞추었지요.

그 책을 쓴 사람은 갈레오토[21]였고,

우리는 그날 더 이상 읽지 못했지요.」   138

그렇게 한 영혼이 말하는 동안

다른 영혼은 울고 있었으며, 연민에

이끌린 나는 죽어 가듯 정신을 잃었고   141

죽은 시체가 넘어지듯이 쓰러졌다.

21 갈레오토Galeotto(프랑스어와 영어 이름은 Galehaut, Galahaut, Galhault 등)는 아서왕의 전설에 나오는 대표적인 기사로, 란칠로토와 지네브라 왕비의 사랑에서 중재자 역할을 하였다. 여기에서는 그 이야기를 기록한 책을 가리킨다.

제6곡

정신을 차린 단테는 셋째 원에 이르러 있는데, 이곳에서는 탐식의 죄를 지은 영혼들이 벌받고 있다. 단테는 피렌체 출신의 영혼 차코와 이야기를 나누고, 그에게서 피렌체의 미래에 대한 예언을 듣는다. 그리고 최후의 심판 뒤 저주받은 영혼들의 상황에 대해 베르길리우스와 이야기를 나눈다.

그들 두 사람의 고통을 보고
슬픔으로 완전히 혼란해져서
닫혔던 제정신이 돌아온 나는,   3

몸을 움직여 사방을 둘러보면서
자세히 살펴보았는데, 주위에는 온통
새로운 고통과 고통받는 자들뿐이었다.   6

나는 셋째 원에 있었고, 차갑고 무거우며
영원하고 저주받은 비가 내렸는데,
그 성질이나 법칙은 변함이 없었다.   9

커다란 우박, 더러운 비와 눈이
어두운 대기 속으로 쏟아져 내렸고
그것이 떨어진 땅은 악취를 풍겼다.   12

그곳에 잠겨 있는 영혼들 위에서는
잔인하고 괴상한 괴물 케르베로스[1]가
세 개의 목구멍으로 개처럼 울부짖었다.   15

충혈된 눈에 시커멓고 더러운 수염,
거대한 배, 날카로운 발톱으로 그놈은
영혼들을 할퀴고 찢고 갈기갈기 뜯는다.   18

비 때문에 개처럼 울부짖으면서
그 비참한 죄인들은 자주 몸을 돌리며
자신의 옆구리로 서로를 막아 준다.   21

거대한 벌레 케르베로스는 우리를 보자
입들을 벌리고 송곳니를 드러내며
안절부절못하고 사지를 발버둥쳤다.   24

그러자 나의 스승님은 손바닥을 펴서
손아귀에 가득히 흙을 집어 들더니
탐욕스러운 목구멍들 속으로 던졌다.   27

마치 울부짖으며 버둥거리던 개가

1   그리스 신화에 등장하는 세 개의 머리와 뱀의 꼬리와 갈기를 가진 괴물
로 지옥을 지키는 개로 묘사된다.

먹이를 물면, 단지 그것을 집어삼킬
생각에 몰두하여 잠시 잠잠해지듯이,　　　　　　　30

영혼들이 차라리 귀머거리가 되기를
바랄 정도로 시끄럽게 울부짖던 악마
케르베로스의 더러운 얼굴들도 그랬다.　　　　33

무거운 비에 짓눌리는 영혼들 위로
우리는 지나갔는데, 사람처럼 보이는
그림자들 위로 발바닥을 내딛었다.　　　　　　36

그들은 모두 땅바닥에 누워 있었는데,
우리가 앞으로 지나가는 것을 보고
그중 하나가 벌떡 일어나 앉았다.　　　　　　39

그는 말했다. 「이 지옥으로 안내된 그대여,
혹시 나를 알아보겠는지 보시오.
그대는 내가 죽기 전에 태어났으니까.」　　　　42

나는 말했다. 「당신이 받는 고통 때문에
아마 내 기억에서 사라져 버린 듯
당신을 본 적이 없는 것 같군요.　　　　　　　45

그러나 말해 주오, 그대는 누구이며,
왜 이 고통의 장소에 떨어져 무엇보다
크고 괴로운 이런 벌을 받고 있는지.」   48

그러자 그가 말했다. 「이미 자루가 넘칠 만큼
질투에 가득 찬 그대의 도시[2]에서
나는 아주 평온한 삶을 살았다오.   51

그대들은 나를 차코[3]라 불렀는데,
그대가 보듯이 이렇게 비에 젖도록
해로운 목구멍의 죄 때문이었지요.   54

그런 비참한 영혼은 나 혼자가 아니오.
이들 모두 비슷한 죄로 비슷한 고통을
받고 있소.」 그러고는 더 말이 없었다.   57

나는 말했다. 「차코여, 그대의 고통은
눈물이 날 정도로 나를 짓누르는군요.
그렇지만 혹시 알고 있다면 말해 주오,   60

2 피렌체.
3 Ciacco. 구체적으로 누구를 가리키는지 알 수 없다. 또한 차코가 이름인
지 아니면 별명인지도 알 수 없으나, 대부분 경멸적인 의미의 별명으로, 특히
〈돼지〉라는 뜻으로 해석된다.

분열된 도시의 시민들은 어떻게 될지,

혹시 정의로운 자가 있는지, 무엇 때문에

그리 많은 불화에 시달리고 있는지?」[4]   63

그러자 그는 말했다. 「오랜 싸움 끝에 그들은

피를 볼 것이며, 시골뜨기 무리가

모욕과 함께 상대편을 몰아낼 것이오.[5]   66

그리고 3년 이내에 이쪽 편이 무너지고

지금 눈치 보고 있는 자[6]의 도움으로

다른 편이 일어서게 될 것이오.   69

그들은 오랫동안 머리를 쳐들고

4 그 당시 피렌체는 궬피Guelfi, 즉 〈교황파〉와 기벨리니Ghibellini, 즉
〈황제파〉로 분열되어 정쟁에 시달리고 있었다. 단테가 정치 활동을 시작한
1290년대 중반에는 궬피파가 정권을 잡았으나, 다시 그 내부에서 〈백당
Bianchi〉과 〈흑당Neri〉으로 분열되어 싸웠고, 단테는 〈백당〉에 속했다.

5 1300년 5월 1일 체르키Cerchi(「천국」16곡 65행 참조)가 이끄는 〈백
당〉과 코르소 도나티Corso Donati(「연옥」24곡 83~84행 참조)가 이끄는 〈흑
당〉의 젊은이들 사이에 유혈 충돌이 발생했다. 그러자 피렌체 당국의 최고 위
원들은 두 무리의 대표자들을 추방했고, 이듬해 1301년에는 〈흑당〉의 음모를
막기 위해 그 주요 인물들도 추방했다. 체르키는 시골에서 피렌체로 이주해 왔
기 때문에 〈시골뜨기 무리〉라 불렸다.

6 교황 보니파키우스 8세, 또는 발루아 사람 샤를(1270~1325)을 가리키
는 것으로 해석된다. 교황은 1301년 가을 샤를을 중재자 명목으로 피렌체에
파견하지만 실제로는 〈흑당〉을 지원하기 위해서였다. 그리하여 〈흑당〉이 정권
을 장악하였고, 그 결과 단테는 망명을 떠나게 되었다.

아무리 불평하거나 경멸하더라도
상대방을 무겁게 짓밟을 것이오.   72

정의로운 자가 두 사람[7]이지만
이해받지 못하고, 오만과 질투와 탐욕이
세 개의 불꽃처럼 마음을 태울 것이오.」   75

여기에서 그는 눈물겨운 말을 끝냈고
내가 말했다. 「바라건대 나에게 조금 더
가르쳐 주고, 조금 더 말해 주십시오.   78

한때 인정받던 파리나타와 테기아이오,
야코포 루스티쿠치,[8] 아리고,[9] 모스카,[10]
또 훌륭한 재능을 자랑하던 다른 사람들은   81

지금 어디 있는지 내가 알아보게 해주오.

7   그들이 누구인지는 분명하지 않다. 정의로운 자들의 숫자가 극히 적다
는 의미로 해석되기도 한다.

8   모두 아래에서 벌받고 있는 자들로 파리나타Farinata는 「지옥」 10곡
32행 이하, 테기아이오Tegghiaio는 「지옥」 16곡 40행 이하, 야코포 루스티쿠
치Iacopo Rusticucci는 「지옥」 16곡 43행 이하에서 다시 등장한다.

9   Arrigo. 부온델몬테(「지옥」 28곡 106행 역주 참조)의 살해 사건에 가담
하였던 피판티 가문(「천국」 16곡 104행 참조) 출신으로 짐작되는데, 그는 이
후 언급되지 않는다.

10   람베르티 가문의 모스카Mosca는 「지옥」 28곡 103행 이하에서 다시
등장한다.

천국에서 위로를 받는지, 지옥에서 고통을
받는지, 알고 싶은 욕망이 무척 큽니다.」   84

그가 말했다. 「그들은 여러 죄로 저 아래 깊이
떨어져, 더욱 어두운 영혼들과 함께
있으니, 더 내려가면 볼 수 있으리다.   87

하지만 달콤한 세상[11]으로 돌아가거든
사람들의 기억에서 나를 일깨워 주오.
이제 더 말하지도 않고 대답도 않겠소.」   90

그러더니 똑바른 시선을 비스듬히 돌려
잠시 나를 바라보더니 고개를 숙였고,
다른 눈먼 이들과 같은 모양으로 쓰러졌다.   93

그러자 스승님이 말하셨다. 「저자는 여기서 더 이상
일어나지 못하리라, 천사의 나팔 소리에
적들의 심판관이 올 때까지.[12] 그때는   96

각자 자신의 슬픈 무덤을 다시 보고
자신의 육체와 형상을 다시 갖추고

11   산 자들의 세상.
12   하느님에 의한 최후의 심판이 이루어질 때까지.

영원히 울리는 소리[13]를 들으리라.」   99

그렇게 우리는 비와 그림자들이 뒤섞인
더러운 곳을 느린 걸음으로 지나가면서,
잠시 미래의 삶에 대하여 이야기하였다.   102

내가 말했다. 「스승님, 위대한 심판 뒤에는
이러한 고통이 더욱 커질까요, 아니면
줄어들까요, 아니면 그대로일까요?」   105

그분은 말하셨다. 「네 이론[14]으로 돌아가라.
거기에 의하면 어떤 것이 완벽할수록
더욱 선을 느끼고, 고통도 마찬가지이다.   108

이 저주받은 무리는 절대로 진정한
완벽함에는 이르지 못할 것이지만
지금보다 그때는 더 그러리라 기대된다.」   111

지금 말하는 것보다 많이 이야기하면서

---

13 영혼들의 운명을 영원히 확정할 최후 심판의 판결을 가리킨다.
14 단테가 자기 것으로 삼고 따르는 스콜라 철학의 이론을 가리키는데,
어떤 것이 완벽한 만큼 더 선을 느끼고, 악도 마찬가지라는 것이다. 그렇다면
최후의 심판 뒤에 저주받은 영혼들의 고통은 더욱 심해지고, 반면 축복받은 영
혼들의 행복은 더욱 커질 것이다.(「천국」14곡 43~51행 참조)

우리는 그 둥그스름한 길을 돌았고
내리막길에 이르렀는데, 거기서   114

거대한 원수 플루토[15]를 발견했다.

15   그리스 신화에서 부와 재물을 관장하는 플루토스(로마 신화에서는 플루투스)를 가리키는지, 아니면 하계의 신인 플루톤 또는 하데스(로마 신화에서는 디스 파테르Dis Pater)를 가리키는지 정확히 알 수 없다. 이탈리아어 이름 플루토Pluto는 둘 다 가리킨다. 그러나 디스 파테르는 나중에 루키페르와 동일시되고(「지옥」 8곡 69행 참조), 여기에서는 재물과 관련된 악마로 배치된 것으로 보아 플루토스를 가리키는 것으로 보인다.

제7곡

넷째 원에서 단테는 재물의 악마 플루토를 본다. 이곳에서는 재물의 죄인들, 말하자면 낭비 또는 반대로 인색함의 죄를 지은 영혼들이 맞부딪치며 서로를 모욕한다. 베르길리우스는 재물을 다스리는 행운의 여신 포르투나에 대해 설명하면서 다섯째 원으로 간다. 그곳에는 분노의 죄인들이 스틱스 늪에서 흙탕물 속에 잠겨 벌받고 있다.

「파페 사탄, 파페 사탄 알레페!」[1]
거친 목소리로 플루토가 소리쳤다.
그러자 모든 것을 아시는 친절한 스승님은   3

나를 안심시키셨다. 「두려움에 몸을 해치지
마라. 저놈이 아무리 강해도 바위 길을
내려가는 우리를 방해하지 못할 것이다.」   6

그리고 분노에 찬 그놈 얼굴을 향해
말하셨다. 「닥쳐라, 저주받은 늑대야.
네 분노로 너의 몸이나 불태워라.   9

이유 없이 이 어두운 곳으로 가는 것이

1 *Papé Satàn, Papé Satàn aleppe!* 플루토가 외치는 말로 무슨 뜻인지 정확히 알 수 없다.

아니라, 미카엘이 오만한 폭력을
처벌했던 높은 곳[2]에서 원하시는 것이다.」   12

그러자 마치 돛대가 부러지면서 바람에
부풀었던 돛들이 휘감겨 떨어지듯이,
그 잔인한 맹수는 땅바닥에 쓰러졌다.   15

그렇게 우리는 넷째 원으로 내려가
우주의 모든 죄악을 담고 있는
고통스러운 기슭으로 더 내려갔다.   18

오, 하느님의 정의여! 내가 본 수많은
고통과 형벌은 누가 쌓았습니까?
왜 우리의 죄는 우리를 파멸시킵니까?   21

마치 카리브디스[3] 바다에서 파도가
마주치는 파도와 함께 부서지듯, 이곳의
영혼들은 맴돌며 서로 부딪치고 있었다.   24

2 대천사 미카엘이 반역한 천사들의 오만함을 처벌했던 곳, 즉 천국을 가리킨다.
3 이탈리아어 이름은 카리디Cariddi. 고전 신화에서 유피테르의 벌을 받아 바다 괴물이 된 여인으로, 하루에 세 번 엄청난 바닷물을 들이마시면서 주변의 배들까지 집어삼켰다고 한다. 여기에서는 이탈리아와 시칠리아 사이에 세찬 파도와 소용돌이가 자주 일어나는 메시나 해협을 가리킨다.

나는 다른 곳보다 많은 사람들을 보았는데,
그들은 이쪽과 저쪽에서 크게 울부짖으며
가슴으로 무거운 짐을 굴리고 있었다.[4]   27

그들은 서로 맞부딪치면 그 자리에서
각자 몸을 돌려 뒤돌아보며 소리쳤다.
「왜 갖고 있어?」 또 「왜 낭비해?」[5]   30

그렇게 더러운 가락을 소리치면서
그들은 한쪽 편에서 맞은편 쪽으로
어두운 원을 그리며 맴돌고 있었으며,   33

그러다 자기 반원의 중간에 이르면
각자 몸을 돌려 맞은편을 향하였다.
나는 찢어지는 듯한 가슴으로 말했다.   36

「스승님, 이들이 누구인지 말해 주십시오.
그리고 우리 왼쪽에 있는 삭발한 자들은
모두 예전에 성직자들이었는지요?」   39

4 무거운 짐은 재물에 얽매인 인간의 굴레를 상징한다. 그리스 신화의 시
시포스가 가슴으로 무거운 바윗돌을 굴리는 형벌을 염두에 둔 것으로 짐작
된다.
5 재물과 관련하여 정반대의 죄를 지은 두 무리가 서로를 모욕하는 말
이다.

그분은 말하셨다. 「이자들은 모두
첫 번째 삶[6]에서 정신의 눈이 멀어
절도 있는 소비를 하지 못하였단다.   42

정반대의 죄[7]로 서로 나뉜
원의 두 지점에 이르면, 저들은
분명한 목소리로 저렇게 짖어 댄다.   45

이쪽의 머리에 털이 없는[8] 자들은
성직자들로 교황과 추기경이었는데
지나칠 정도로 탐욕을 부렸지.」   48

나는 말했다. 「스승이시여, 이자들 중에서
그런 죄로 더럽혀진 몇몇 영혼을
제가 분명 알아볼 수 있겠군요.」   51

그분은 말하셨다. 「헛된 생각을 하는구나.
저들은 무분별한 생활로 더러워져
전혀 알아볼 수 없게 되었단다.   54

6 지상에서의 삶.
7 낭비의 죄와 인색함의 죄.
8 삭발한 머리를 가리킨다. 당시의 수도자나 성직자는 속세를 떠난다는
표시로 머리 일부를 동그랗게 삭발하였다.

그들은 영원히 서로 충돌할 것이며,
무덤에서 이들[9]은 움켜쥔 손으로,
저들[10]은 잘린 머리칼로 일어나리라.[11]   57

잘못 소비하고 잘못 간직함으로 인해
아름다운 세상을 잃고 저렇게 싸우니,
그것이 무엇인지 꾸밈없이 말해 주마.   60

아들아, 포르투나[12]에게 맡겨진 재화는
사람들이 서로 싸우도록 만드는데,
그 짧은 속임수를 볼 수 있을 것이다.   63

달의 하늘 아래 있고 또 전에도 있었던
모든 황금은, 이 피곤한 영혼들 중에서
누구도 편히 쉬게 하지 못할 테니까.」   66

내가 말했다. 「스승님, 더 말해 주십시오.
말하시는 그 포르투나는 무엇이기에

9 인색한 자들로, 움켜쥔 손은 지나친 인색함을 상징한다.
10 낭비한 자들로, 잘린 머리칼은 방탕의 무절제함을 상징한다.
11 최후의 심판으로 받으러 가기 위해 무덤에서 다시 일어나는 것을 의미한다.
12 Fortuna. 로마 신화에서 재물을 다스리는 〈행운〉의 여신으로 그리스 신화의 티케에 해당한다. 맥락에 따라 〈운명〉으로 옮길 수도 있다.

세상의 재화를 그렇게 손에 갖고 있나요?」   69

스승님은 말하셨다. 「오, 어리석은 인간들이여,
무지가 너희들을 얼마나 해치는지!
이제 내 말을 명심하도록 하여라.   72

모든 것을 초월하는 지혜를 가진 분은
하늘들을 만드시고 인도하는 자를
배치하시어 세상 온 사방이 빛나도록   75

빛을 동일하게 나눠 주게 하셨는데,[13]
마찬가지로 세상의 영광들에 대해서도
다스리고 인도하는 자[14]를 배치하셨고,   78

그녀는 헛된 재화를 때때로 이 민족에서
저 민족으로, 이 핏줄에서 저 핏줄로 옮겨
인간의 지혜가 막을 수 없도록 했단다.   81

그래서 풀숲 사이에 뱀처럼 숨겨진
그녀의 판단에 따라 한 민족이

13   하느님은 아홉 개의 하늘을 창조하고 각 하늘을 관장하는 아홉 품계의
천사들을 배치하여 온 세상에 빛이 골고루 비치도록 했다는 것이다.(「천국」
28곡 참조)
14   포르투나.

지배하면 다른 민족은 시들게 되지.   84

너희 지식은 그녀에게 맞설 수 없으니,
그녀는 미리 예견하고 판단하며
다른 신들처럼 자신의 임무를 수행하지.   87

그녀가 옮기는 작업은 쉴 틈이 없고
필요에 따라 신속하게 움직이며,
따라서 종종 운명이 바뀌는 자가 있지.   90

그런데 그녀를 찬양해야 할 자들이
오히려 부당하게 욕하고 비난하며
그녀에게 심한 저주를 퍼붓기도 한다.   93

하지만 그녀는 행복하게도 그런 말을
듣지 않고, 다른 최초 창조물들과 함께
즐겁게 자신의 임무를 수행하며 즐긴단다.   96

이제 더 큰 고통으로 내려가 보자.
내가 출발했을 때 떠오른 별들이 이미
스러졌으니[15] 오래 머무를 수가 없구나.」   99

15   성 금요일 자정이 지난 무렵이다.

우리는 원을 가로질러 맞은편 기슭의

어느 샘물로 갔는데, 부글부글 끓고

넘치면서 웅덩이를 이루고 있었다.   102

물은 칠흑처럼 아주 검은 색깔이었고,

우리는 시커먼 물결을 바라보면서

험준한 길을 통해 아래로 내려갔다.   105

그 음산한 개울은 거무스레하고

사악한 기슭 아래로 내려가서

스틱스[16]라는 이름의 늪으로 들어갔다.   108

그것을 바라보던 나는 늪 속에서

고통스러운 표정으로 벌거벗은 채

온통 진흙을 뒤집어쓴 사람들을 보았다.   111

그들은 손뿐만 아니라 머리와

가슴과 발로 서로를 때리고, 이빨로

물어뜯으며 갈기갈기 찢고 있었다.   114

훌륭한 스승님이 말하셨다. 「아들아,

16 그리스 신화에서 저승 세계에 있다고 믿었던 강으로, 여기에서 단테는
하부 지옥의 성벽을 둘러싼 늪으로 묘사하고 있다.

보아라, 분노에 사로잡힌 영혼들을.
또한 네가 분명히 알아야 하는데,   117

어디를 바라보아도 네 눈이 말해 주듯
물 밑에는 한숨짓는 사람들이 있어서
수면에 부글부글 거품이 일고 있단다.   120

진흙 속에서 저들은 말한단다. 〈햇살
아래 달콤한 대기 속에서는 마음속에
게으른 연기[17]를 가졌기에 슬펐는데,   123

이제는 검은 진흙 속에서 슬프구나.〉
분명한 말로 말할 수 없으니, 그런
탄식은 목구멍에서 꾸르륵거린단다.」[18]   126

그렇게 진흙 속에 잠긴 자들을 보며
우리는 마른 절벽과 늪 사이를 따라
더러운 늪의 주위를 빙 돌았으며   129

마침내 어느 탑의 발치에 이르렀다.

---

17   마음속에 간직하고 있는 느린 분노나 원한을 상징하는 것으로 해석
된다.
18   흙탕물이 목구멍 안으로 들어가기 때문에 제대로 말을 할 수 없다.

제8곡

단테는 〈디스의 도시〉, 즉 하부 지옥을 둘러싸고 있는 스틱스 늪에 이르러 플레기아스의 배에 올라탄다. 스틱스 늪 속에서는 분노의 죄인들이 벌받고 있는데, 그들 중에서 단테는 필리포 아르젠티를 만난다. 두 시인은 늪을 건넜지만, 하부 지옥을 지키는 악마들이 안으로 들어가는 것을 가로막는다.

계속 이어서 말하건대,[1] 높다란 탑의

발치에 이르기 훨씬 이전에 우리의

눈은 탑의 꼭대기를 향하고 있었는데,   3

거기에 있는 두 불꽃 때문이었으며,

또 다른 불꽃이 신호에 응답하였기에,

거기에서 눈을 떼기가 어려웠다.   6

나는 모든 지성의 바다이신 스승님께

말했다. 「저건 무엇입니까? 저 다른 불은

---

1 계속해서 이야기한다는 뜻이지만, 실제로는 앞의 7곡 후반부에 서술된 내용(〈어느 탑의 발치에 이르렀다〉)보다 〈훨씬 이전에〉 있었던 사건으로 되돌아가 이야기한다. 이에 대해 여러 학자들은 단테가 『신곡』의 집필을 중단하였다가 나중에 다시 이어 썼다는 증거로 보기도 한다. 예를 들어 보카치오는 7곡까지의 초반부는 단테의 망명 이전에 쓰였다고 주장하기도 하였다. 어쨌든 8곡 이후부터 사건의 전개 속도나 문체, 리듬 등에서 뚜렷한 변화가 드러난다.

무엇에 응답하고, 또 누가 저렇게 합니까?」　　　　　9

그분은 말하셨다. 「늪의 안개가 가리지
않는다면, 그들이 기다리는 것을
저 더러운 물결 위에서 볼 수 있으리라.」　　　12

시위를 떠난 화살이 아무리 빠르게
허공을 달린다 해도 내가 거기서 본
작은 배처럼 빠르지는 못할 것이다.　　　　　15

그 배는 물 위로 우리를 향해 다가왔는데
사공 혼자 이끌고 있었으며, 그는
외쳤다. 「이제 왔구나, 사악한 영혼아!」　　　18

「플레기아스,[2] 쓸데없이 소리 지르는구나.」
내 주인께서 말하셨다. 「이번에 네가 할 일은
우리가 저 늪을 건너게 해주는 것뿐이다.」　　　21

마치 자신에게 가해진 큰 속임수를
듣고, 그에 대해 후회하는 사람처럼

2 전쟁의 신 마르스와 크리세이스 사이의 아들로, 태양의 신 아폴로(그리
스 신화에서는 아폴론)가 자신의 딸 코로니스를 유혹하자 아폴로에게 바쳐진
델포이 신전을 불태웠다. 따라서 분노의 화신으로 간주된다.

플레기아스는 분노에 사로잡혀 있었다.　　　　　　24

나의 스승께서는 배 안으로 내려가
나를 자기 곁으로 들어오게 하셨다.
내가 탔을 때에야 배는 무거워 보였다.[3]　　　27

스승님과 내가 배에 올라타자, 낡은
뱃머리는 다른 영혼을 실었을 때보다
더욱 깊이 물살을 가르며 나아갔다.　　　30

우리가 죽은[4] 늪을 달리는 동안 진흙을
뒤집어쓴 한 영혼[5]이 앞에 나타나
말했다. 「때 이르게[6] 오는 그대는 누군가?」　　33

나는 말했다. 「오더라도 머물지는 않소. 그런데
그대는 누구이며, 왜 그리 더러운가?」
그가 말했다. 「보다시피 나는 울고 있는 자[7]요.」　　36

3　영혼들은 무게가 없으나 살아 있는 단테는 육신을 갖고 있기 때문이다.
4　검은색을 가리킨다.
5　뒤의 61행에서 이름이 밝혀지는 필리포 아르젠티Filippo Argenti. 그가
구체적으로 누구인지 분명하지는 않으나, 피렌체 출신 귀족으로 쉽게 분노하
는 전형적 인물로 해석된다. 일부에서는 단테가 반대했던 보수적 정치가로 보
기도 한다.
6　죽기 전에.
7　이름을 밝히지 않으려고 단순히 형벌을 받고 있는 영혼이라고 말한다.

나는 그에게 말했다. 「저주받은 영혼이여,
눈물과 고통 속에 여기 남아 있어라.
아무리 더러워도 나는 너를 알겠구나.」　　　　39

그러자 그는 두 손으로 배를 잡으려 했고,[8]
눈치를 챈 스승께서는 그를 밀치며
말하셨다. 「다른 개들과 함께 꺼져라!」　　　　42

그리고 스승님은 팔로 내 목을 감싸고
얼굴에 입 맞추셨다. 「오, 불의를 경멸하는 자여,
너를 잉태한 여인은 축복받을지어다!　　　　45

저자는 세상에서 오만한 자였는데,
그를 기억할 만한 덕성이 없으니 저렇게
그의 그림자는 여기에서 분노한단다.　　　　48

저 위에서는 위대한 사람이라 생각하지만,
여기에서 진흙 속의 돼지처럼 있으면서
커다란 수치를 남길 자가 얼마나 많은지!」　　　　51

나는 말했다. 「스승이시여, 우리가 이 호수를
나가기 전에, 저놈이 이 늪 속에

8　배를 뒤집어 단테를 늪에 빠뜨리기 위해서이다.

곤두박질하는 것을 보고 싶습니다.」   54

그분은 말하셨다. 「저 언덕이 보이기 전에
너의 그런 욕망은 충족될 것이니
네가 잠시 즐기는 것도 괜찮으리라.」   57

그리고 곧이어 진흙투성이 무리가
그를 잡아 찢었으니, 그에 대해 나는
지금도 하느님께 감사하고 찬양한다.   60

「필리포 아르젠티에게!」 모두 소리쳤고,
그러자 그 격노한 피렌체 영혼은
이빨로 자신의 몸을 물어뜯었다.   63

거기서 우리는 그를 떠났으니 더 이상
말하지 않겠다. 고통의 소리[9]가 내 귀를
뒤흔들었기에 나는 뚫어지게 앞을 응시했다.   66

착한 스승님은 말하셨다. 「아들아, 이제
고통스러운 영혼들과 악마들의 무리가 사는
디스[10]라는 이름의 도시에 가까이 왔다.」   69

9 디스의 성벽 안에서 들려오는 고통의 소리이다.

나는 말했다. 「스승이시여, 저 계곡 안에 있는
회교당[11]들이 눈에 분명히 보이는데,
불 속에서 나온 듯이 불그스레하군요.」   72

스승님은 말하셨다. 「네가 보다시피
저 안을 불태우는 영원한 불이 여기
낮은 지옥을 저렇게 붉게 물들인단다.」   75

그 황량한 영토를 둘러싸고 있는
깊은 웅덩이[12]에 우리는 이르렀는데,
성벽은 마치 쇠로 된 것처럼 보였다.   78

우리는 크게 한 바퀴 돈 다음
한 곳에 도착했고, 사공이 크게
외쳤다. 「나가라! 여기는 입구이다!」   81

성문 위에는 하늘에서 떨어진 자들[13]이

10 원래의 이름은 디스 파테르Dis Pater, 즉 〈부(富)의 아버지〉이며 로마
신화에서 지하 세계를 관장하는 신으로 그리스 신화의 하데스 또는 플루톤에
해당한다. 「지옥」에서 단테는 반역한 천사들의 우두머리인 지옥의 마왕 루키
페르, 또는 그가 거주하는 하부 지옥을 가리켜 이렇게 부른다.
11 보카치오의 견해에 따르면 〈하느님이 아니라 악마를 섬기기 위한 건
축물〉이기 때문에 그렇게 불렀다고 한다.
12 중세의 성이나 요새를 둘러싼 해사(垓字)처럼 하부 지옥을 둘러싸고
있는 스틱스 늪이다.

엄청나게 많이 보였는데, 그들은
화를 내면서 소리쳤다. 「죽지도 않고   84

죽은 자들의 왕국으로 가는 자가 누구냐?」
그러자 현명하신 스승께서는 그들에게
은밀하게 말하고 싶다는 신호를 하셨다.   87

그러자 그들은 약간 분노를 거둔 다음
말했다. 「너 혼자서 와라. 겁 없이
이 왕국에 들어온 저자는 떠나라.   90

만약 길을 안다면, 그 무서운 길로
혼자서 돌아가라. 그 어두운 길을
안내한 너는 여기에 머물 테니까.」   93

독자여, 생각해 보시라, 그 저주받은
말에 내가 얼마나 당황했는지. 나는
이곳으로 돌아오지 못하리라 생각했다.   96

「오, 사랑하는 길잡이시여, 당신은
일곱 번도 넘게 나를 안심시키고
제게 닥친 위험에서 구해 주셨으니,   99

13 반역한 천사들은 천국에서 지옥으로 떨어져 악마들이 되었다.

이렇게 지친 저를 떠나지 마십시오.
앞으로 나아가는 길이 거절되었다면
왔던 길로 어서 함께 돌아갑시다.」   102

나를 그곳으로 안내한 주인께서 말하셨다.
「두려워 마라. 우리의 길은 그분[14]께서
주셨으니 아무도 방해하지 못하리라.   105

여기서 나를 기다려라. 지친 영혼은
좋은 희망을 먹고 위안을 삼는 법, 내가
너를 이 낮은 세계에 남겨 두지 않으리라.」   108

그런 다음 상냥한 아버지는 떠나셨고
나는 의혹 속에 혼자 남아 있었으니,
머릿속에서 여러 생각이 싸움질하였다.   111

스승님이 그들에게 하신 말을 들을 수는 없었으나
그들과 함께 오래 머무르지 않으셨고,
그들은 서둘러서 안으로 들어갔다.   114

우리의 적들은 내 스승의 눈앞에서
성문을 닫았고, 밖에 남은 그분은

14 하느님.

나를 향하여 느린 걸음을 옮기셨다.   117

눈은 땅바닥을 향하였고, 눈썹에는
당당함이 사라졌고, 한숨을 쉬며 말하셨다.
「누가 감히 내게 이 고통의 집을 금지했는가!」   120

그러고는 내게 말하셨다. 「내가 화를 낸다고
당황하지 마라. 안에서 아무리 막아도
나는 이 싸움에서 이길 테니까.   123

저들의 오만함은 새로운 일이 아니니,
전에도 더 밖의 문[15]에서 그랬는데,
지금 그 문은 아직도 열려 있단다.   126

너는 문 위의 죽은 글씨[16]를 보았겠지.
지금 거기에서 아무 호위 없이 원들을
거쳐 가파른 길을 내려오는 분이 있으니,   129

그분에 의해 이 도시가 열릴 것이다.」

15　지옥 입구의 문을 가리킨다. 그리스도가 림보의 성현들을 구하러 왔을
때(「지옥」4곡 51~63행 참조) 악마들이 저항하자 무력으로 문을 처부수었고
지금도 그대로 열려 있다는 뜻이다.
16　단테가 지옥의 입구에서 보았던 글귀.(「지옥」3곡 1~9행 참조)

제9곡

아직도 문이 열리지 않는 디스 성벽의 탑 위에 불화와 분노의 화신인 세 푸리아가 나타나서 단테를 위협한다. 하지만 하늘에서 내려온 사자(使者)의 도움으로 단테와 베르길리우스는 마침내 안으로 들어간다. 그리고 이단자들이 불타는 관(棺) 속에서 벌받고 있는 광경을 본다.

스승님이 돌아오시는 것을 보고
두려움으로 내 얼굴이 창백해지자
그분은 분노의 표정을 억누르셨고,   3

귀 기울이는 사람처럼 주의 깊게 계셨는데,
검은 대기와 빽빽한 안개로 인해 눈을
멀리까지 돌릴 수 없었기 때문이었다.   6

그분은 말하셨다. 「어쨌든 싸움은 이겨야 해.
그렇지 않으면…… 아니야, 도움을 약속했어.
아, 오실 분[1]이 왜 이리 늦으시는 걸까!」   9

나는 그분이 처음 말을 다음의 말로

1 단테와 베르길리우스를 도와주기 위해 하늘에서 내려온 사자(使者)를 기다리고 있다.

뒤덮어 버리시는 것을 보았는데,
처음의 말과는 다른 말이었다.   12

어쨌든 그분의 말은 나에게 두려움을
주었는데, 아마 내가 그 잘린 말에서
더 나쁜 의미를 이끌어 냈기 때문이리라.   15

「이 사악한 웅덩이의 깊은 곳까지
헛된 희망의 형벌만 받는 첫째 원[2]의
누군가 내려오는 경우가 있습니까?」   18

내가 질문하자 스승님이 대답하셨다.
「지금 내가 가고 있는 이 길을 이따금
우리 중의 누군가 가는 경우가 있단다.   21

사실 나는 여기 한 번 온 적이 있는데,
영혼들을 그들의 육체에 다시 불러들였던
그 잔인한 에리톤[3]의 마법 때문이었지.   24

2   첫째 원 림보의 영혼들은 육체적 형벌이 아니라, 천국에 오르고 싶은 희
망으로 마음의 형벌을 받고 있다.
3   루카누스의 『파르살리아』 6권에 나오는 테살리아의 마법사 여인. 폼페
이우스의 부탁을 받은 그녀는 파르살로스 전투의 결과를 알기 위해 어느 죽은
병사의 영혼을 저승에서 불러냈다.

내 육신이 없어진 지 얼마 후 그녀는
유다의 원[4]에서 한 영혼을 끌어내리려고
나를 저 성벽 안으로 들어가게 했지.   27

그곳은 가장 낮고 어두우며, 모든 것을
움직이는 하늘에서 가장 먼 곳이지만,
나는 길을 잘 알고 있으니 안심하여라.   30

지독한 악취를 내는 이 늪은 고통의
도시를 둘러싸고 있는데, 우리는
분노 없이 들어갈 수 없을 것 같구나.」   33

다른 말도 하셨지만 지금은 기억하지 못하니,
내 눈은 온통 그 높은 탑의 불타는
꼭대기에 이끌려 있었기 때문이다.   36

그곳에는 피로 물든 지옥의 세 푸리아[5]가
한곳에 똑바로 서 있었는데, 그녀들은

4 예수를 팔아먹은 유다의 영혼이 벌받고 있는 아홉째 원의 넷째 구역인
주데카.(「지옥」34곡 117행 참조)
5 뒤이어 45행에서 말하듯이 그리스 신화에서는 에리니스(복수형은 에
리니에스)라고 부르는 복수의 여신들로, 불화와 고통의 씨를 뿌린다. 이들은
날개가 달려 있고, 머리칼은 뱀들로 되어 있으며, 손에는 횃불이나 채찍을 든
모습으로 묘사된다. 세 여신의 이름은 각각 메가이라(〈질투하는 여자〉), 알렉
토(〈쉬지 않는 여자〉), 티시포네(〈살인을 복수하는 여자〉)이다.

여자의 몸체와 몸짓을 하고 있었으며,   39

몸에 짙푸른 물뱀들을 휘감고 있었고,
머리카락은 작은 뱀들과 뿔 난 뱀들로
무시무시한 관자놀이를 휘감고 있었다.   42

영원한 고통의 여왕[6]을 섬기는 그
하녀들을 알고 있던 스승께서 말하셨다.
「저 광포한 에리니스들을 보아라.   45

왼쪽에 있는 것이 메가이라이고,
오른쪽에서 우는 것이 알렉토, 가운데가
티시포네이다.」 그리고 말이 없었다.   48

그녀들은 손톱으로 자기 가슴을 찢고
손바닥으로 두드리며 큰 소리로 외쳤고,
나는 두려워서 시인에게 바짝 다가갔다.   51

「메두사[7]여 오라, 저자를 돌로 만들도록.」
그녀들은 모두 아래를 바라보며 소리쳤다.

6 디스 파테르(그리스 신화에서는 하데스)의 아내 프로세르피나(그리스
어 이름은 페르세포네).
7 그리스 신화에서 흉측한 얼굴의 괴물 고르곤 세 자매 중 하나로 머리칼
이 뱀들로 되어 있으며, 그녀를 바라본 사람은 돌로 변하였다.

「테세우스의 공격에 복수하지 못해 원통하다.」[8]　　54

「뒤로 돌아서서 얼굴을 가리도록 해라.
만약 고르곤이 나타나 네가 보게 된다면
다시는 땅 위로 돌아가지 못하리라.」　　57

스승님은 그렇게 말하시고 손수 내 몸을
돌리셨고, 내 손을 믿지 않는 듯이
당신의 손으로 내 눈을 가리셨다.　　60

오, 건강한 지성을 가진 그대들[9]이여,
이 신비로운 시구들의 베일 아래
감추어져 있는 의미를 생각해 보시오.　　63

그런데 벌써 더러운 물결 위로
양쪽 기슭이 떨릴 정도로 무섭고
터질 듯한 굉음이 들려왔는데,　　66

8　그리스 신화의 영웅 테세우스는 디스 파테르의 아내 프로세르피나를
빼앗아 아내로 삼겠다는 친구 페이리토오스와 함께 저승으로 내려갔다가 망
각의 의자에 앉아 있게 되었으나 헤라클레스의 도움으로 풀려났다. 만약 테세
우스가 저승에서 살아 돌아가지 못했다면 사람들이 감히 저승으로 들어가려
고 하지 않았을 것이라는 뜻이다.
9　독자들에게 하는 말이다.

마치 뜨거운 열기들에 의해 더욱
격렬해진 바람이 아무 거리낌 없이
숲을 후려치며 가지들을 찢어서   69

부러뜨려 날려 버리고, 오만하게
흙먼지와 함께 나아가며 목동들과
짐승들을 달아나게 만드는 것 같았다.   72

스승님이 내 눈을 풀어 주며 말하셨다.
「저 오래된 거품 너머, 안개 자욱한
곳으로 네 시선을 집중하도록 해라.」   75

마치 개구리들이 원수인 뱀 앞에서
모두들 물속으로 흩어져 달아나
각자 밑바닥에 납작 엎드리듯이,   78

마른 발바닥으로 스틱스 늪을 건너는
그분의 걸음걸이 앞에서 저주받은 수많은
영혼들이 도망치는 것을 나는 보았다.   81

그분은 종종 왼손을 눈앞에서 흔들어
얼굴에서 빽빽한 대기를 헤쳐 냈는데,
단지 그것만이 귀찮은 것처럼 보였다.   84

하늘에서 온 사자[10]라는 것을 깨달은 내가
스승님에게 몸을 돌리자, 스승님은 조용히
그분께 고개를 숙이라는 신호를 나에게 하셨다.   87

아, 얼마나 분노에 가득 차 보였는지!
그분은 성문으로 다가가 회초리 하나로
아무런 제지도 없이 문을 열었다.   90

「오, 하늘에서 쫓겨난 추악한 무리들아.」
그분은 무서운 문 앞에서 말을 꺼냈다.
「너희들은 왜 이런 오만함을 키우는가?   93

틀림없이 목적을 이루는 그 의지에
너희들은 무엇 때문에 거역하는가?
너희들의 고통만 더 키우지 않는가?   96

율법에 거스른다고 무슨 소용이 있는가?
너희가 기억하듯 너희의 케르베로스는
아직도 목덜미와 턱에 털이 없구나.」[11]   99

10 본문에는 그냥 〈사자(使者)*messo*〉로 되어 있는데, 대부분 천사를 가리
킨다고 해석한다.
11 케르베로스(「지옥」 6곡 14행 참조)는 헤라클레스가 저승에 들어가는
것을 막으려다 오히려 붙잡혀 사슬에 묶인 채 밖으로 끌려 나왔다.

그리고 더러운 길을 따라 돌아섰는데,
우리에게는 말 한마디 없었고
마치 자기 앞에 있는 다른 일에   102

몰두하고 이끌려 있는 것 같았다.
우리는 그의 성스러운 말에 힘입어
그 땅을 향해 우리의 걸음을 옮겼다.   105

우리는 다툼 없이 안으로 들어갔으며,
성벽이 둘러싸고 있는 상황을
보고 싶은 생각에 사로잡힌 나는   108

안으로 들어서자 주변을 둘러보았고,
사방의 넓은 들판이 사악한 형벌과
고통으로 가득 차 있음을 보았다.   111

마치 론강이 바다로 흐르는 아를,[12]
이탈리아를 가로막고 그 경계선을 적시는
크바르네르 바다 근처의 풀라[13]에서   114

12 Arles. 프로방스 지방의 지명으로 로마 시대 묘지의 흔적들이 아직도
남아 있다. 이교도와의 싸움에서 전사한 카롤루스 마그누스의 병사들을 매장
하기 위해 하룻밤 사이에 기적처럼 거대한 공동묘지가 만들어졌다는 전설이
있다.

13 크바르네르Kvarner(이탈리아어 이름은 콰르나로Quarnaro)만(灣)은

무덤들이 온통 다양하게 뒤덮고 있듯이,
여기에도 사방이 무덤들로 뒤덮였는데
다만 이곳은 더 고통스러운 모습이었다.   117

무덤들 사이에는 불꽃들이 흩어져
온통 불타고 있었기 때문인데, 어떤
기술도 쇠를 그렇게 달구지 못하리라.   120

관의 뚜껑들은 모두 열려 있었으며,
분명 처참하고 고통스러워 보이는
무서운 탄식들이 흘러나오고 있었다.   123

그래서 나는 물었다. 「스승님, 저 사람들은
누구이기에 저렇게 관 속에 묻혀
고통스러운 탄식을 들리게 합니까?」   126

스승님은 말하셨다. 「여기에는 이단의 우두머리들이
모든 종파의 추종자들과 함께 있는데,
네 생각보다 많은 영혼들로 가득하단다.   129

아드리아해 북부의 크로아티아 해안과 이스트라반도 사이에 있는 만이고, 풀
라Pula(이탈리아어 이름은 폴라Pola)는 이스트라반도 남쪽의 도시로 고대에
로마인들의 무덤이 있었다고 한다.

여기에는 비슷한 자들끼리 묻혀 있고

무덤들은 더 뜨겁거나 덜 뜨겁단다.」[14]

그리고 우리는 오른편으로 돌아섰고,[15]   132

무덤들과 높다란 성벽 사이로 지나갔다.

14 죄의 경중에 따라 영혼들이 받는 형벌의 강도가 다르다는 뜻이다.

15 지옥에서 두 시인은 줄곧 왼쪽 방향으로 돌면서 내려가고 있다. 중세
의 관념에서 왼쪽은 나쁜 것을 상징하고 오른쪽은 좋은 것을 상징하기 때문이
다. 그런데 이곳과 일곱째 원의 셋째 둘레(「지옥」17곡 28~31행 참조)에서만
방향을 바꾸어 오른쪽으로 돌아간다.

제10곡

여섯째 원에는 영혼의 불멸을 부정한 에피쿠로스와 그의 추종자들이 벌
받고 있는데, 단테는 그곳에서 파리나타와 카발칸티의 영혼과 이야기를
나눈다. 파리나타는 의연한 모습으로 단테에게 피렌체의 정치 싸움에 대
하여 이야기하고, 또한 단테의 앞날을 예언하는 말을 들려준다.

이제 나의 스승님은 도시의 성벽과

고통 사이로 좁은 오솔길을 따라

가셨고, 나는 그분의 뒤를 따랐다.   3

「오, 사악한 원들로 나를 인도하시는

최고의 덕성이여.」 나는 말을 꺼냈다.

「원하신다면 제 욕망을 채워 주십시오.   6

무덤 속에 누워 있는 자들을

볼 수 있을까요? 모든 뚜껑은 이미

열려 있고, 아무 감시도 없습니다.」   9

그러자 그분은 말하셨다. 「저 위에 남겨 둔

육신을 갖고 여호사팟[1]에서 이곳으로

1 예루살렘 근처에 있다는 상상의 계곡으로 최후의 심판이 내려지는 날,

돌아올 때 모든 뚜껑이 닫힐 것이다.   12

육체와 함께 영혼이 죽는다고 생각했던
에피쿠로스[2]와 그의 모든 추종자들이
이곳에 자신의 무덤을 갖고 있단다.   15

그러나 네가 나에게 말한 질문이나
아직 나에게 말하지 않은 욕망[3]은
이곳에서 곧바로 채워질 것이다.」   18

나는 말했다.「훌륭하신 길잡이여, 단지 말을
적게 하려고 제 욕망을 감추었는데,
당신은 언제나 배려해 주시는군요.」   21

「오, 산 채로 불의 도시를 지나가며
그렇게 솔직하게 말하는 토스카나
사람이여, 잠시 이곳에 머물러 주오.   24

그대의 말투는 아마 내게 너무나도

모든 영혼이 지상에 남겨 둔 육신을 다시 입고 이곳에 모인다고 한다.(「요엘」
4장 2절 참조)
  2   에피쿠로스(B.C. 342~B.C. 270)는 그리스의 철학자로 특히 영혼은 육
체의 죽음과 함께 소멸한다고 주장하였다.
  3   단테가 고향 피렌체 사람을 만나고 싶어 하는 욕망이다.

괴로움을 주었던 그 고귀한 고향
출신임을 분명하게 밝혀 주는구려.」   27

갑자기 무덤들 중 하나에서
이런 소리가 들려왔기에, 나는
떨면서 안내자 곁으로 다가섰다.   30

스승님은 말하셨다. 「무엇 하느냐? 보아라!
곧게 일어선 파리나타[4]를 보아라,
허리 위로 완전하게 보일 것이다.」   33

내 시선은 이미 그의 얼굴을 응시했는데,
그는 마치 지옥을 무척이나 경멸하듯이
가슴과 얼굴을 똑바로 쳐들고 있었다.   36

믿음직한 안내자의 손은 재빨리 나를
무덤들 사이의 그를 향하여 밀면서
말하셨다. 「네 말을 적절히 가늠하라.」   39

내가 그의 무덤 발치에 이르자, 그는

4 Farinata. 본명은 우베르티 가문의 메넨테Menente로 파리나타는 별명
이다. 그는 1239년 기벨리니파의 가장 유명한 지도자가 되었고 1248년 궬피파
를 몰아냈다. 그러나 1251년 궬피파가 복귀하고, 당파 싸움이 다시 불붙으면
서 추종자들과 함께 1258년 추방당하였고 1264년에 사망하였다.

잠시 나를 바라보더니 경멸하듯이
물었다. 「그대의 선조가 누구요?」   42

나는 순순히 따를 생각이었기에
그에게 숨김없이 모두 털어놓았다.
그러자 그는 눈을 약간 치켜뜨더니[5]   45

잠시 후 말했다. 「그들은 대범하게
나와 내 조상들, 내 당파에 대항했고,
그래서 나는 두 번[6]이나 쫓아 버렸지.」   48

나는 대답했다. 「그들은 쫓겨났어도
사방에서 두 번이나 되돌아왔는데,
당신들은 그 기술을 배우지 못했지요.」[7]   51

그러자 곁의 열린 뚜껑에서 그림자
하나[8]가 파리나타의 턱까지 일어났으니
아마 무릎으로 일어난 모양이었다.   54

5   단테가 속한 궬피파는 자신의 적이었기 때문이다.
6   1248년과 1260년이다.
7   기벨리니파는 1266년 피렌체에서 쫓겨나 다시 복귀하지 못하였다.
8   본문에 이름이 명시적으로 나오지 않는 카발칸테 카발칸티Cavalcante
Cavalcanti이다. 그의 아들 귀도Guido(1255?~1300)는 시인으로 단테의 친
구였으며, 두 사람은 소위 〈달콤한 새로운 문체〉(「연옥」24곡 56행 참조)의 대
표자들이었다.

혹시 다른 사람이 나와 함께 있는지[9]
보려는 생각에 그는 내 주위를 둘러보았는데,
곧바로 그런 의혹이 사라지자 그는   57

울면서 말했다. 「높은 지성 덕택에
어두운 감옥을 지나고 있다면, 내 아들은
어디에 있는가? 왜 함께 오지 않았는가?」   60

나는 말했다. 「내 능력으로 온 것이 아니라, 저기
기다리는 분[10]이 인도하시는데, 당신 아들
귀도는 아마 그를 경멸한 것 같습니다.」   63

그의 말과 형벌의 양상을 보고
나는 이미 그의 이름을 알았기에
그렇게 분명하게 대답하였다.   66

곧바로 그는 벌떡 일어서더니 외쳤다.
「뭐라고? 어쨌다고? 아직 살아 있지 않다고?
달콤한 햇살이 그의 눈에 안 비친다고?」[11]   69

9   카발칸테는 아들 귀도의 생사가 궁금하여 혹시 단테와 함께 왔는지 살
펴보고 있다.
10   베르길리우스.
11   뒤의 111행에 나오듯이 그의 아들 귀도는 당시에 살아 있었으나 몇 달
뒤 사망한다.

그는 내가 대답하기에 앞서 약간
머뭇거리는 것을 보더니 털썩 뒤로
쓰러졌고, 더 이상 보이지 않았다.   72

그러나 나를 멈추게 했던 다른
담대한 자[12]는 얼굴도 변하지 않았고,
목을 돌리거나 허리도 굽히지 않았으며,   75

처음의 말을 계속 이어서 말하였다.
「그들이 그 기술을 잘못 터득했더라면,
그것은 이 자리보다 더 나를 괴롭히겠지.   78

그렇지만 이곳을 다스리는 여인[13]의
얼굴이 50번 불타오르기 전에[14] 그대는
그런 기술이 얼마나 힘든지 알게 될 것이다.   81

그대가 달콤한 세상[15]으로 돌아간다면
말해 다오. 왜 그 시민들은 모든 법률에서

---

12 파리나타를 가리킨다.
13 디스 파테르의 아내 프로세르피나.(「지옥」 9곡 43행의 역주 참조) 로
마 신화에서 그녀는 달의 여신 루나와 동일시되기도 하였다.
14 달이 50번 찼다가 기우는 기간, 즉 50개월이 지나기 전에 단테 역시 추
방될 것이며, 고향으로 돌아가기 어려울 것이라는 예언이다.
15 산 자들의 세상.

나의 혈족들에게 그토록 잔인한가?」   84

나는 대답했다. 「아르비아[16] 시냇물을 붉게 물들인
대학살과 잔인함에 대하여 우리의
성전에서 많은 기도를 했기 때문이오.」   87

그는 한숨을 쉬고 고개를 흔들며 말했다.
「거기엔 나 혼자가 아니었고, 이유 없이
다른 사람들과 함께 움직인 것이 아니네.   90

하지만 모두들 피렌체를 파멸하려고
논의하는 곳에서 얼굴을 쳐들고
그곳을 옹호한 사람은 나 혼자였네.」   93

나는 그를 위해 말했다. 「오, 그대의 후손들은
부디 평안하소서. 그러니 여기에서
뒤엉킨 내 의혹의 매듭을 풀어 주시오.   96

내가 잘 알아들었다면, 당신들은 시간이
함께 가져오는 것을 미리 보는 듯한데,
현재에 대해서는 그와 다른 것 같군요.」[17]   99

16 Arbia. 토스카나 지방의 작은 강으로 그 주변의 몬타페르티 지역(「지
옥」32곡 80행 참조)은 1260년 기벨리니파가 공격했을 때의 격전지였다.

「우리는 마치 시력이 나쁜 사람들처럼,

멀리 있는 것을 보지만 그것은 최고

지도자[18]의 빛이 비치는 동안뿐이지.   102

그런데 가까이 다가오면 우리 지성은

쓸모없어서, 다른 사람이 알려 주지

않으면 그대들 인간사를 전혀 모르지.   105

미래의 문이 닫히는 그 순간[19]부터

우리의 지식은 모두 사라진다는 것을

그대는 이해할 수 있을 것이네.」   108

그때 나는 내 실수를 후회하며 말했다.

「지금 쓰러진 저자[20]에게 말해 주시오.

그의 아들은 아직 살아 있으며, 또한   111

내가 대답하기에 앞서 침묵했던 것은,

당신이 방금 해결해 준 문제에 대한

---

17   영혼들은 미래의 일을 예언하지만, 현재의 일은 잘 모르는 것 같다는
뜻이다.

18   하느님.

19   최후의 심판 후에는 더 이상 미래도 없고 모든 것이 영원 속에서 변하
지 않는다.

20   카발칸테.

생각에 몰두해 있었기 때문이라고.」   114

스승님은 벌써 나를 부르고 있었고,
그래서 나는 서둘러 그 영혼에게
누가 함께 있는지 말해 달라고 부탁했다.   117

그는 말했다. 「여기 수천 명과 함께 누워 있는데
페데리코 2세[21]와 추기경[22]도 여기 있고,
다른 자들에 대해서는 말하지 않겠네.」   120

그리고 그는 누웠고 나는 옛 시인을 향해
걸음을 옮기면서, 나에게 거스르는 듯한
그 말들[23]에 대하여 돌이켜 생각하였다.   123

스승님은 움직이셨고 그렇게 가면서
나에게 말하셨다. 「왜 그리 당황하느냐?」

---

21 Federico 2세(1194~1250). 게르만 계통의 호엔슈타우펜 왕가 출신으로 독일어 이름으로는 프리드리히Friedrich 2세. 이탈리아에서 태어난 그는 1198년부터 시칠리아의 왕이 되었고, 1220년 신성 로마 제국의 황제로 등극하였다. 개방적인 성격의 그는 십자군 원정 문제로 교황과 사이가 나빠져 파문을 당하기도 하였다.

22 1240년에서 1244년까지 볼로냐의 주교였으며 1245년 추기경이 된 오타비아노 델리 우발디니Ottaviano degli Ubaldini. 그는 이단자들의 주장을 방조하고 조장한 것으로 알려져 있다.

23 자신의 미래에 대한 파리나타의 불길한 예언.

그리고 내가 그 질문에 대답하자 126

성현은 말하셨다. 「네게 거스르는 예언으로
들은 것을 마음속에 간직하고, 내 말을
잘 들어라.」그분은 손가락을 펼치셨다. 129

「아름다운 눈으로 모든 것을 바라보는
그녀[24]의 달콤한 눈빛 앞에 설 때, 너는
그녀에게서 네 삶의 과정을 알게 되리라.」 132

그리고 그분은 왼쪽으로 발걸음을
돌렸고, 우리는 성벽에서 벗어나
골짜기로 접어드는 오솔길로 갔는데, 135

그곳의 악취가 여기까지 올라왔다.

24 베아트리체를 가리킨다.

제11곡

지옥의 골짜기에서 심한 악취가 풍겨 온다. 냄새에 익숙해지도록 걸음을
늦추면서 베르길리우스는 지옥의 구조와 그곳에서 벌받고 있는 죄인들
의 분류에 대하여 설명한다. 특히 기만이 무절제나 폭력의 죄들보다 더
아래의 지옥에서 더욱 커다란 형벌을 받는 이유를 설명해 준다.

커다랗고 깨진 돌덩이들이 둥글게
에워싼 높다란 절벽의 끄트머리에서
우리는 처참한 무리 위에 도달하였다.   3

그곳에서는 너무나도 역겨운 악취가
깊은 심연에서 풍겨 나오고 있어서
우리는 어느 커다란 무덤의 뚜껑 쪽으로   6

피했는데, 거기에 이런 글귀가 보였다.
〈포테이노스가 올바른 길에서 끌어내린
교황 아나스타시우스[1]를 내가 지키노라.〉   9

---

1 교황 아나스타시우스Anastasius 2세(재위 496~498)는 교회가 동방
과 서방으로 분리될 위기에 처해 있을 때, 동방 교회의 주장에 우호적인 입장
이었으며 사절로 파견된 테살로니카의 부제(副祭) 포테이노스(라틴어 이름은
포티누스Photinus)를 너그럽게 받아들였다.

「먼저 사악한 냄새에 우리의 감각이
약간 익숙해져서 신경 쓰지 않도록
천천히 내려가는 것이 좋을 것 같구나.」 12

스승님의 말에 나는 말했다. 「시간을 헛되이
보내지 않도록 어떤 보상책을 찾으소서.」
스승님은 말하셨다. 「나도 그것을 생각 중이다.」 15

그리고 말하셨다. 「내 아들아,
저 돌덩이 안에는 지나온 것들과 같은
세 개의 작은 원[2]들이 층층이 있단다. 18

모두 저주받은 영혼들로 가득한데,
어떻게 또 왜 그렇게 짓눌려 있는지
너는 보기만 해도 충분히 알 것이다. 21

하늘에서 증오하는 모든 사악함의 목적은
불의이며, 모든 불의의 목적은 폭력이나
기만으로 다른 사람들을 해치는 것이다. 24

기만이란 하느님께서 가장 싫어하시는
인간 고유의 악이며, 따라서 사기꾼들은

2 그러니까 일곱째 원, 여덟째 원, 아홉째 원을 가리킨다.

더 아래에 있고 더욱 큰 고통을 받는다.   27

그 첫째 원[3]은 폭력자들로 가득한데,
폭력이란 세 종류 대상에게 가해지므로
세 개의 둘레로 구분되어 만들어졌다.   30

폭력은 이웃 사람, 자기 자신, 하느님에게,
즉 그들과 그들의 사물에게 가해지니,
너는 듣고 분명하게 이해할 것이다.   33

폭력은 이웃에게 고통스러운 상처와
격렬한 죽음을 주고, 그의 재산을
파괴하고 불태우고 강탈하기도 한다.   36

그러므로 살인자들, 상처를 입히는 자,
파괴자, 약탈자들은 모두 첫째 둘레에서
여러 무리로 나뉘어 고통을 받는다.   39

또 인간은 자기 자신과 자기 재산에
폭력을 행사할 수도 있으며, 따라서
둘째 둘레에서 헛되이 뉘우치는 자들은   42

3 아래에 있는 세 개의 원들 중에서 첫째 원에 해당하는 일곱째 원을 가리
키는데, 이 일곱째 원은 다시 세 개의 〈둘레girone〉로 나뉘어 있다.

너희 세상에서 자기 목숨을 끊은 자들,
도박으로 자기 재산을 낭비한 자들로
기뻐해야 할 곳에서 우는 자들이다.[4]   45

또한 신에게 폭력을 가할 수도 있으니,
마음으로 신을 부정하고 저주하면서
그 덕성과 본성을 경멸하기도 하고,   48

따라서 가장 작은 둘레는 소돔[5]과 카오르,[6]
마음으로 하느님을 경멸하여 말하는 자를
낙인으로 봉인하여 표시하고 있단다.   51

기만은 모든 양심을 해치는 것인데,
사람들은 자신을 믿는 사람이나 믿지
않는 사람에게 기만을 사용할 수 있다.   54

이 후자의 경우는 자연이 만드는
사랑의 매듭까지 죽이는 것 같고,

4　사람들은 자기 재산이나 생명을 기쁘게 받아들여야 하는데, 오히려 거
기에 폭력을 가함으로써 슬퍼진다는 뜻이다.

5　하느님의 노여움으로 파멸된 도시(「창세기」 19장 참조)로 특히 남색(男
色)의 죄가 성행하였다.

6　Cahors. 프랑스 남부의 도시로 중세에 돈놀이꾼들이 많이 모여들었다
고 한다.

따라서 둘째 원[7]에 자리 잡은 것은,   57

위선, 아첨, 마법을 부리는 자,
위조하는 자, 도둑, 성직 매매,
매춘, 사기 등과 같은 불결한 것이다.   60

다른 경우[8]에는 자연이 만드는
사랑과 함께 그에 덧붙여 창조되는
특별한 믿음까지 망각하게 만들고,   63

그러므로 제일 작은 원, 디스[9]가
자리한 우주의 중심에서는 모든
배신자들이 영원히 고통받고 있다.」   66

나는 말했다. 「스승님, 당신의 논의는 명백히
전개되고, 이 심연과 그 안에 있는
사람들을 아주 잘 구별해 주는군요.   69

---

7 기만의 죄인들이 벌받고 있는 여덟째 원을 가리키는데, 이곳은 다시 죄
의 유형에 따라 10개의 〈구렁bolgia〉으로 나뉘어 있다.(「지옥」18곡 참조)
8 즉 전자의 경우로 자신을 믿는 사람에 대한 기만, 말하자면 배신을 가리
킨다.
9 디스 파테르(「지옥」8곡 69행 참조) 또는 지옥의 마왕 루키페르는 아홉
째 원, 그러니까 우주의 한가운데에 해당하는 지구의 중심에 틀어박혀 있다.

하지만 바람이 휩쓰는 자들,[10] 비에
젖는 자들,[11] 늪이 잡아당기는 자들,[12]
쓰라린 말씨로 서로 싸우는 자들[13]은,   72

하느님께서 그들에게 분노하신다면,
왜 불타는 도시 안에서 벌받지 않는가요?
그렇지 않다면 왜 그런 모습입니까?」   75

그러자 그분은 말하셨다.「무엇 때문에
네 생각이 평소보다 더 어지러우냐?
네 마음이 다른 곳을 향하고 있느냐?   78

너의『윤리학』[14]이 널리 설명하는 말,
즉 하늘이 원치 않는 세 가지 성향은
무절제, 미친 야수성(野獸性), 악의라는 것을   81

기억하지 못하느냐? 그리고 무절제는
비교적 하느님을 덜 배반하고
또한 덜 비난받는다는 것을 모르느냐?   84

10 태풍에 휩쓸리는 애욕의 죄인들.(「지옥」 5곡 참조)
11 탐식의 죄인들.(「지옥」 6곡 참조)
12 분노의 죄인들.(「지옥」 7곡 110행 이하 참조)
13 인색함과 낭비의 죄인들.(「지옥」 7곡 22행 이하 참조)
14 아리스토텔레스의『니코마코스 윤리학』을 가리킨다.

네가 만약 그 말을 잘 생각해 보고
이 도시 밖[15]에서 벌받는 자들이
누구인지 주의 깊게 생각해 본다면,   87

왜 그들은 이 무리와 분리되어 있고,
왜 하느님의 복수는 덜 분노하여
그들을 괴롭히는지 잘 알 것이다.」   90

「오, 모든 흐린 시선을 고쳐 주는 태양이여,
당신이 해결해 주시면 저는 만족하니
아는 것 못지않게 의혹도 즐겁습니다.   93

바라건대, 다시 한번 뒤로 돌아가
고리 돈놀이가 하느님의 덕성을
모독하는 부분을 풀어 설명해 주십시오.」   96

그분은 말하셨다. 「철학은 그것을 깨치는
사람에게 한 곳만 가르치지 않으니,
성스러운 지성과 그 기술에 따라   99

자연이 제 진로를 잡아가는 것과 같다.

15 디스의 성벽 외부에 있는 상부 지옥을 가리킨다. 그곳에서 벌을 받는
죄인들은 모두 욕망을 절제하지 못한 무절제의 죄인들이다.

만약 『자연학』[16]을 잘 관찰해 본다면
몇 장 뒤에서 너는 깨달을 것이다,   102

너희의 기술은 제자가 스승을 따르듯
할 수 있는 만큼 자연을 뒤따르니,
마치 하느님의 손녀와 같다는 것[17]을.   105

「창세기」를 처음부터 잘 되새겨 본다면
사람들은 그 두 가지로부터 자신의
삶을 살아가고 발전해야 할 것인데,   108

돈놀이꾼은 다른 길을 가기 때문에,
자연 자체와 그 추종자[18]를 경멸하고
그래서 다른 것에다 희망을 둔다.   111

이제 가야 할 것이니 나를 따르라.
물고기자리[19]가 지평선 위에 반짝이고

16 아리스토텔레스의 『자연학』 2권에 의하면 〈기술은 자연을 모방한다〉.
17 하느님은 자연을 창조하였고, 인간의 기술은 그 자연을 모방하기 때문이다.
18 기술.
19 황도 12궁에서 양자리 바로 앞에 있다. 지금 태양은 양자리에 있으며(「지옥」 1곡 40행 참조) 물고기자리보다 약 두 시간 늦게 나타나므로, 대략 해 뜨기 두 시간 전이다.

큰곰자리가 북서쪽[20]에 누워 있으니,   114

이 낭떠러지 길을 더 내려가야 하느니라.」

---

20 원문에는 〈북서풍〉으로 되어 있는데, 그 바람이 불어오는 방향을 가리킨다. 해가 뜨기 두 시간 전에 큰곰자리, 즉 북두칠성은 북서쪽 하늘에 있다.

제12곡

단테는 일곱째 원의 첫째 둘레에서 미노타우로스를 만난다. 그리고 타인에게 폭력을 행사한 죄인들이 펄펄 끓어오르는 피의 강 플레게톤 속에 잠겨 벌받고 있는 것을 본다. 또한 그들을 감시하는 켄타우로스들을 만나는데, 그중에서 네소스가 두 시인을 다음 둘레로 안내한다.

기슭을 내려가려고 우리가 도달한 장소는
매우 험난했고, 또 거기 있는 것 때문에[1]
누구도 감히 바라보기 어려울 것이다.   3

마치 아디제강이 부딪치고 있는
트렌토[2]의 이쪽 옆구리에서
지진이나 또는 바닥의 붕괴로 인해   6

산꼭대기부터 아래의 바닥으로
울퉁불퉁한 바위가 무너져 내리면
그 위에 있는 자에게 길이 되는 것처럼,   9

---

1 뒤에 나오는 미노타우로스 때문에.
2 Trento. 이탈리아 북부 알프스 산자락의 도시로 가파른 계곡 사이에 자리 잡고 있으며, 바로 곁에 아디제Adige강이 흐르고 있다.

그 낭떠러지 내리막길도 그러했으며,

무너진 절벽의 가장자리 위에는

가짜 암소의 배 속에서 잉태되었던   12

크레테의 치욕[3]이 서 있었는데,

우리를 보자 속으로 분노를 터뜨리는

사람처럼 자기 자신을 물어뜯었다.   15

현명한 스승님이 소리치셨다. 「이자가

저 위 세상에서 너에게 죽음을 안겨 준

아테나이의 공작[4]이라고 믿느냐?   18

꺼져라, 짐승아. 이자는 네 누이의

가르침으로 여기 오는 것이 아니라,

너희들의 고통을 보려고 가는 중이다.」   21

---

3   미노타우로스는 크레테 왕 미노스의 아내 파시파에가 황소와 관계하여
낳은 아들이다. 포세이돈이 미노스에게 멋진 황소를 선물했는데, 파시파에는
그 황소를 사랑하였다. 아테나이의 다이달로스는 그녀에게 나무로 속이 빈 암
소를 만들어 주었고, 그녀는 나무 암소 안으로 들어가 황소와 정을 통했다. 그
리하여 몸은 사람이고 머리는 소인 괴물 미노타우로스(〈미노스의 황소〉라는
뜻)를 낳았다.

4   테세우스. 그는 아테나이 왕 아이게우스의 아들이기 때문에 그렇게 불
렸다. 미노스왕은 치욕스러운 미노타우로스가 태어나자 미궁 안에 가두고 해
마다 젊은 남녀 일곱 명을 들여보내 잡아먹도록 했다. 이에 테세우스는 크레테
섬으로 가서 미노스의 딸 아리아드네의 환심을 샀고, 그녀의 도움으로 미노타
우로스를 죽이고 미궁을 빠져나올 수 있었다.

마치 치명적인 타격을 받는 순간
고삐에서 풀려난 황소가 제대로
가지 못하고 이리저리 날뛰듯이   24

미노타우로스가 날뛰는 것을 보았다.
눈치 빠른 그분이 외치셨다. 「통로 쪽으로
뛰어라. 날뛰는 동안 내려가야 할 것이다.」   27

그리하여 우리는 바위 무더기를 따라
내려가기 시작했는데, 바위들은 특이한
무게 때문에[5] 내 발밑에서 가끔 움직였다.   30

내가 생각에 잠기자 그분이 말하셨다.
「내가 방금 누그러뜨린 저 분노의 짐승이
지키는 이 폐허를 생각하는 모양이구나.   33

지난번에 내가 이 아래 낮은 지옥으로
내려왔을 때는 이 바위가 아직 무너지지
않았다는 사실을 네가 알았으면 한다.   36

내 기억이 맞다면 그분[6]이 내려와

5 살아 있는 단테의 몸무게 때문에.
6 예수 그리스도.

가장 높은 원[7]에서 수많은 영혼들을
디스에게서 빼앗아 가시기 직전에,   39

이 깊은 계곡[8]이 사방에서 무척이나
뒤흔들렸고, 그래서 나는 우주가 사랑을
느꼈다고 생각했는데, 누군가는 세상이   42

혼돈으로 바뀌었다고 믿기도 했단다.
바로 그때 이 오래된 바위들이
이곳과 다른 곳에서 저렇게 무너졌지.   45

그러면 이제 저 계곡을 바라보아라.
피의 강[9]이 가까워졌는데, 그 안에서
폭력으로 남을 해친 자들이 삶아지고 있다.」   48

오, 눈먼 탐욕이여, 어리석은 분노여,
짧은 삶에서 그토록 우리를 뒤쫓고
영원한 삶에서 저렇게 괴롭히는구나!   51

7 림보.
8 지옥.
9 부글부글 끓어오르는 핏물의 강 플레게톤을 가리키는데, 그 이름은
14곡 116행에서 언급된다. 여기에서는 이웃에게 폭력을 가한 자들이 벌받고
있다. 고전 신화에서는 저승 세계에 있는 불의 강으로 묘사된다.(『아이네이스』
6권 550행 이하 참조)

나는 활처럼 굽은 거대한 웅덩이를
보았는데, 나의 안내자가 말한 대로
전체 원을 뒤덮고 있는 것 같았다.   54

절벽 발치와 강 사이에는 무리를 이룬
켄타우로스[10]들이 활로 무장한 채 달려갔는데,
마치 세상에서 사냥을 가는 것 같았다.   57

우리가 오는 것을 보자 모두 멈추었고,
그들 무리 중에서 세 녀석이 활과
잘 고른 화살을 들고 앞으로 나섰다.   60

그중 하나가 멀리서 외쳤다. 「언덕을
내려오는 너희들은 어떤 형벌로 가느냐?
그 자리에서 말해라. 아니면 활을 쏘겠다.」   63

나의 스승님이 말하셨다. 「대답은 우리가
케이론[11]에게 가까이 가서 말하겠노라.
네 불행은 언제나 성급한 성격 때문이었지.」   66

10 그리스 신화에 나오는 반인반마(半人半馬)의 괴물로 말의 몸체와 사지,
인간의 상체와 팔을 가진 종족이다.
11 켄타우로스족의 하나로 크로노스와 피라의 아들이었다. 그는 총명하
고 우아했으며 의술과 모든 예술에 능통하였고, 아킬레스를 비롯한 많은 영웅
을 가르치기도 했다.

그리고 나를 잡아당기며 말하셨다. 「저게
네소스[12]다. 아름다운 데이아네이라 때문에
죽었고, 자신이 스스로의 원수를 갚았지.   69

저기 가운데에 고개를 숙이고 있는 녀석은
아킬레스를 가르친 대단한 케이론이고,
다른 녀석은 분노에 찬 폴로스[13]이다.   72

저들은 수천 명씩 웅덩이 주위를 돌며
운명으로 주어진 형벌보다 핏물 위로
올라오는 영혼들[14]을 화살로 쏜단다.」   75

우리는 그 날쌘 짐승들에게 다가갔는데,
케이론은 화살 하나를 들더니 오늬로
자신의 수염을 주둥이 뒤로 넘겼다.   78

12 네소스는 헤라클레스의 아내 데이아네이라를 등에 업고 강을 건너던
도중 그녀를 범하려다가 헤라클레스의 화살에 맞아 죽었다. 숨을 거둘 때 그는
피에 젖은 옷을 데이아네이라에게 건네며 그 옷은 사랑을 되찾게 해준다고 말
했다. 몇 년 후 헤라클레스가 이올레를 사랑하자, 데이아네이라는 그 옷을 남
편에게 입혔고, 헤라클레스는 온몸에 네소스의 독이 퍼져 고통스럽게 죽었다
고 한다.(오비디우스, 『변신 이야기』 9권 98행 이하 참조)
13 라피테스의 왕 페이리토오스와 히포다메이아의 결혼식 때 술에 취한
켄타우로스들이 소동을 벌였는데, 폴로스는 신부와 다른 여자들을 납치하려
했다.(『변신 이야기』 12권 104행 참조)
14 뒤에서 자세히 설명되듯이 이곳의 영혼들은 각자의 죄에 따라 끓는 핏
물 속에 잠겨 있는 정도가 다르다.

그러고는 커다란 입이 드러나자
동료들에게 말했다. 「너희들 보았는가,
뒤의 놈이 건드리는 것이 움직이는 것을?   81

죽은 녀석들의 발은 저렇지 않아.」
그의 가슴팍, 두 성질이 합쳐지는 곳[15] 앞에
서 있던 나의 스승님이 대답하셨다.   84

「실제로 그는 살아 있고, 혼자인 그에게
나는 이 어두운 계곡을 보여 줘야 하니,
즐거움이 아닌 필연에 의한 인도이노라.   87

알렐루야를 노래하는 곳에서[16] 오신 분이
나에게 이 새 임무를 맡기셨으니 그는
도둑이 아니고, 나도 도둑의 영혼이 아니다.   90

이렇게 거친 길로 내 발걸음을 옮기게
만드시는 덕성의 이름으로 부탁하건대,
너희 무리 중 한 명을 길잡이로 주어,   93

우리가 강을 건널 곳을 보여 주고

15 사람 모습의 부분과 말 모습의 부분이 합쳐지는 곳이다.
16 하느님을 찬양하는 천국에서.

우리를 등에 태워 건네주게 해다오.
이자는 허공을 나는 영혼이 아니니까.」   96

케이론은 오른쪽으로 몸을 돌리더니
네소스에게 말했다. 「가서 저들을 안내하라.
다른 무리와 만나거든 길을 비키라고 해라.」   99

우리는 믿음직한 안내자와 함께
삶아지는 영혼들이 큰 비명을 지르는
붉게 끓어오르는 강기슭을 따라 걸었다.   102

나는 눈썹까지 잠긴 영혼들을 보았는데,
거대한 켄타우로스가 말했다. 「저놈들은
재산을 빼앗고 피를 흘리게 한 폭군들이야.   105

여기서 고통스러운 형벌을 슬퍼하는데,
알렉산드로스[17]와, 시칠리아에 고통의 세월을
안겨 준 잔인한 디오니시오스[18]가 여기 있지.   108

저 검은 머리카락의 이마를 가진 놈은

---

17   마케도니아의 알렉산드로스 대왕 또는 기원전 4세기 테살리아 지방
페레의 폭군 알렉산드로스를 가리키는 것으로 해석된다.
18   시칠리아 동부의 시라쿠사를 40년 동안 통치했던 폭군 디오니시오스
(B.C. 432?~B.C. 367)를 가리키는 것으로 짐작된다.

에첼리노[19]이고, 금발의 저 다른 놈은
데스테 가문의 오피초[20]인데 그는 바로   111

세상에서 사생아 아들에게 죽음을 당했다.」
내가 시인에게 몸을 돌리자 그분이 말하셨다.
「이자가 첫째 길잡이이고, 내가 둘째가 되지.」[21]   114

조금 더 가서 켄타우로스는 한 무리 위에
멈추었는데, 그들은 붉은 핏물 위로
목까지 내밀고 있는 것처럼 보였다.   117

그는 한쪽에 홀로 있는 그림자를 가리켰다.
「템스강 가에서 지금도 존경받는 자의
심장을 하느님의 품 안에서 가른 놈[22]이야.」   120

19 에첼리노(또는 에촐리노) 다 로마노 Ezzelino da Romano 3세
(1194~1259). 그는 1223년부터 이탈리아 북동부 지방 여러 곳의 영주였는데,
잔인한 폭군으로 유명하였으며 기벨리니파의 우두머리였고 결국에는 감옥에
서 죽었다.

20 페라라의 영주였던 데스테 d'Este 가문의 오피초 Opizzo 2세
(?~1293). 당시의 소문에 의하면 그의 아들 아초 Azzo 8세는 아버지를 죽이
고 영주의 자리를 차지하였고, 따라서 〈사생아 아들〉이라고 부른다.

21 안내자 역할을 네소스에게 맡긴다는 뜻이다.

22 기 드 몽포르 Guy de Montfort. 그는 나폴리의 왕 카를로 단조 1세(「지
옥」 19곡 98행 참조)와 함께 토스카나에 머무를 때, 영국의 왕 에드워드에게
죽임을 당한 아버지의 복수를 위해, 에드워드의 사촌 헨리를 비테르보의 교회
(〈하느님의 품 안〉)에서 살해하였다.

그런 다음 나는 강물 위로 머리와
가슴까지 드러낸 무리를 보았는데,
그들 중 상당수를 알아볼 수 있었다.   123

그렇게 핏물은 조금씩 낮아져서
마침내 단지 발목만 삶고 있었으며,
그곳이 우리가 강을 건너갈 곳이었다.   126

켄타우로스가 말했다. 「네가 보다시피
이쪽으로는 끓어오르는 피가 점차로
낮아지는 것처럼, 저쪽으로는 강의   129

바닥이 점점 더 아래로 깊어져, 마침내
폭군들이 신음하는 곳에 도달하게
된다는 것을 네가 알았으면 한다.   132

하느님의 정의는 저 위 세상에서
고통이었던 아틸라[23]와 피로스,[24]
섹스투스[25]를 여기서 처벌하고 있으며,   135

23 5세기에 이탈리아반도를 침략하여 쇠퇴한 로마 제국에 커다란 위협이
되었던 훈족의 악명 높은 우두머리.
24 기원전 3세기 전반에 로마를 공격했던 그리스 북부 에페이로스의 왕이
다. 다른 한편으로 피로스는 〈빨간 머리〉라는 뜻으로 아킬레스의 아들 네오
프톨레모스의 별명이었기 때문에 그를 가리키는 것으로 해석되기도 한다.

길 위에서 수많은 싸움을 벌였던
코르네토의 리니에르,[26] 리니에르 파초[27]를
영원히 삶아 눈물을 짜내게 한다.」   138

그리고 몸을 돌려 낮은 곳을 건너 돌아갔다.

25 구체적으로 누구인지 분명하지는 않으나 아마 폼페이우스의 아들을
지칭하는 듯하다. 루카누스는 그를 광포한 해적으로 묘사하였다.

26 Rinier da Corneto. 단테와 거의 동시대 인물로 토스카나의 서부 지역
을 공포에 몰아넣었던 유명한 산적이었으며 주로 길거리에서 강탈을 일삼
았다.

27 Rinier Pazzo. 13세기 아레초 지역을 강탈하던 강도. 1268년에는 로마
로 향하던 실벤세 주교와 그 수행원들을 살해하여 교황으로부터 파문을 당하
기도 했다.

제13곡

일곱째 원의 둘째 둘레에는 자신의 육체와 재산에 폭력을 가한 자들이 벌받고 있다. 자살한 영혼들은 나무가 되어 하르피이아들에게 뜯어 먹히는 고통을 당하고, 자신의 재산을 함부로 다룬 자들은 암캐들에게 물어 뜯긴다. 이곳에서 단테는 피에르 델라 비냐의 영혼과 이야기를 나눈다.

네소스가 아직 저쪽에 도달하기 전에
우리는 어느 숲속에 들어갔는데,
그곳에는 오솔길 하나 없었다.   3

푸른 숲이 아니라 어두운 빛깔이었고,
곧지 않은 가지들은 매듭 많고 뒤틀렸으며,
열매는 없고 유독한 가시들뿐이었으니,   6

경작된 땅이 싫어 체치나와 코르네토
사이[1]에 사는 야생 짐승들도 그렇게
거칠고 빽빽한 숲은 보지 못했으리라.   9

여기에 미래의 불행한 재난을 예고하며

---

1 토스카나 지방의 체치나Cecina 강기슭 마을과 소읍 코르네토Corneto
사이는 척박하고 황량한 습지이다.

스트로파데스에서 트로이아 사람들을 쫓아낸
흉측한 하르피이아[2]들이 둥지를 틀고 있었다.   12

그놈들은 사람의 얼굴에다 넓은 두 날개,
발톱 달린 발, 털북숭이 배를 가졌으며,
괴상한 나뭇가지 위에서 울부짖고 있었다.   15

훌륭한 스승님이 말하기 시작하셨다.
「더 들어가기 전에 너는 알아야 한다.
무시무시한 모래밭[3]에 가기 전까지   18

너는 여기 둘째 둘레에 있을 테니까
잘 보아라. 그러면 내가 말로 설명해도
믿지 않을 것들을 보게 될 것이다.」   21

사방에서 고통의 비명들이 들렸지만,
비명을 지르는 사람들은 보이지 않아
나는 어리둥절해서 걸음을 멈추었다.   24

---

2 하르피이아(복수는 하르피이아이)는 〈약탈하는 여자〉라는 뜻으로 타우마스와 엘렉트라의 딸들이며, 여자의 얼굴에다 새의 몸체로 날개와 날카로운 발톱이 달린 모습으로 묘사된다. 아이네아스는 동료들과 함께 스트로파데스 섬에 이르렀을 때 하르피이아들이 신성하게 섬기는 황소를 죽였는데, 그에 대한 복수로 그녀들은 악취를 풍기고 음식물에 배설물을 떨어뜨려 먹지 못하게 방해하여 그들을 섬에서 쫓아냈다.(『아이네이스』 3권 209행 이하 참조)
3 일곱째 원의 셋째 둘레인 불타는 모래밭.

스승님은 이렇게 믿는 것 같았다, 내가
우리 때문에 나무들 사이에 숨은 사람들이
그런 소리를 내는 것으로 생각한다고.   27

따라서 스승님은 말하셨다. 「만약 네가
이 나무들 중 하나의 가지를 꺾는다면,
그런 네 생각이 완전히 사라질 것이다.」   30

그래서 나는 손을 약간 앞으로 내밀어
큰 가시나무의 잔가지 하나를 꺾었는데,
나무 몸통이 외쳤다. 「왜 나를 꺾는 거지?」   33

그러고는 갈색 피에 젖으면서 다시
말하기 시작하였다. 「왜 나를 찢지?
그대는 자비로운 마음이 전혀 없는가?   36

우리는 사람이었고, 지금은 나무가 되었지.
우리가 뱀들의 영혼이라 할지라도,
그대 손은 좀 더 자비로워야 할 것이야.」   39

마치 생나무 가지의 한쪽 끝이 불타면
다른 한쪽에서는 진물을 내뿜으면서
스치는 바람결에 피지직 소리를 내듯이,   42

부러진 나뭇가지에서는 말소리와 피가
동시에 솟아 나왔기에, 나는 그 가지를
떨어뜨렸고 두려운 사람처럼 서 있었다.   45

나의 성현께서 대답하셨다. 「상처 입은
영혼이여, 이자가 나의 시구에서
읽은 것을 전부터 믿고 있었다면,[4]   48

그대에게 손대지 않았을 것이오. 하지만
믿지 못하기에 그런 일을 저지르게
만들었으니, 나 자신도 괴롭습니다.   51

하지만 그 보상으로 그대가 누구였는지
이자에게 말하면, 그가 돌아갈 저 위의
세상에서 그대 명성이 새로워질 것이오.」   54

그러자 나무는 말했다. 「그렇게 부드러운 말씨로
유혹하니 나는 침묵할 수가 없군요.
약간 장황하게 말하더라도 용서해 주시오.   57

4 『아이네이스』 3권 19행 이하 참조. 아이네아스는 신들에게 하얀 암소를
제물로 바칠 때 제단을 가리기 위해 언덕의 나뭇가지들을 꺾었는데, 나무에서
시뻘건 피가 흘러 땅을 적셨다. 이 같은 일을 세 차례 되풀이하자 깊은 땅속에
서 〈그대는 왜 나를 찢는가?〉 하는 소리가 들려왔는데, 그는 트로이아가 함락
될 때 죽은 프리아모스의 아들 폴리도로스의 영혼이었다고 한다.

나는 페데리코의 마음의 두 열쇠를 모두
갖고 있던 사람[5]이며, 그것들을 돌려
아주 부드럽게 잠그고 열었으니,[6]   60

거의 모든 사람들로부터 그의 비밀을
지켰답니다. 나는 명예로운 임무에
충실하여 잠도 건강도 잃었을 정도라오.   63

만인의 죽음이며 궁정의 악덕인 질투는
창녀처럼 황제의 궁정에서 음탕한
눈길을 거둔 적이 전혀 없었으니,   66

나에 반대하여 모두의 마음을 불태웠고
불붙은 마음들은 황제까지 불태웠기에
그 즐겁던 명예는 슬픈 고통이 되었다오.   69

나의 영혼은 구차함을 경멸하였기에
죽음으로써 경멸을 피하리라 생각하고

---

5   피에르 델라 비냐Pier della Vigna(1190~1249). 이탈리아 남부 카푸아
태생의 법률가이자 시인이었으며, 페데리코 2세(「지옥」10곡 119행 참조)의
궁정에서 수석 서기관으로 총애를 받았으나, 1249년 반역죄로 몰려 투옥되었
고 눈이 먼 채 사망하였다. 단테는 그를 질투에 의한 모함의 희생자로 보았던
것 같다.
6   위에서 두 열쇠라고 말했듯이 황제의 마음을 열고 잠그는 것이다.

정당한 나 자신에게 부당함을 가했소.[7]　　　　72

이 나무의 괴상한 뿌리들을 걸고
맹세하건대, 나는 명예로운 내 주인께
절대로 신의를 저버린 적이 없습니다.　　　　75

그대들 중 누군가 세상에 돌아가거든,
질투가 안겨 준 타격에 쓰러져 아직도
누워 있는 나의 기억을 위로해 주시오.」　　　　78

시인께서는 잠시 기다리다 내게 말하셨다.
「그가 침묵하는 동안 시간을 낭비하지 마라.
더 원한다면 그에게 말을 걸어 물어보아라.」　　　　81

나는 말했다. 「제가 알고 싶은 것을
저 대신 물어보아 주십시오. 저는
너무 마음이 아파 묻지 못하겠습니다.」　　　　84

그분이 다시 말하셨다. 「갇힌 영혼이여,
이 사람은 그대가 간청하는 것을
기꺼이 해줄 것이니, 원한다면 조금 더　　　　87

7　자신의 정당함을 밝히려고 노력하지 않고 자살이라는 부당한 행위를
저질렀다는 뜻이다.

말해 주오, 어떻게 영혼이 이 매듭들 안에
묶여 있는지. 그리고 나뭇가지에서
벗어난 자가 혹시 있는지 말해 주오.」   90

그 말에 나무는 강한 바람을 내뿜었고,
그 바람은 이런 목소리로 바뀌었다.
「간단하게 그대들에게 대답하리다.   93

잔인한 영혼이 자기 육체에서 떠나
완전히 뿌리 뽑히게 되면, 미노스는
그를 일곱 번째 원으로 보낸답니다.   96

그리고 숲으로 떨어지는데, 자기가
선택한 곳이 아니라 운명이 내던진 곳에
떨어져서 잡초의 씨앗처럼 싹이 트고   99

실가지가 뻗어 야생 초목처럼 자라지요.
그러면 하르피이아들이 잎들을 뜯어 먹으며
고통을 주고 또 고통의 틈새[8]를 냅니다.   102

다른 영혼들처럼 우리도 육신을 되찾으러
갈 것이지만 입지는 못하리니, 버린 것을

8 고통의 신음과 비명을 낼 수 있는 틈새.

다시 갖는 것은 옳지 않기 때문이지요.[9]   105

우리가 이곳으로 끌고 오는 육신들은
이 고통의 숲에서 각자 괴로운
영혼의 가시나무에 매달릴 것이오.」   108

우리는 다른 말이 있을까 기대하며
여전히 그 나무 곁에 서 있었는데,
갑작스러운 소음에 깜짝 놀랐다.   111

마치 길목을 지키고 있던 사냥꾼이
멧돼지와 뒤쫓는 사냥개가 오는 소리,
스치는 나뭇가지 소리를 듣는 것 같았다.   114

곧이어 왼쪽에서 두 녀석이 벌거벗고
긁힌 채 아주 세차게 달아났기에
가로막는 숲의 가지들이 모두 부러졌다.   117

앞선 녀석이 외쳤다. 「어서 와라, 죽음이여!」[10]
그리고 뒤에 처진 듯한 자가 외쳤다.

9 최후의 심판을 받으러 여호사팟에 갈 때 죽은 영혼들은 모두 생전의 육
신을 되찾지만, 자살자들은 자기 육신을 스스로 버렸기 때문에 되찾지 못한다
는 뜻이다.
10 두 번째의 죽음, 즉 영혼까지 소멸하는 죽음을 갈구한다.

「라노[11]야, 토포의 시합에서도   120

네 다리는 이렇게 재빠르지 않았어!」
그러고는 숨이 가빴던 모양인지
덤불 속에 뒤엉켜 한 몸이 되었다.   123

그들 뒤의 숲속에는 검은 암캐들이
가득 차 있었는데, 사슬에서 풀려난
사냥개들처럼 맹렬히 쫓아오고 있었다.   126

암캐들은 덤불에 웅크린 녀석을
이빨로 물어뜯어 갈기갈기 찢더니
고통스러운 사지를 물고 가버렸다.   129

그러자 안내자는 내 손을 잡으시고
피 흘리는 상처로 헛되이 울고 있는
나무[12]로 인도했는데, 나무가 말했다.   132

「오, 산탄드레아 사람 자코모[13]여, 나를

11   그가 누구인지 분명하지 않으나 아마 시에나 사람 에르콜라노 마코니Ercolano Maconi를 가리키는 듯하다. 그는 피에베 델 토포Pieve del Toppo에서 벌어진 시에나인들과 아레초인들 사이의 전투에서 사망하였다.

12   뒤에 나오듯이 자살한 어느 피렌체 사람의 영혼인데, 구체적으로 누구인지 알 수 없다.

방패로 삼아 무슨 소용이 있는가? 사악한
네 인생에 내가 무슨 잘못을 했는가?」   135

스승님은 그 나무 곁에 멈추어 말했다.
「그대는 누구였기에, 많은 가지 끝으로
피와 괴로운 이야기를 쏟아 내는가?」   138

그는 우리에게 말했다. 「오, 이곳에 이르러
나에게서 이처럼 가지들이 꺾이는
잔인한 고통을 보는 영혼들이여,   141

가지들을 이 불행한 나무 밑에 모아 주오.
나는 처음의 수호신을 세례자로 바꾼
도시[14]의 사람이었는데, 바로 그 때문에   144

수호신은 자기 기술로[15] 도시를 사악하게
만들 것이니, 만약 아르노강의 다리 위에
아직도 그의 모습이 남아 있지 않다면,[16]   147

13 Giacomo di Sant'Andrea. 앞에 나온 암캐들에게 물려 찢어진 영혼. 그
는 페데리코 2세의 시종이었으며 암살당했다고 한다. 괴팍하고 방탕한 성격으
로 뱃놀이를 하면서 무료함을 달래려고 동전을 물속에 던지기도 했고, 멋진 불
을 보기 위해 자기 집을 태우기도 했다고 한다.

14 피렌체는 원래 전쟁의 신 마르스(그리스 신화의 아레스)를 수호신으
로 섬겼으나 나중에 세례자 요한을 수호성인으로 바꾸었다.

15 즉 전쟁의 기술로.

아틸라[17]가 남겨 놓은 잿더미 위에다
나중에 다시 도시를 세웠던 시민들은
아마 쓸모없이 헛고생을 했을 것이오.   150

나는 내 집을 교수대로 만들었지요.」[18]

16 단테 시대에는 마르스의 부서진 동상 일부가 피렌체를 가로질러 흐르
는 아르노Arno 강의 베키오 다리에 남아 있었다고 한다.

17 「지옥」12곡 134행에 나오는 훈족의 우두머리. 하지만 당시의 역사가
빌라니에 의하면 고트족의 왕 토틸라Totila가 542년에 피렌체를 침략하여 황
폐화시켰다고 한다.

18 자기 집에서 목을 매 자살하였다는 뜻이다.

제14곡

일곱째 원의 셋째 둘레에는 신성(神聖)에 폭력을 가한 죄인들이 뜨겁게 불타는 모래밭에서 불비를 맞으며 벌받고 있다. 그들 중에서 단테는 카파네우스를 보는데, 그는 여전히 오만하게 신성을 모독하는 말을 한다. 베르길리우스는 단테에게 플레게톤을 비롯한 저승 세계의 강들에 대하여 설명해 준다.

나의 고향에 대한 연민의 정이 나를
압도했기에, 나는 흩어진 가지들을 모아
침묵하고 있는 그의 발치에 돌려주었다.   3

거기에서 우리는 둘째 둘레가 끝나고
셋째 둘레가 시작되는 곳에 이르렀는데,
그곳에는 정의의 무서운 재능이 보였다.   6

그 새로운 광경을 자세히 말하자면,
우리는 어느 황무지에 도달했는데
그 바닥에는 풀 한 포기 없었다.   9

고통의 숲[1]이 화환처럼 주위를 둘러
그곳은 마치 사악한 구덩이처럼 보였고,

1 둘째 둘레를 이루는 자살자들의 숲이다.

우리는 그 가장자리에서 걸음을 멈추었다.   12

그곳은 메마르고 **빽빽**한 모래밭이었는데,
예전에 카토[2]의 발에 짓밟혔던 곳의
형상과 전혀 다를 바가 없었다.   15

오, 하느님의 복수여, 내 눈앞에
나타난 것을 보는 사람이면 누구든지
분명히 당신을 두려워할 것입니다!   18

나는 벌거벗은 영혼들의 커다란 무리를
보았는데, 모두들 처참하게 울고 있었고
각자 서로 다른 자세로 있는 것 같았다.[3]   21

어떤 무리는 땅바닥에 누워 있었고,
어떤 무리는 웅크리고 앉아 있었고,

2 Marcus Porcius Cato(B.C. 95~B.C. 46)를 가리킨다(이탈리아에서는
감찰관Censor을 역임한 증조할아버지와 구별하기 위해 〈우티카Utica의 카
토〉로 부르고, 우리나라에서는 〈대(大)카토〉와 〈소(小)카토〉로 구별한다). 그
는 기원전 47년 폼페이우스의 군대를 이끌고 리비아 사막을 가로질러 건넜으
나(「파르살리아」 9권 382행 이하 참조), 카이사르에게 패배하여 아프리카 북
부 카르타고 근처의 도시 우티카에서 자결하였다. 원래 자살자는 지옥에 있어
야 하지만, 단테는 자유의 수호자로 그를 높게 평가하여 연옥의 지킴이로 배치
하고 있다.(「연옥」 1곡 31행 이하 참조)
3 뒤에 나오듯이 그들은 각자의 죄에 따라 서로 다른 자세로 벌을 받고
있다.

또 다른 무리는 계속하여 서성거렸다.   24

주위를 맴도는 무리가 더 많았고,
누워서 고통받는 무리는 더 적었지만
더욱 큰 고통에 혀가 풀려 있었다.   27

모래밭 위로는 온통 커다란 불덩이들이
천천히 쏟아져 내리고 있었는데,
바람 없는 알프스에 내리는 눈 같았다.   30

마치 알렉산드로스 대왕[4]이 인디아의
뜨거운 지방에서 자신의 군대 위로
불꽃들이 땅에 떨어지는 것을 보고는,   33

불꽃들이 아직 조금 있을 동안에
더 잘 꺼지리라는 생각에 군사들에게
땅바닥을 짓밟도록 명령하였듯이,   36

---

4 알렉산드로스는 인도 원정에서 겪은 놀라운 사건들을 기록한 편지를
아리스토텔레스에게 보냈다고 한다. 그 편지에 따르면 처음에 엄청난 눈이 내
려 병사들에게 밟아 다지도록 했는데, 곧이어 불비가 내리자 옷으로 가리도록
했다고 한다. 그런데 단테는 알베르투스 마그누스Albertus Magnus(또는 대
(大)알베르투스)의 구절(『유성론(流星論)De meteoris』, 1권 4장 8행)에 의거하
였는지, 불비가 눈처럼 내리자 병사들에게 짓밟게 한 것으로 혼동하고 있다.

그렇게 영원한 불비가 내리고 있었고,
따라서 모래밭은 부싯돌의 심지처럼
불이 붙어 고통을 배가시키고 있었다.   39

비참한 손들은 조금도 쉴 새 없이
움직이면서, 몸의 이곳저곳에서
떨어지는 불꽃들을 털어 내고 있었다.   42

나는 말을 꺼냈다. 「스승님, 당신께서는
지옥 입구에서 만난 거센 악마들[5]을
제외하고는 모든 것을 이기셨습니다.   45

저기 불을 두려워 않고 경멸하듯이 누워
눈을 흘기는 커다란 녀석[6]은 누구입니까?
불비도 그를 익히지 못하는 모양이군요.」   48

그러자 그 녀석은 내가 안내자에게
자신에 대해 묻는 것을 깨닫고 외쳤다.
「나는 살았을 때처럼 죽어서도 똑같다.   51

5 「지옥」8곡 82행 이하에 나오는 디스의 성벽을 지키는 악마들.
6 뒤에 이름이 나오는 카파네우스. 그는 테바이를 공격한 일곱 왕들 중 하
나였는데, 테바이를 공격할 때 유피테르를 모독하였고, 그로 인해 유피테르의
번개에 맞아 죽었다.

유피테르가 자기 대장장이[7]를 독려해
그에게서 날카로운 번개를 얻어 내
내 최후의 날에 나를 쳤을지라도,   54

또는 플레그라이[8]의 전투에서 그랬듯이,
〈착한 불카누스여, 도와 다오!〉 외치며
몬지벨로[9]의 시커먼 대장간에서   57

다른 대장장이들[10]이 차례로 지치도록
온 힘을 다해 나에게 번개를 쏘았을지라도,
유쾌한 복수를 할 수는 없었을 것이다.」   60

그러자 나의 길잡이는 내가 들어 보지
못한 아주 강한 목소리로 말하셨다.
「오, 카파네우스여, 너의 오만함이   63

7   대장장이이며 불의 신인 불카누스(그리스 신화에서는 헤파이스토스).
그는 유피테르에게 번개를 만들어 주었다고 한다.
8   유피테르를 비롯한 올림포스 신들과 기가스(복수형은 기간테스)들, 즉
거인들 사이에 벌어진 전쟁은 그리스 동북부 팔레네반도(현재의 카산드라반
도)의 플레그라이 평원에서 벌어졌다고 한다.
9   Mongibello. 시칠리아에 있는 에트나 화산의 옛 이름으로 불카누스의
대장간은 이곳에 있는 것으로 믿었다.
10   이마에 하나의 눈을 갖고 있는 거인족 키클롭스(복수는 키클로페스)들
을 가리킨다. 그들은 대장장이들로 유피테르가 티탄 신족들과 싸울 때 유피테
르에게 천둥과 번개와 벼락을 만들어 주었다.

꺼지지 않는 한 더욱 벌을 받을 것이니,
너 자신의 분노 이외에는 어떤 형벌도
네 고집스러운 분노에 어울리지 않으리.」   66

그러고는 평온한 표정으로 나를 향해
말하셨다. 「저자는 테바이를 공격한
일곱 왕들 중 하나로, 예나 지금이나   69

하느님을 존경하지 않고 경멸하지만,
내가 그에게 말했듯이, 그의 경멸은
자기 가슴에나 어울리는 장식물이다.   72

이제 나를 따라와라. 타오르는 모래밭에
발을 들여놓지 않도록 조심하고
숲 가장자리에 발을 놓도록 해라.」   75

우리는 말없이 작은 개울이 숲 밖으로
흘러나오는 곳에 이르렀는데, 그 붉은
빛깔은 지금도 나를 섬뜩하게 만든다.   78

마치 불리카메[11]에서 흘러나온 개울이
죄지은 여인들[12] 사이에서 갈라지듯이,

11 Bulicame. 로마 근교 비테르보에 있는 유황 온천이다.

그 개울은 모래밭 사이를 흐르고 있었다.   81

개울의 바닥, 양쪽의 둔덕과 기슭은
모두 돌로 되어 있었고, 따라서 나는
그곳이 지나갈 길이라는 걸 깨달았다.   84

「누구나 마음대로 통과할 수 있는
문[13]을 통해 우리가 들어온 이후로
내가 너에게 보여 준 것들 중에서,   87

자신의 위로 떨어지는 불꽃들을
모두 꺼뜨리는 이 개울처럼
너의 주목을 받을 만한 것은 없었다.」   90

나의 길잡이께서 그런 말을 하셨기에,
나는 그분이 자극한 입맛에 대한
음식을 베풀어 달라고 부탁하였다.   93

그러자 그분은 말하셨다. 「바다[14] 한가운데에

12   불리카메 온천에서는 매춘부들(《죄지은 여인들》)이 이용하는 구역은
따로 정해져 있었다고 한다. 일부 판본에는 *pettatrici*로 되어 있는데, 삼베나
아마의 실을 빚질하는 여인들을 의미한다.
13   예수 그리스도에 의해 부서져 아직도 열려 있는 지옥 입구의 문.(「지
옥」 8곡 125~26행 참조)

지금은 황폐한 나라 크레테가 있었는데,

예전에 그 왕[15] 아래 세상은 순수했다.   96

거기 이데[16]라는 산이 있어 옛날에는

푸른 숲과 샘물로 아름다웠지만

지금은 금지된 곳처럼 황폐해졌지.   99

레아[17]는 자기 아들의 안전한 요람으로

그곳을 선택하였고, 아기가 울 때에는

잘 감추려고 커다란 소음을 내곤 했지.   102

그 산에 거대한 노인[18]이 우뚝 서 있는데,

14   고대와 마찬가지로 중세 유럽인들에게 바다는 바로 지중해였다.

15   로마 신화에서 사투르누스(그리스 신화의 크로노스와 동일시된다)는
유피테르에게 왕위를 빼앗긴 뒤 이탈리아로 건너갔으며, 그가 통치하는 동안
환상적인 황금시대가 펼쳐졌고 모든 사람이 순수하고 행복하게 살았다고 한
다. 그가 크레테섬의 신화적인 최초 왕이었다는 것이다.

16   크레테섬에 있는 산 이름으로 라틴어 이름은 이다Ida.

17   레아는 우라노스와 가이아 사이의 딸로 크로노스와 남매지간이자 그
의 아내였다. 사투르누스는 자식들 중 하나가 자신을 몰아내고 왕이 될 것이라
는 신탁을 듣고, 레아가 아들을 낳을 때마다 집어삼켰다. 그러자 레아는 몰래
유피테르를 낳은 뒤 돌덩이를 강보에 싸서 사투르누스에게 건네고 제우스를
이데 산의 동굴에 숨겼으며, 울음소리를 감추기 위해 큰 소음을 냈다고 한다.
결국 유피테르는 크로노스를 몰아내고 최고 지배자가 되었다.

18   뒤에 자세하게 묘사되듯이 머리는 금, 가슴과 두 팔은 은, 허리는 놋쇠,
허벅지와 다리는 쇠, 한쪽 발은 쇠, 다른 한쪽 발은 흙으로 되어 있는 이 환상적인
장엄한 노인의 이미지는 여러 가지로 해석된다.(『변신 이야기』 1권 89~131행 참
조) 예를 들면 최초의 순수한 찬란함에서 몰락한 인류의 역사, 또는 원죄에 의해

다미에타[19]를 향하여 어깨를 돌리고
거울을 바라보듯 로마 쪽을 보고 있지.   105

그의 머리는 순금으로 되어 있고,
팔과 가슴은 순은으로 되어 있고,
허리까지는 놋쇠로 되어 있고,   108

그 아래는 모두 쇠로 되어 있는데,
오른쪽 발만은 구운 흙으로 되어 있고
다른 발보다 이 발로 버티고 서 있다.   111

순금 이외의 다른 부분은 모두 부서졌는데,
부서진 틈 사이로 눈물방울이 떨어지고
한데 모인 눈물들이 동굴의 바닥을 뚫는다.   114

물줄기는 바위들을 뚫고 이 계곡까지 내려와
아케론, 스틱스, 플레게톤[20]을 이룬 다음
이 좁은 개울을 타고 아래로 내려가다가,   117

타락한 인간의 본성 등을 상징하는 것으로 해석된다. 이러한 노인의 이미지는
『성경』에서도 찾아볼 수 있는데, 네부카드네자르왕의 환상에서 나타난다.(「다니
엘서」 2장 31절 이하 참조)

　　19　Damietta(영어식 표현은 Dumyat). 이집트 나일강 하구의 도시 이름.
여기에서 노인의 상은 이집트 쪽을 등지고 로마 쪽을 바라보고 있는 것으로 묘
사되는데, 이집트는 과거를 상징하고 로마는 미래를 상징하는 것으로 해석
된다.

마침내 더 내려갈 수 없는 곳에 이르러서
늪과 같은 코키토스[21]를 이루는데, 그것은
나중에 볼 것이니 여기서 말하지 않겠다.」   120

나는 말했다. 「만약 이 냇물이 그렇게
우리의 세상에서 오는 것이라면,
왜 이 기슭에서만 우리 눈에 보입니까?」   123

그분은 말하셨다. 「네가 알다시피 이곳은 둥글고
너는 계속하여 왼쪽으로 돌면서
바닥을 향해 많이 내려왔을지라도,   126

아직 원을 한 바퀴 완전히 돌지 못했으니
혹시 새로운 것이 나타난다 하더라도
얼굴에 놀라운 표정을 지을 것 없다.」   129

나는 말했다. 「스승님, 플레게톤과 레테[22]는 어디

20 두 시인이 이미 거쳐 온 지옥의 강들이다. 아케론은 3곡 78행에 나오
고, 스틱스는 7곡 106행, 8곡 10행 이하, 9곡 81행에서 언급되었다. 플레게톤
은 그 이름이 언급되지 않았으나 12곡에서 보았던 끓는 피의 강이다.

21 그리스 신화에 나오는 저승의 강으로 단테는 지옥의 가장 밑바닥에 있
는 얼어붙은 연못으로 묘사한다.(「지옥」 31곡 123행 이하 참조)

22 그리스 신화에서 지하 세계에 있는 샘인데, 〈망각의 강〉으로 부르기도
한다. 단테는 이 샘을 연옥의 산꼭대기에 있는 지상 천국에 있는 강으로 묘사
한다. 참회한 영혼들은 연옥에서 자기 죄에 대한 형벌을 받은 다음 이 강물에

있습니까? 레테에 대해서는 말이 없고
플레게톤은 이 눈물로 되었다고 하니까요.」   132

「네 모든 질문이 내 마음에 드는구나.
끓어오르는 붉은 핏물은 이미 너의
질문 중 하나에 대답해 주었을 것이다.   135

레테는 나중에 볼 것인데, 이 구덩이
바깥에, 참회한 죄가 사라졌을 때
영혼들이 씻으러 가는 곳[23]에 있단다.」   138

그러고는 말하셨다. 「이제 이 숲에서
벗어나야 할 시간이니 나를 따라오너라.
불타지 않는 이 강둑이 길을 이루니,   141

그 위에서는 모든 불꽃이 꺼진다.」

서 죄의 기억마저 씻어버리고 깨끗해진 영혼으로 천국에 올라간다.
  23 연옥 산의 꼭대기에 있는 지상 천국.(「연옥」 27곡 이하 참조)

제15곡

일곱째 원의 셋째 둘레에는 신성과 동일시되는 자연의 법칙이나 순리에 거슬러 행동한 자들, 즉 남색(男色)의 죄인들이 불비를 맞으면서 달려가는 벌을 받고 있다. 그중에서 단테는 스승 브루네토 라티니를 만나 고향 피렌체와 자신의 미래에 대한 예언을 듣는다.

단단한 강둑 하나가 우리를 인도하고
냇물 위의 안개가 그림자를 드리우니,
냇물과 둑은 불꽃으로부터 안전하였다.   3

위상과 브뤼허[1] 사이 플랑드르 사람들이
자신들에게 큰 밀물이 몰려올까 두려워
바다를 막아 낼 보호 제방을 쌓듯이,   6

또한 브렌타[2]강 가의 파도바 사람들이
키아렌티나[3]가 따뜻해지기 전에

1 프랑스 북부의 위상Wissant과 벨기에 북서부의 브뤼허Brugge는 플랑드르 지방 해안의 남쪽과 북쪽에 있는 항구이다.

2 Brenta. 알프스에서 흘러내려 이탈리아 북부의 파도바Padova 곁으로 흘러가는 강이다.

3 Chiarentina. 아마 오스트리아 남부 알프스에 있는 케른텐Kärnten(이탈리아어로는 카린치아Carinzia) 지방을 가리키는 것으로 짐작된다. 날씨가 따뜻해지면 그곳에 쌓인 눈이 녹아내려 브렌타강이 범람하기도 했다.

자기 마을과 성들을 방어하듯이,   9

그 강둑들도 그러한 형상이었으니,
그것을 만든 건축가가 누구였든
그다지 높지도 않고 두텁지도 않았다.   12

우리는 벌써 숲[4]에서 멀리 벗어났으니
내가 아무리 몸을 돌려 바라보아도
숲이 어디 있는지 보이지 않을 무렵   15

우리는 한 무리의 영혼들을 만났는데,
그들은 강둑을 따라 오면서 마치 저녁에
초승달 아래에서 다른 사람을 보듯이   18

우리를 바라보았으며, 우리를 향해
늙은 재봉사가 바늘귀를 꿸 때처럼
눈썹을 뾰족하게 곤두세우고 있었다.   21

그렇게 그들 무리의 시선을 받던 중
누군가 나를 알아보았는데, 그는 나의
옷자락을 잡으며 외쳤다. 「정말 놀랍다!」   24

---

4 앞의 13곡에 나오는 자살자들의 숲이다.

그가 나를 향하여 팔을 뻗쳤을 때

나는 그의 익은 얼굴을 눈여겨보았다.

비록 얼굴은 불에 그슬려 있었지만 27

내 지성이 그를 몰라보지는 않았으니,

그의 얼굴에 내 얼굴[5]을 가까이 숙이며

말했다. 「브루네토[6] 님, 여기 계십니까?」 30

그러자 그는 말했다. 「오, 나의 아들이여,

브루네토가 잠시 너와 함께 뒤에 처져

무리가 먼저 가도록 해도 괘념치 마라.」 33

나는 말했다. 「가능하다면 저도 그러기 바라고,

함께 가는 저분이 괜찮다면, 당신이

함께 앉기 원하신다면 그렇게 하겠습니다.」 36

그는 말했다. 「아들아, 만약 이 무리 중 누군가가

잠시라도 멈춘다면, 앞으로 백 년 동안

누워서 후려치는 불꽃을 피하지도 못한단다. 39

5 원문에는 *la mia*로 되어 있는데, 일부에서는 이를 *la mia mano*(〈나의 손〉)로 간주하여, 〈그의 얼굴을 손으로 가리키며〉로 해석하기도 한다.
6 Brunetto Latini(1220?~1294). 단테가 스승으로 섬기던 피렌체 출신의 철학자이며 수사학자, 법률가. 그는 정치에도 가담하여 궬피파에 속했는데 나중에는 추방당하여 프랑스로 갔다.

그러니 앞으로 가라, 네 곁을 따를 테니.
영원한 형벌 때문에 울면서 가는
나의 무리는 내가 나중에 만날 것이다.」   42

나는 그와 나란히 가기 위하여 감히
둑길에서 내려설 수는 없었지만,
존경하는 사람답게 고개를 숙였다.   45

그는 말을 꺼냈다. 「어떤 행운이나 운명이
죽기도 전에 너를 이 아래로 인도하는가?
또 길을 안내하는 자는 누구인가?」   48

나는 대답했다. 「저 위의 맑은 삶에서
아직 제 나이가 완전히 차기도 전에[7]
저는 어느 계곡에서 길을 잃었습니다.   51

바로 어제 아침 그곳을 등졌는데,
돌아가려던 저에게 이분이 나타나
이 길을 통해 집으로[8] 인도하십니다.」   54

그러자 그는 말했다. 「아름다운 삶에서 내가 옳게

7   죽기 전에.
8   올바른 길로.

판단했다면 네 별[9]을 뒤따르는 한 너는
실패 없이 영광의 항구에 닿을 것이다.   57

만약 내가 너무 빨리 죽지 않았다면
너에게 그토록 너그러운 하늘을 보며
너의 일에 위안을 주었을 텐데.   60

그러나 오래전 피에솔레[10]에서 내려와
아직도 바위산처럼 거칠고 야만적인
성격의 그 사악하고 파렴치한 백성은   63

너의 선행에 대하여 원수가 될 것이니,
떫은 열매의 나무들 사이에서 달콤한
무화과가 열릴 수 없듯이 당연한 일이야.   66

세상의 옛 소문은 그들을 눈먼 이라 부르니,
탐욕스럽고 질투 많고 오만한 사람들이라
그들의 풍습에서 너를 깨끗이 하도록 해라.   69

9 단테의 운명. 점성술에 의하면 태어날 때의 별자리는 운명에 영향을 준
다고 믿었다. 단테의 별자리는 쌍둥이자리이다.(「천국」 22곡 109~120행
참조)

10 Fiesole. 피렌체 근교의 언덕으로 기원전 200년경에 에트루리아 사람들
이 처음으로 이곳에 정착하였다. 전설에 따르면 로마인들이 피에솔레를 파괴
한 다음 피렌체를 세웠고, 대다수의 피에솔레 사람들이 내려왔다고 한다.

네 행운은 많은 영광을 간직하고 있으니
양쪽 편이 모두 너를 붙잡으려 하겠지만,
염소에게서 풀을 멀리 떼어 놓도록 해라.[11]   72

피에솔레의 짐승들이 자신들을 여물 삼아
잡아먹고, 그 거름에서 어떤 좋은 초목이
싹튼다면 손대지 않도록 해야 한다.   75

그 사악한 악의 둥지가 만들어졌을 때
남아 있던 로마인들의 거룩한 씨앗이
그 거름에서 되살아나게 될 것이다.」[12]   78

나는 그에게 대답했다. 「만약 제 소망이
완전히 이루어졌다면, 당신은 아직
살아 있는 사람들 사이에 있을 것입니다.   81

아버지처럼 자애롭고 훌륭한 당신 모습은
언제나 제 기억에 남아 있어 괴롭습니다.[13]

11 망명 중에 단테는 궬피 백당과도 결별하였다.
12 피렌체가 세워질 당시 로마인들도 참여하였다. 단테는 피렌체의 싸움
과 비극이 피에솔레 출신들 때문이라고 생각하였으며, 따라서 로마인들의 후
예가 도시를 새로이 소생시키기를 바라고 있다.
13 지옥에서 벌을 받고 있는 그의 모습을 보니 자신의 마음이 괴롭다는
뜻이다.

세상에 계셨을 때 당신은 언제나 저를   84

영원히 기억될 사람으로 가르치셨지요.
제가 얼마나 감사하는지, 살아 있는 한
제 말을 통해 분명히 드러날 것입니다.   87

제 미래에 대한 당신의 말씀은 다른
말들[14]과 함께 기억 속에 적어 보관해서
그 여인[15]에게 가면 설명해 줄 것입니다.   90

당신께 분명히 밝히고 싶은 것은,
제 양심이 저를 꾸짖지 않는 한 어떤
운명[16]에도 준비되어 있다는 것입니다.   93

그런 예언은 저의 귀에 새롭지 않으니,
운명은 원하는 대로 제 바퀴를 돌리고
농부는 괭이를 휘두르게 놔두라지요.」   96

그러자 스승님이 오른쪽으로 몸을 돌려

14 차코에게 들었던 예언(「지옥」 6곡 64행 이하)과 파리나타의 예언(「지옥」 10곡 79행 이하)을 가리킨다.
15 베아트리체.
16 원문에는 〈포르투나〉(「지옥」 7곡 61행 참조)로 되어 있으며, 따라서 〈행운〉으로 옮길 수도 있다.

뒤에 있는 나를 바라보면서 말하셨다.

「잘 알아듣는 자는 마음에 새기는 법이지.」 99

그렇지만 나는 계속 브루네토 님과 함께

이야기를 나누었고, 그의 동행 중

유명하고 높은 자들은 누구인지 물었다. 102

그는 말했다. 「몇몇에 대해 아는 것은 좋지만,

다른 자들에 대해서는 침묵하는 게 좋으리.

길게 말하기에는 시간이 너무 짧으니까. 105

간단히 말하자면 모두 성직자들이나

위대한 문인들로 큰 명성을 떨쳤지만

세상에서 똑같이 더러운 죄를 지었지. 108

프리스키아누스[17]와 프란체스코 다코르소[18]가

저 더러운 무리와 함께 가고 있으며,

네가 저 추잡한 무리를 알고 싶다면, 111

17 6세기 초의 유명한 라틴 문법학자였던 프리스키아누스Priscianus를 가리킨다. 그러나 그가 남색을 즐겼다는 증거는 없다. 따라서 일부 학자는 단테가 4세기의 이단적인 주교 프리스킬리아누스Priscillianus와 혼동하였을 것으로 추정하기도 한다.

18 Francesco d'Accorso(1225~1293). 볼로냐 법학파의 거장 중의 하나로, 영국 왕 에드워드 1세의 부름을 받아 옥스퍼드 대학에서 강의하기도 하였다.

종들의 종[19]에 의해 아르노강에서
바킬리오네강으로 옮겨 거기에서
사악한 욕망에 빠진 자[20]도 보았으리.   114

좀 더 말하고 싶지만, 저기 저곳에서
새로운 모래 구름이 일어나는 것을 보니
더 나아가거나 길게 말할 수도 없구나.   117

내가 함께 있을 수 없는 무리가 오고 있다.
내가 아직 그 안에 살아 있는『테소로』[21]를
너에게 추천할 뿐 다른 부탁은 없다.」   120

그리고 그는 몸을 돌렸는데, 마치
베로나에서 녹색 휘장을 차지하려고
달리는 자들 같았고,[22] 그들 중에서도   123

19 라틴어로는 *servus servorum Dei*, 즉 〈하느님의 종들의 종〉이다. 교부
아우구스티누스가 만들어낸 호칭으로 이 호칭을 처음 사용한 교황은 그레고
리우스 1세 또는 대(大)그레고리우스(재위 590~604)였다.

20 피렌체 출신의 안드레아 데 모치Andrea de' Mozzi를 가리키는 것으로
추정된다. 그는 1295년까지 피렌체의 주교였다가, 바킬리오네Bacchiglione강
가에 있는 비첸차의 주교로 옮겼으나 이듬해에 사망하였다.

21 *Tesoro*. 〈보물〉이라는 뜻으로 라티니가 정쟁의 소용돌이에 휘말려
1260년에서 1266년까지 프랑스로 망명해 있는 동안 프랑스어로 쓴 백과사전
적 작품으로 원래 제목은 *Li Libre dou Trésor*, 즉『보물의 책』이다. 이 작품은
프랑스어 문체의 표본으로도 유명하다.

22 이탈리아 북부의 도시 베로나Verona에서 열리는 달리기 경주의 선수

패배자가 아니라 우승한 자처럼 보였다.

들처럼 빨리 달려갔다는 과장적인 표현이다. 그 경기에서 우승한 자에게는 녹색의 휘장을 상으로 주었다.

제16곡

단테는 다른 남색의 죄인들 중에서 세 영혼을 만나는데, 모두 옛날 피렌체에서 이름이 높았던 사람들이다. 그들은 자신을 소개하고, 단테는 그들에게 피렌체의 부패와 타락에 대해 이야기한다. 일곱째 원의 가장자리 근처에서 베르길리우스는 단테가 허리에 감고 있던 밧줄을 낭떠러지 아래로 던지고, 뒤이어 절벽 아래에서 무시무시한 괴물 게리온이 떠오른다.

어느덧 나는 다음 원[1]으로 떨어지는
물의 굉음이 들리는 곳에 이르렀는데,
마치 벌 떼들이 붕붕거리는 것 같았다.   3

그때 쓰라린 고통의 비를 맞으며
지나가고 있던 무리에서 세 명의
그림자가 함께 벗어나 달려왔다.   6

그들은 우리를 향해 오면서 외쳤다.
「멈추시오, 입은 옷으로 보아 그대는
사악한 우리 고향 출신 같구려.」[2]   9

---

1 그러니까 여덟째 원이다.
2 보카치오에 의하면 당시에는 도시마다 나름대로 독특하게 옷을 입는
방식이 있었다고 한다.

아! 나는 그들의 사지에서 불에 탄
새롭고 오랜 상처들을 얼마나 보았는지!
그것을 생각하면 지금도 마음이 아프다.   12

그들의 외침에 나의 스승님은 관심을
기울였고 나를 향해 얼굴을 돌리셨다.
「기다려라. 그들에게 친절해야 하리라.   15

만약에 이 장소의 성질상 불이
쏟아지지 않는다면, 그들보다 오히려
네가 서두르라고 말하고 싶구나.」   18

우리가 멈추자 그들은 오랜 탄식을
다시 시작했고, 우리에게 도착하자
세 사람 모두 둥글게 원을 이루었다.   21

마치 벌거벗고 기름칠을 한 투사들이
맞부딪쳐 서로 때리고 찌르기 전에
유리하게 붙잡을 기회를 엿보듯이,   24

그들은 빙빙 돌면서 각자의 눈은 똑바로
나를 바라보았고, 따라서 그들의 발은
얼굴과 반대 방향으로 움직이고 있었다.   27

하나가 말했다. 「푹푹 꺼지는 이 장소[3]의
비참한 상황과, 타고 그을린 모습 때문에
우리와 우리 간청이 초라해 보일지라도,   30

우리의 명성이 그대의 영혼을 움직여,
생생한 발로 안전하게 지옥을 지나가는
그대는 누구인지 말해 주기 바라오.   33

보다시피 벌거벗고 껍질이 벗겨진 채
내 앞에서 가고 있는 이자는 그대가
믿지 못할 만큼 지위가 높았던 자요.   36

그는 착한 괄드라다의 손자였고,
이름은 귀도 궤라[4]였으며, 살았을 때
지혜와 칼로 많은 일을 하였답니다.   39

내 곁에서 모래밭을 밟고 있는 다른 자는
테기아이오 알도브란디[5]이며, 그 이름은

3 그곳이 모래밭이기 때문이다.

4 Guido Guerra. 피렌체의 유명한 가문 도바돌라 백작의 아들로 피렌체
궬피 계열에 속했다.(「천국」16곡 96~99행 참조) 그의 할머니 괄드라
다Gualdrada는 당시의 엄격한 풍습과 가정적인 덕성의 예로 널리 칭찬을 받
았다.

5 Tegghiaio Aldobrandi. 궬피파의 아디마리 가문 출신으로 군대의 장군
과 아레초의 포데스타podestà를 역임하였다. 포데스타는 중세 이탈리아에서

저 위 세상에서 분명 좋게 기억될 것이오.   42

그리고 저들과 함께 고통받고 있는 나는
야코포 루스티쿠치[6]인데, 무엇보다도
분명히 까다로운 아내가 나를 망쳤다오.」   45

만약 불로부터 보호될 수 있었더라면,
나는 그들 사이로 뛰어들었을 것이고
또 나의 스승도 그걸 허용했을 것이다.   48

하지만 나는 불타 익어 버릴 것이므로,
그들을 껴안고 싶었던 나의 좋은
의지는 두려움에 굴복하고 말았다.   51

나는 말했다. 「그대들의 처지는 내 가슴에
경멸감이 아니라 고통을 심어 주었고,
그것은 완전히 벗어 버리기 어렵군요.   54

이 나의 스승께서 하신 말[7]을 듣고

〈코무네 *Comune*〉, 즉 자치 도시의 의회에서 선출되어 일정 기간 동안 통치하
는 직책으로 〈집정관〉 또는 〈최고 행정관〉으로 번역되기도 한다.
  6 Iacopo Rusticucci. 단테와 거의 동시대의 부자 귀족이었는데, 성격이
까다로운 아내와 헤어진 후 모든 여자를 혐오하였다고 한다.
  7 친절하게 대하라는 14~18행의 말.

나는 당신들처럼 중요한 사람들이
우리에게 올 것이라고 생각했습니다.   57

나는 당신들 고향의 사람이며, 언제나
당신들의 업적과 명예로운 이름을
애정 있게 듣고 또 이야기했지요.   60

나는 죄의 쓴맛을 버리고, 진정한 스승께서
약속한 달콤한 열매를 향해 가는 중이지만,
먼저 세상의 중심까지 내려가야 한다오.」   63

그가 다시 대답했다. 「영혼이 그대의
육신을 오랫동안 이끌고,[8] 또한
그대의 명성이 나중에도 빛나기를!   66

말해 주오, 우리의 고향에는 예전처럼
예절과 가치가 아직 남아 있는지,
아니면 완전히 없어져 버렸는지.   69

얼마 전부터 우리와 함께 고통받으며 저기
동료들과 가는 굴리엘모 보르시에레[9]의

8 오래오래 살기를 기원한다는 뜻이다.
9 Guglielmo Borsiere. 피렌체 출신의 유능한 궁정 사람으로, 보카치오의

말이 우리 가슴을 무척 아프게 하는군요.」   72

「새로운 사람들[10]과 벼락부자들이
오만함과 무절제를 퍼뜨렸으니,
피렌체여, 벌써 그렇게 슬퍼하는구나!」   75

내가 얼굴을 들고 그렇게 한탄하니,
세 사람은 그것을 대답으로 알아듣고
믿을 수 없다는 듯 서로를 바라보았다.   78

모두가 대답했다. 「언제나 그처럼 손쉽게
남들에게 시원히 대답할 수 있다면,
그대는 정말로 행복하겠구려!   81

그러니 그대 이 어두운 장소를 벗어나
아름다운 별들을 다시 보게 된다면,
〈예전에 나는〉 하고 말하게 된다면,   84

사람들에게 우리에 대해 이야기해 주오.」
그리고 그들은 원을 풀고 달려갔는데
다리들이 마치 날개처럼 재빨랐다.   87

『데카메론』 첫째 날 여덟 번째 이야기에서도 그에 대한 언급이 나온다.
    10   그 무렵 피렌체로 이주해 온 사람들.

164

〈아멘〉 하고 말할 사이도 없이 그들은
사라져 버렸으며, 따라서 스승님은
떠나는 것이 좋으리라 생각하셨다.   90

나는 그분을 뒤따랐고, 잠시 후에는
물 떨어지는 소리가 가까워지면서
우리의 말소리를 듣기 어려울 정도였다.   93

마치 아펜니노산맥의 왼쪽 편에서
비시산[11]으로부터 동쪽을 향하여
자신의 길을 시작하는 그 강줄기,   96

계곡 아래 낮은 평원에 떨어지기 전에
위에서는 아콰퀘타라고 불리지만
포를리에서 그 이름이 없어지는 강이,   99

분명 천 명을 수용할 수 있었을
아펜니노의 베네딕투스 수도원[12] 위에서

11 원문은 몬테 비소Monte Viso라고 되어 있는데, 로마냐 지방에 있는 비
시Visi산을 가리킨다. 이탈리아반도를 종단하는 아펜니노Appennino산맥에
위치해 있으며, 거기서 발원된 아콰퀘타Acquaqueta강은 다른 두 개의 지류와
합하여, 포를리Forli 근처에서 몬토네Montone강을 이룬다.

12 포를리 근처 아펜니노산 기슭의 수도원으로 그 옆에서 아콰퀘타강은
폭포를 이룬다. 그곳에다 어느 귀족 가문이 천 명이 넘는 수도자들을 수용할
만한 대규모 수도원을 만들려고 했다고 한다. 베네딕투스 성인에 대해서는

낭떠러지로 떨어져 굉음을 내듯이,   102

바로 그렇게 험준한 절벽 아래로
핏빛 물이 소리치는 것을 보았으니
순식간에 귀가 먹먹해질 정도였다.   105

나는 허리에 밧줄[13]을 하나 동여매고
있었는데, 한때는 그것으로 얼룩 가죽의
표범[14]을 잡아 볼까 생각하기도 했다.   108

나의 안내자께서 명령한 대로 나는
그것을 내 몸에서 완전히 풀었고
둘둘 말아서 그분께 건네주었다.   111

그러자 그분은 오른쪽으로 몸을 돌려
절벽으로부터 상당히 멀리 떨어지게
그것을 깊은 절벽 아래로 던지셨다.   114

「천국」22곡 28행 이하 참조.

13   프란치스코회 수도자들이 허리에 매고 있는 줄, 또는 당시의 여행자들
이 걷기 편하도록 옷자락을 올려 고정하는 허리띠 등으로 생각된다. 은유적으
로 볼 때 표범으로 상징되는 육체적 욕망의 절제를 상징하는 것으로 해석되기
도 한다.

14   「지옥」1곡에 나오는 음란함의 상징인 표범.

나는 혼자 중얼거렸다. 「스승님이 저렇게
주시하는 것을 보니, 저 특이한 신호에
분명 이상한 일이 일어날 것 같구나.」   117

아, 지혜로 단지 행동뿐만 아니라
생각까지 꿰뚫어 보는 자들 곁에 있으면,
사람들은 얼마나 신중해야 하는지!   120

그분은 말하셨다. 「네가 기다리고 또한
네 생각이 꿈꾸는 것이 떠올라서
이제 곧 네 눈앞에 나타날 것이다.」   123

거짓말처럼 보이는 진실 앞에서 사람은
가능한 한 언제나 입을 다물어야 하는데,
잘못 없이 망신당할 수 있기 때문이다.   126

하지만 여기서 나는 침묵할 수 없으니, 독자여,
이 희극[15]의 구절들을 걸고 맹세하건대,

---

15 comedia(현대 이탈리아어로는 commedia). 단테는 자신의 이 작품을
그렇게 부르는데, 여기에다 보카치오가 〈거룩하다〉는 뜻의 형용사 divina를 앞
에 덧붙였고, 그의 지적에 따라 1555년 베네치아에서 인쇄된 판본에서 La
divina commedia라는 제목이 사용된 이후 일반적으로 그렇게 부른다. 따라서
우리말로 그대로 옮기면 〈거룩한 희극〉 정도가 되겠지만, 여기에서는 오랜 관
용에 따라 〈신곡〉으로 옮겼다. 이 명칭은 「지옥」21곡 1행에서도 반복된다.

그 구절들이 오래 호감을 얻기 바란다.   129

나는 그 무겁고 어두운 대기 속으로
어떠한 강심장도 놀랄 만한 형체
하나가 헤엄쳐 오는 것을 보았으니,   132

마치 때로는 암초나 다른 것에 얽힌
닻을 풀려고 바다 속에 들어갔다가
물 위로 돌아오는 사람이 상체는 내밀고   135

다리는 웅크리고 있는 것 같았다.

제17곡

절벽 아래에서 괴물 게리온이 나타나고, 단테는 여덟째 원으로 내려가기 전에 일곱째 원의 셋째 둘레에서 벌받고 있는 돈놀이꾼들을 본다. 그들은 뜨거운 모래밭에서 각자 가문의 문장(紋章)을 상징하는 주머니를 목에 걸고 있다. 단테와 베르길리우스는 게리온의 등을 타고 여덟째 원으로 내려 간다.

「보아라, 저 꼬리가 뾰족한 짐승[1]을.

산을 넘고, 성벽과 무기들을 부수며,

온 세상에 악취를 풍기는 놈을 보아라!」   3

나의 스승님은 나에게 그렇게 말하며,

돌로 된 강둑의 끄트머리까지 가까이

다가오도록 그놈에게 손짓을 하셨다.   6

그러자 그 더러운 기만(欺瞞)의 형상은

다가왔고, 머리와 가슴은 둑 위로

---

1 뒤이어 그 모습이 자세히 묘사되는 게리온(또는 게리오네스)으로 그 이름은 97행에서 언급된다. 그리스 신화에서 세 개의 머리, 여섯 개의 팔, 여섯 개의 다리를 가진 거인으로 묘사되며, 헤라클레스에게 죽임을 당하였다. 그러나 여기에서 단테는 사람의 얼굴, 사자의 다리, 박쥐의 날개, 전갈의 꼬리, 그리고 나머지는 뱀의 형상으로 된 괴물로 묘사하고 있으며, 기만을 상징하는 것으로 본다.

올라왔으나 꼬리는 올라오지 않았다.   9

얼굴은 분명한 사람의 얼굴이었고
겉의 피부는 곱고 매끈했으나 나머지
몸통은 모두 뱀으로 되어 있었다.   12

두 앞발은 겨드랑이까지 털이 나 있고,
등과 가슴, 양 옆구리에는 매듭과 작은
동그라미들[2]이 그려져 있었는데,   15

타타르인들이나 터키 사람들의 직물보다
훨씬 다채로운 색깔들로 겹쳐 있어,
아라크네[3]도 그런 천을 짜지 못했으리.   18

마치 강가에 있는 배들이 일부는
물속에 있고 일부는 뭍에 있듯이,
또 먹성 좋은 게르만 사람들[4] 사이에서   21

2 사기꾼들이 상대방을 현혹하기 위해 사용하는 올가미, 즉 속임수를 상
징한다.
3 그리스 신화에 나오는 리디아의 처녀로 뛰어난 길쌈 솜씨를 자랑하
였다.
4 여기에서 게르만은 켈트족이나 노르만족 등 북유럽 사람들까지 통칭하
며, 그들이 사는 지방을 가리킨다. 게르만 사람들은 잘 먹고 잘 마신다는 당시
의 통념에서 이런 표현이 나왔다.

해리(海狸)[5]가 고기잡이를 준비하듯이,
그 사악한 짐승도 모래밭을 둘러싼
바위 둑의 가장자리에 멈춰 있었다.   24

그놈은 전갈의 꼬리 끝처럼 독 있는
갈고리로 무장한 꼬리를 위로 비틀면서
완전히 허공 속에서 휘두르고 있었다.   27

길잡이께서 말하셨다. 「이제 우리 길의
방향을 약간 바꾸어 저 사악한 짐승이
웅크린 곳까지 가는 것이 좋으리라.」   30

그래서 우리는 오른쪽으로 내려갔고,[6]
뜨거운 모래와 불꽃을 피하려고
가장자리 위로 몇 걸음 걸었다.   33

우리가 그 괴물에게 이르렀을 때,
조금 너머 모래밭 위로 사람들이
절벽 가까이 앉아 있는 것이 보였다.   36

---

5 비버, 즉 해리는 자기 꼬리를 물속에 담그고 물고기를 유인하여 잡는다
고 믿었다.
6 「지옥」9곡 132행 참조.

스승님은 말하셨다. 「네가 이 둘레에 대한
완전한 경험을 가져가고 싶다면,
가서 그들의 처지를 보도록 해라.   39

거기에서 네 이야기는 짧게 하여라.
네가 돌아올 동안 나는 이놈에게 말해
튼튼한 그의 어깨를 빌리도록 하겠다.」   42

그리하여 나는 그 일곱 번째 원의
가장자리 위로 완전히 혼자 걸어갔고,
고통의 무리가 앉아 있는 곳으로 갔다.   45

그들 눈에서는 고통의 눈물이 솟아났고,
이쪽저쪽으로 손을 휘두르면서
뜨거운 모래와 수증기를 피하려고 했다.   48

마치 여름철에 개들이 벼룩이나 파리,
등에들에게 물릴 때 주둥이와 발로
그렇게 하는 것과 다름이 없었다.   51

나는 고통의 불꽃들을 맞고 있는
그들 중 몇몇 얼굴을 살펴보았으나
아무도 알아볼 수 없었다. 하지만 나는   54

각자의 목에 특정한 색깔과 표시가 있는

주머니[7]가 매달려 있음을 깨달았는데,

그들 눈은 그것에 흡족해하는 듯했다.   57

그들 사이로 둘러보면서 가던 나는

어느 노란색 주머니 위에 푸른 사자의

얼굴과 형상[8]이 그려진 것을 보았다.   60

그리고 계속 시선을 돌리다가

피처럼 빨간 다른 주머니를 보았는데,

아주 새하얀 거위[9]가 그려져 있었다.   63

그런데 살찐 푸른색 암퇘지가 그려진

하얀 주머니[10]를 매단 영혼이 말했다.

「그대는 이 구덩이에서 무엇을 하는가?   66

어서 가시오. 그대는 아직 살아 있으니,

내 고향 사람 비탈리아노[11]가 여기에서

7   돈놀이꾼들이 갖고 있는 돈주머니로 그 위에 각 가문을 상징하는 문장
(紋章)이 그려져 있다.

8   피렌체의 궬피 계열에 속하는 잔필리아치Gianfigliazzi 가문의 문장.

9   기벨리니 계열에 속하는 오브리아키Obriachi 가문의 문장.

10   파도바의 귀족 스크로베니Scrovegni 가문의 문장.

11   파도바 출신의 비탈리아노 델 덴테Vitaliano del Dente로 해석되기도
했으나 실제로 그는 아주 너그러운 사람으로 알려져 있다. 따라서 야코포 비탈

내 왼쪽 편에 앉으리라는 것을 아시오.   69

이 피렌체 사람들 중 나 혼자만 파도바
사람인데, 그들은 종종 귀가 먹먹할 정도로
〈세 부리가 새겨진 주머니를 달고 있을   72

위대한 기사[12]여 오라!〉 소리친답니다.」
여기에서 그는 마치 콧구멍을 핥는
황소처럼 입을 비틀면서 혀를 내밀었다.   75

나는 조금만 머무르라고 경고하신
스승님께 근심을 끼칠까 두려워서
지친 영혼들로부터 되돌아왔다.   78

나는 길잡이께서 벌써 그 사나운 짐승의
등에 올라타고 있는 것을 발견했는데,
그분은 말하셨다. 「이제 대담하고 강인해야 한다.   81

이제 이런 방법으로 내려가야 하니,
앞에 타라. 꼬리가 너를 해치지

리아니Jacopo Vitaliani 가문 출신으로 보기도 한다.
    12 잔니 부이아몬테 Gianni Buiamonte를 가리킨다. 그가 속한 베
키Becchi 가문은 금색 바탕에 그려진 세 개의 독수리 부리를 문장으로 한다.
〈위대한 기사〉는 반어적으로 빈정대는 표현이다.

못하도록 내가 그 중간에 있겠다.」   84

마치 학질의 오한에 걸려 벌써
손톱이 창백해진 사람이 그늘만
보아도 오들오들 떠는 것처럼,   87

그분의 말에 나도 그렇게 되었지만
훌륭한 주인 앞에서 하인이 강해지듯
부끄러움이 나의 두려움을 억눌렀다.   90

나는 그 무서운 어깨 위에 올라탔고,
〈나를 껴안아 주세요〉 말하고 싶었으나
내 생각대로 목소리가 나오지 않았다.   93

하지만 다른 때에도 나를 두려움에서
구해 주신 그분은 내가 올라타자
팔로 나를 감싸안아 지탱해 주시면서   96

말하셨다. 「게리온, 이제 움직여라.
넓게 원을 그리며 천천히 내려가라.
네가 진 특별한 짐[13]을 생각하라.」   99

13 단테는 살아 있는 몸이기 때문이다.

마치 배가 정박지에서 나오는 것처럼
게리온은 뒤로 천천히 물러났으며,
이제 완전히 자유롭게 움직이게 되자   102

가슴이 있던 곳으로 꼬리를 향하더니
뱀장어처럼 꼬리를 쭉 펼치며 움직였고
앞다리로 대기를 몸 쪽으로 끌어당겼다.[14]   105

지금도 그 흔적이 보이듯, 파에톤[15]이
고삐를 놓쳐 하늘이 불탔을 때에도,
불쌍한 이카로스가[16] 녹은 밀랍 때문에   108

겨드랑이에서 날개가 빠지는 것을 느끼고,
아버지가 〈길을 잘못 들어섰다!〉 외쳤을
때에도 이보다 두렵지는 않았을 것이니,   111

14 박쥐 같은 날개로 허공에서 날갯짓하는 모습을 가리킨다.
15 태양신 헬리오스의 아들 파에톤이 아버지의 태양 마차를 몰다가 고삐
를 놓치는 바람에 궤도를 이탈한 마차에 의해 하늘이 길게 타 버렸으며, 그 흔
적이 은하수로 남아 있다고 한다. 유피테르는 온 세상이 불타지 않도록 번개를
쳐서 파에톤을 떨어뜨렸고, 불붙은 그의 시체는 에리다노스강으로 떨어졌다.
16 아테나이의 명장 다이달로스의 아들. 미노스왕은 테세우스가 미노타
우로스를 죽이고 미궁 라비린토스에서 벗어난 책임을 물어 다이달로스를 아
들 이카로스와 함께 미궁에 가두었다. 다이달로스는 밀랍과 깃털로 날개를 만
들어 미궁을 탈출하였는데, 흥분한 아들 이카로스는 너무 높이 날다가 태양에
밀랍이 녹는 바람에 바다에 떨어져 죽었다.

사방을 둘러보아도 허공만 보이고
그 짐승 외에 아무것도 안 보였을 때
내가 느꼈던 두려움은 그런 것이었다.   114

그놈은 천천히 헤엄치고 둥글게 돌면서
내려가고 있었지만, 나는 아래에서
얼굴로 스치는 바람밖에 느낄 수 없었다.   117

벌써 오른쪽에서 우리 아래의 늪으로
떨어지는 엄청난 물소리가 들렸기에
나는 얼굴을 내밀고 밑을 내려다보았다.   120

그런데 불꽃을 보고 고통 소리를 들은
나는 혹시 떨어질까 더욱 두려워졌고
덜덜 떨면서 완전히 몸을 웅크렸다.   123

그리고 조금 전에는 보이지 않았지만,
사방에서 다가오는 커다란 고통들 위로
돌면서 내려가고 있음을 나는 보았다.   126

마치 새나 횃대도 보지 못한 채
오랫동안 날고 있던 매가, 〈저런,
내리다니!〉 매잡이가 외치게 하면서,   129

날렵하게 백 바퀴도 넘게 돌던 곳에서
지친 몸으로 내려와, 몹시 화가 난
주인에게서 멀리 떨어져 앉듯이,[17]   132

그렇게 게리온은 깎아지른 절벽의
발치 가까이 바닥에 내려앉았고,
우리 몸의 짐을 내려놓자마자   135

시위를 떠난 화살처럼 사라져 버렸다.

17   매사냥에서 매가 사냥감을 찾지 못하고 오래 날다가 주인이 부르지도
않았는데(매를 부를 때에는 매가 앉을 횃대를 쳐들어 보여 준다) 내려와 주인
에게서 멀찍이 떨어져 앉는 것처럼.

제18곡

여덟째 원에 들어선 단테는 그곳의 구조에 대하여 설명한다. 그곳은 열 개의 말레볼제, 즉 〈악의 구렁〉으로 구분되어 있는데, 첫째 구렁에는 뚜쟁이와 유혹자 들이 악마들에게 채찍으로 맞고 있으며, 둘째 구렁에는 아첨꾼들이 더러운 똥물 속에 잠겨 있다.

그곳은 지옥에서 말레볼제[1]라 부르는
곳이었는데, 그곳을 둘러싼 절벽처럼
온통 무쇠 빛의 바위로 되어 있었다.   3

그 사악한 벌판 한가운데에는 아주
넓고 깊은 웅덩이[2]가 펼쳐져 있었는데,
그 장소의 구조에 대해 말하고자 한다.   6

높다란 바위 절벽과 웅덩이 사이에
둥그렇게 펼쳐진 테두리의 바닥은

1 *Malebolge*. 여덟째 원의 구역들에 대해 단테가 만들어낸 용어이다. 〈악〉, 〈사악함〉을 의미하는 말레*male*와 〈자루〉, 〈주머니〉를 의미하는 볼자*bolgia*(복수형은 볼제*bolge*)의 합성어이다(여기서는 편의상 *bolgia*를 〈구렁〉으로 번역하고자 한다). 뒤에 설명하듯이 여덟째 원은 얼어붙은 코키토스 호수, 즉 아홉째 원을 중심으로 겹겹이 둘러싸고 있는 열 개의 구렁으로 나뉘어 있다.
2 아홉째 원을 이루는 얼어붙은 호수 코키토스.

열 개의 구렁으로 나뉘어 있었다.   9

마치 성벽을 방어하기 위하여 많은
연못들이 성을 둘러싸고 있듯이,
내가 있던 장소의 형상은 바로   12

그러한 모습으로 되어 있었으며,
또한 그런 요새의 성문에서 바깥의
기슭까지 작은 다리들이 놓여 있듯이,   15

절벽의 발치에서 뻗어 나간 돌다리가
둔덕들과 구렁들을 가로질러 웅덩이에
이르러 모두 끊기고 한데 모여 있었다.   18

게리온의 등에서 내린 우리는 바로
그런 곳에 있었는데, 시인은 왼쪽으로
가셨고 나는 그분의 뒤를 따랐다.   21

오른쪽으로 나는 새로운 형벌과 고통,
새로운 형벌 집행자들을 보았는데,
첫째 구렁은 그런 자들로 가득하였다.   24

벌거벗은 죄인들이 바닥에 있었는데,

이쪽으로는 우리와 마주 보며 걸어왔고

저쪽에는 같은 방향이지만 걸음이 빨랐다.   27

마치 희년(禧年)[3]에 수많은 군중 때문에

로마 시민들이 다리[4] 위로 모여든

많은 사람들이 지나가도록 배려하여,[5]   30

한쪽으로는 모두 성[6] 쪽을 바라보며

성 베드로 성당으로 가고, 다른

한쪽으로는 언덕[7]으로 향하는 것 같았다.   33

이쪽저쪽의 검은 바위 위에서는

뿔 난 악마들이 채찍으로 그들의

---

3   교황 보니파키우스 8세가 최초의 희년으로 제정한 1300년. 희년은 하
느님의 사랑과 은총을 기리기 위해 대사면을 내리는 〈거룩한 해〉이다. 희년에
교황청이 있는 로마를 방문하고 참회와 보속(補贖)을 하면 사면을 받을 수 있
다고 하였다. 원래 백 년마다 희년을 두었으나, 지금은 25년마다 희년을 지
낸다.

4   바티칸의 산피에트로 성당, 즉 베드로 대성당과 로마 시내 사이에는 테
베레강이 흐르고 있는데, 당시에 서로 연결해 주는 다리는 유일하게 산탄젤
로Sant'Angelo 다리뿐이었다.

5   1300년 희년 때 로마에는 수십만, 또는 수백만이 넘는 순례자들이 세계
각지에서 몰려들었다고 한다. 따라서 산피에트로 성당을 방문하려는 수많은
군중의 교통을 통제하기 위하여, 산탄젤로 다리를 통과할 때 한쪽은 산피에트
로 성당 방향으로 가고, 한쪽은 로마 시내 방향으로 가도록 했다.

6   테베레강 너머 산피에트로 성당과 같은 방향에 있는 산탄젤로성(城).

7   로마 시내 쪽에 자리한 조르다노 언덕을 가리킨다.

등을 잔인하게 후려치고 있었다.   36

아, 첫 매질에 그들이 얼마나 발뒤꿈치를
들어 올렸는지! 두 번째나 세 번째 매를
기다리는 자는 아무도 없었다.   39

걸어가는 동안 내 눈은 어느 한 명과
부딪쳤고, 나는 곧바로 말하였다.
「언젠가 본 적이 있는 것 같구나.」   42

나는 자세히 보려고 걸음을 멈추었고,
친절한 스승님도 함께 멈추어 내가
약간 뒤로 돌아가는 것을 허락하셨다.   45

그 매 맞은 자는 얼굴을 숙여 자신을
감추려고 했으나 소용없었고, 내가
말했다. 「오, 땅바닥을 바라보는 그대여,   48

그대의 얼굴 모습이 거짓이 아니라면,
그대는 베네디코 카차네미코[8]구나.

8 Venedico Caccianemico(1228?~1302). 볼로냐의 궬피 가문 출신으로
당쟁에 적극적으로 가담하였다. 이몰라, 밀라노, 피스토이아의 포데스타를 지
내기도 했고, 볼로냐에 대한 데스테 가문의 야망을 부추겼다. 당시 페라라 후
작 데스테 가문의 오피초(「지옥」 12곡 111행 참조)의 욕망을 채워 주기 위해,

무엇이 그대를 괴로운 형벌로 이끄는가?」   51

그는 말했다. 「말하고 싶은 마음은 없지만,
그대의 분명한 말은 나에게 오래 전
세상의 일이 생각나게 만드는구려.   54

이 더러운 이야기가 어떻게 들릴지
모르지만 나는 아름다운 기솔라를 데려가
후작의 욕망을 들어주게 한 사람이오.   57

여기에서 우는 볼로냐 사람은 나 혼자가
아니고, 오히려 이곳은 그들로 가득하여
사베나와 레노[9] 사이에서 〈시파〉를 배우는   60

사람들도 여기보다 더 많지 않으리라.[10]
이에 대한 믿음과 증거를 원한다면
우리의 탐욕스러운 마음을 생각해 보오.」   63

돈을 받고 자신의 누이 〈아름다운 기솔라Ghisolabella〉를 주었다고 한다.

9   사베나Savena강과 레노Reno강은 볼로냐의 동쪽과 서쪽에 자리 잡고
있으며 도시의 경계를 나타낸다. 〈시파sipa〉는 볼로냐 지방에서 쓰이는 *es-
sere*(~이다) 동사의 접속법 3인칭 단수(오늘날에는 *sepa*) 형태이며, 따라서 볼
로냐 사투리를 가리킨다.

10   현재 볼로냐에 사는 사람들의 숫자보다 지옥에서 벌받고 있는 볼로냐
영혼들이 더 많다는 과장된 표현이다. 볼로냐 사람들은 탐욕스럽고 이재에 밝
았다는 당시의 통념을 반영한다.

그렇게 말하는 동안 악마 하나가 그를
채찍으로 때리면서 말했다.「꺼져라,
뚜쟁이야! 여기 돈벌이할 여자는 없다.」   66

나는 나의 안내자에게로 돌아갔고,
우리는 몇 걸음 옮긴 후 절벽에서
뻗어 나온 어느 돌다리에 이르렀다.   69

우리는 아주 가볍게 그 위로 올라섰고
오른쪽으로 돌아 다리의 경사면을
따라 그 영원한 둘레에서 멀어졌다.   72

다리가 활꼴을 이루어 채찍 맞는 자들이
그 아래로 지나가는 곳에 이르렀을 때
안내자가 말하셨다.「잠깐, 이 사악하게   75

태어난 자들의 얼굴을 보도록 해라.
우리와 같은 방향으로 걸었기 때문에
너는 아직 그들의 얼굴을 보지 못했다.」   78

오래된 다리에서 우리는 다른 쪽으로
우리를 향해 오는 행렬을 보았는데
그들도 똑같이 채찍에 쫓기고 있었다.   81

내가 묻지도 않았는데 어진 스승님은
말하셨다. 「저기 오는 큰 녀석을 보아라.
고통에도 눈물을 흘리지 않는 모양이다.   84

아직도 왕가의 위엄을 갖고 있다니!
용기와 지혜로 콜키스 사람들에게서
황금 양털을 빼앗은 이아손[11]이란다.   87

그는 렘노스섬을 거쳐서 갔는데,
대담하고 잔인한 여인들이 자기들의
모든 남자들을 죽인 다음이었지.[12]   90

거기에서 거짓 치장된 말과 몸짓으로,
전에는 다른 모든 여자들을 속였던
젊은 여인 힙시필레를 속였으며,   93

11 그리스 신화의 영웅으로 흑해 동쪽의 콜키스에 있는 황금 양털 가죽을
얻기 위해 아르고호 원정대를 조직하였다. 가는 도중 렘노스섬의 여왕 힙시필
레(「연옥」 22곡 112행과 26곡 94~95행 참조)를 유혹하였으며 임신한 그녀를
버리고 떠났다. 그리고 콜키스에서는 아이에테스왕의 딸 메데아(그리스 신화
의 메데이아)를 유혹했는데, 그녀는 마법으로 이아손이 황금 양털을 얻도록 도
와주었으나 나중에 버림을 받았다.
12 베누스는 렘노스섬의 여자들이 자신을 숭배하지 않자 그곳 남자들이
모두 자기 여인을 멀리하도록 만들었다. 이에 격분한 여인들은 섬의 남자들을
모두 죽였다. 그런데 토아스왕의 딸 힙시필레는 거짓으로 아버지를 죽인 것처
럼 위장하고 실제로는 죽이지 않았다. 그녀는 마침 그곳에 도착한 이아손을 사
랑하였으나 임신한 몸으로 버림을 받았고 나중에 쌍둥이를 낳았다.

임신한 그녀를 홀로 그곳에 내버렸으니,
그 죄로 저렇게 형벌을 받고 있으며
메데아의 복수도 함께 받고 있다.   96

그렇게 속이는 자들이 함께 가고 있으니,
이 첫째 구렁에서 벌받고 있는 자들에
대해서는 이 정도로 충분할 것이다.」   99

어느덧 우리는 비좁은 길이 둘째
둔덕과 만나고 또 다른 활꼴 모양의
다리를 떠받치는 지점에 이르러 있었다.   102

거기에서 우리는 다른 구렁[13] 속에서
숨을 헐떡이며 손바닥으로 제 몸을
때리는 무리의 흐느낌 소리를 들었다.   105

양쪽 기슭에는 곰팡이가 들러붙어 있고
아래에서 올라오는 독기들이 뒤섞여
눈과 코가 견딜 수 없을 정도였다.   108

바닥이 얼마나 깊은지, 위에 걸쳐 있는
활꼴 다리 위로 올라가지 않고는

13 여덟째 원의 둘째 구렁으로 아첨꾼들이 더러운 똥물 속에 잠겨 있다.

그곳을 충분히 볼 수 없을 정도였다.   111

다리 위에 이른 우리는 아래 구덩이에서
마치 사람들의 변소에서 가져온 듯한
똥물 속에 잠겨 있는 무리를 보았다.   114

아래를 둘러보던 나는 머리에 더러운
똥을 뒤집어쓴 한 녀석을 보았는데
속인인지 성직자인지 알 수 없었다.   117

그는 나에게 소리쳤다. 「너는 왜 다른
더러운 놈들보다 나를 더 지켜보느냐?」
나는 그에게 말했다. 「내 기억이 옳다면, 전에   120

머리털이 마른 너를 보았기 때문이다.
너는 루카 사람 알레시오 인테르미넬리,[14]
그래서 누구보다 너를 더 주시하고 있다.」   123

그러자 그는 제 머리통을 때리면서 말했다.
「헛바닥이 지칠 줄 모르게 아첨했기
때문에 나는 이 아래에 처박혀 있다.」   126

14 Alessio Interminelli. 루카 출신으로 밝혀진 것 이외에 그에 대한 구체적인 자료는 전혀 없다. 루카Lucca는 이탈리아 중부 피사 근처의 도시이다.

그 말을 듣고 길잡이가 나에게 말하셨다.

「얼굴을 조금 들고 저 앞을 보아라.

지저분하고 머리카락이 헝클어진 채   129

똥 묻은 손톱으로 몸을 긁적이면서

웅크려 앉았다가 일어섰다가 하는

저 창녀의 얼굴을 눈으로 보아라.   132

그녀는 타이스,[15] 자기 기둥서방이

⟨내가 그대 마음에 드는가?⟩ 말하자,

⟨엄청나게 좋아요!⟩라고 대답했던 창녀란다.   135

이제 우리의 눈은 이것으로 만족하자.」

---

15 테렌티우스Publius Terentius Afer(B.C. 190?~B.C. 150?)의 희극「거세된 남자Eunuchus」에 나오는 등장인물. 3막에서 타이스의 정부가 그녀에게 여자 노예 하나를 선물한 다음 마음에 들었는가 질문하자 그녀가 엄청나게 좋다고 대답했다는 것이다. 하지만 단테는 키케로의 인용을 통해 이 구절을 알게되었고, 따라서 대화자들을 혼동하고 있는 것으로 보인다.

제19곡

단테는 셋째 구렁에서 돈을 받고 성직이나 거룩한 물건을 거래한 죄인들을 본다. 그들은 구렁의 바위 바닥에 뚫린 구멍 속에 거꾸로 처박혀 있으면서, 발바닥에 불이 붙어 타는 형벌을 받고 있다. 여기에서 단테는 교황 니콜라우스 3세와 이야기를 나누고 성직자들의 부패와 타락에 대해 한탄한다.

오, 마술사 시몬[1]이여, 비참한 추종자들이여,

너무나도 탐욕스러운 너희들은 선(善)의

신부가 되어야 하는 하느님의 물건들을   3

금과 은 때문에 거래하고 있으니,

너희에게는 나팔이 울려야[2] 마땅하고,

그래서 이 셋째 구렁에 있구나.   6

우리는 벌써 다음 구렁에 이르렀고,

구렁 위에 있는 돌다리의 바로

---

1 『신약 성서』「사도행전」 8장 9~24절에 나오는 사마리아의 마술사. 그는 예수의 제자들이 성령의 힘으로 기적을 행하는 것을 보고 돈으로 그런 능력을 사려고 하였다. 여기에서 연유하여 성직이나 성물을 사고파는 죄를 가리켜 〈시모니아simonia〉라고 부른다.

2 중세의 법정에서는 재판관의 판결을 공포하기 위해 포고인(布告人)이 나팔을 불어 사람들의 관심을 끌었다고 한다.

한가운데 지점 위에 올라와 있었다.   9

오, 최고의 지혜여, 하늘과 땅과 악의
세계[3]에 얼마나 당신의 기술을 드러내고,
얼마나 정당한 덕성을 나누어 주시는지!   12

나는 바닥과 기슭의 거무스레한 바위가
구멍들로 가득 차 있는 것을 보았는데,
구멍들은 모두 둥글고 크기가 똑같았다.   15

내 고향의 아름다운 산조반니 세례당[4]에
세례자들을 위한 장소로 만들어진
구멍보다 크지도 않고 작지도 않았다.   18

몇 해 전 나는 그 안에 빠진 어린이를
구하려고 하나를 부순 일이 있는데,
이 말로 사람들의 소문[5]을 막고 싶다.   21

3 지옥.
4 피렌체의 수호성인 산조반니San Giovanni, 즉 세례자 요한에게 헌정된
세례당으로 중앙 성당 맞은편에 있다. 세례자 요한의 축일인 6월 14일에는 많
은 어린이들이 그곳에서 세례를 받았다. 기베르티의 유명한 청동 문을 비롯한
여러 가지 아름다움으로 오늘날에도 많은 사람이 찾고 있다.
5 물에 빠진 어린이를 구하기 위해 단테가 성물의 일부를 파괴한 것에 대
해 불경스럽고 신성 모독적인 행위로 간주되기도 하였다. 단테는 어린 생명을
구하려는 순수한 의도였음을 강조함으로써 악의적인 해석을 불식시키고자 이

각 구멍의 입구 밖으로는 죄인의
발과 다리가 넓적다리까지 솟아 나왔고,
나머지는 모두 안에 들어 있었다.   24

그들 모두의 양쪽 발바닥에는 불이 붙어
얼마나 심하게 다리를 휘두르는지
엮고 꼬아 놓은 밧줄도 끊을 정도였다.   27

마치 기름칠이 된 물건들이 타면서
껍질 끝에만 불꽃이 날름거리듯이
그곳의 발끝과 뒤꿈치까지 그러하였다.   30

내가 말했다. 「스승님, 저자는 누구인데,
다른 동료보다 세게 휘젓고 괴로워하며
또 더욱 시뻘건 불꽃이 핥고 있나요?」   33

그분은 말하셨다. 「내가 너를 데리고 저 아래
낮은 둔덕⁶으로 내려가면, 그에게서
자신과 허물에 대해 알게 되리라.」   36

렇게 말하고 있다.
   6 여덟째 원을 이루는 열 개의 구렁은 중앙의 코키토스 호수를 향해 점차
낮아지며, 따라서 구렁을 나누고 있는 둔덕들도 점차 낮아진다.

나는 말했다. 「스승님이 좋다면 저도 좋습니다.
저는 주인이신 당신 뜻에서 벗어나지 않고,
당신은 제가 침묵하는 것까지 아십니다.」   39

그리하여 우리는 넷째 둔덕 위에
도착했고 왼쪽으로 돌아 내려가서
협소하고 구멍 뚫린 바닥에 이르렀다.   42

착한 스승님께서는 다리로 울고 있던
그자의 구멍에 도달할 때까지 나를
당신의 허리에서 놓아주시지 않았다.   45

나는 말을 꺼냈다. 「곤두박질하여 말뚝처럼
틀어박혀 있는 사악한 영혼이여, 그대가
누구이든, 할 수 있다면 말을 해보시오.」   48

마치 구덩이에 처박힌 추악한 암살자가
조금이라도 죽음을 늦추려고 다시 부른
고백 사제[7]처럼 나는 귀를 기울였다.   51

7 돈을 받고 살인을 저지른 암살자들은 거꾸로 매달아 구덩이 안에 생매
장했다고 한다. 그러면 죄인은 조금이라도 죽음을 늦추기 위하여 계속하여 사
제를 부르곤 하였다.

그[8]가 외쳤다. 「너 벌써 거기 왔느냐,
보니파키우스[9]야? 벌써 거기 왔느냐?
예언 기록이 나에게 몇 년을 속였구나.[10]   54

그렇게 빨리 너의 탐욕을 다 채웠는가?
탐욕 때문에 너는 아름다운 신부[11]를
속이고, 결국에는 무척 괴롭게 만들었지.」   57

그는 나에게 그렇게 말했고, 나는 마치
무슨 말인지 뜻도 모르고 당황하여
대답할 줄 모르는 사람처럼 서 있었다.   60

베르길리우스는 말하셨다. 「빨리 말해라.
〈나는 네가 생각하는 자가 아니다〉라고.」

8　뒤에 구체적으로 나오듯이 교황 니콜라우스 Nicolaus 3세(재위 1277~1280)이다. 그는 고귀한 인품과 덕성을 지닌 교황으로 알려져 있어 성직 매매 죄를 범했다고 보기는 어렵다. 피렌체의 정치적 싸움을 조정하는 데 실패했기 때문에 단테는 그를 지옥에 넣은 것으로 보인다. 여기에서 그는 단테를 보니파키우스 8세의 영혼으로 착각하여 말한다.

9　보니파키우스 8세는 훌륭한 업적을 남긴 교황으로 알려져 있으나, 단테는 그의 정책에 대해 매우 못마땅하게 생각했다. 특히 그는 피렌체에 대한 영향력을 강화하기 위해 궬피 흑당을 지원하였고 그 결과 단테가 속했던 백당이 쫓겨났다. 따라서 단테는 망명의 길을 걷게 된 것이 전적으로 보니파키우스 8세 때문이라고 생각했고, 그래서 지옥에 자리까지 마련해 두고 있다.

10　보니파키우스 8세는 3년 뒤인 1303년에 사망하였다.

11　교회를 가리킨다. 전통적으로 교회는 신랑인 그리스도와 결혼한 신부라고 생각하였다.

나는 그분이 시킨 대로 대답하였다. 63

그러자 그 영혼은 두 발을 온통 뒤꼬며
한숨을 쉬고 울음 섞인 목소리로 말했다.
「그렇다면 그대는 나에게 무엇을 바라는가? 66

내가 누구인지 그토록 알고 싶어서
저 기슭을 달려 내려왔다면 알려 주지.
나는 커다란 망토[12]를 입었던 사람이다. 69

사실 나는 암곰[13]의 아들이었고, 새끼
곰들의 번영을 위해 세상에서는 재물을,
여기서는 나 자신을 자루 속에 넣었지. 72

내 머리 밑 저 아래에는 나보다 앞서
성직 매매 죄를 지은 다른 자들이 끌려가서
바위틈 사이에 납작하게 처박혀 있노라. 75

조금 전에 내가 곧바로 질문하면서
바로 그대라고 믿었던 놈[14]이 올 때

12 교황의 복장.
13 니콜라우스 3세는 오르시니Orsini 가문 출신으로 그 문장은 암곰이
었다.
14 보니파키우스 8세.

나 역시 저 아래로 떨어질 것이다.[15]   78

하지만 내가 이렇게 불타는 발로 거꾸로
처박혀 있는 시간은, 그놈이 불타는 발로
처박혀 있을 시간보다 더 오래되었다.[16]   81

왜냐하면 그다음에 서쪽에서, 그놈과
나를 능가할 정도로 법칙도 모르는
사악한 목자[17]가 올 것이기 때문이다.   84

그는 〈마카베오기〉에 나오는 야손[18]처럼
될 것이니, 그에게 왕이 유약했듯이

---

15 성직 매매 죄를 지은 교황들은 이곳 셋째 구렁의 구덩이에서 발바닥이
불타는 형벌을 받다가, 그다음에 죄지은 교황의 영혼이 오면 교대하여 자리를
넘겨주고, 구멍 아래의 바위틈 사이에 처박히게 된다는 뜻이다.

16 1280년에 사망한 니콜라우스 3세는 1300년 현재 벌써 20년 동안 이
곳에 있었던 셈이다. 반면 보니파키우스 8세는 1303년부터 1314년까지(다음
교황 클레멘스 5세가 사망할 때까지) 약 11년 동안 있게 된다. 이러한 사실은
『신곡』의 집필 시기에 대한 자료로 활용되고 있다.

17 이탈리아에서 보았을 때 서쪽, 즉 프랑스 가스코뉴 태생의 교황 클레
멘스Clemens 5세(재위 1305~1314년)를 가리킨다. 그는 프랑스 왕의 사주를
받아 교황청을 로마에서 아비뇽으로 옮김으로써 소위 〈아비뇽 유수(幽囚)〉로
일컬어지는 가톨릭 역사의 오점을 남겼다.

18 「마카베오기 하권」 4장에 나오는 인물. 유대의 제사장 오니아스의 동
생으로 시리아 왕 안티오쿠스에게 돈을 주고 대사제직을 샀다. 교황 클레멘스
5세가 프랑스의 〈미남왕〉 필리프 4세(재위 1285~1314)에게 여러 가지 혜택
을 약속하고 교황권을 샀다는 소문을 빗대어 표현하고 있다.

프랑스를 통치하는 자도 그럴 것이다.」 87

여기에서 나는 지나치게 경솔했는지
모르겠으나 그에게 이렇게 말했다.
「그래, 이제 말해 보오. 우리 주님께서 90

성 베드로에게 열쇠[19]를 맡기기 전에
얼마나 많은 보물을 요구하셨소? 분명
〈나를 따르라〉 외에는 요구하지 않으셨소.[20] 93

사악한 영혼이 잃은 자리에 마티아가
추첨되었을 때도,[21] 베드로나 다른
제자들은 금이나 은을 얻지 않았소. 96

그러니 그대는 지금 마땅히 벌받고 있는
그대로 있으면서 카를로[22]에게 대항하여

19 〈나는 너에게 하늘 나라의 열쇠를 주겠다.〉(「마태오 복음서」 16장 19절)

20 〈예수님께서 그들에게 이르셨다. 「나를 따라오너라. 내가 너희를 사람 낚는 어부로 만들겠다.」〉(「마태오 복음서」 4장 19절)

21 예수를 팔아먹은 〈사악한 영혼〉 유다의 자리를 대신할 제자로서 마티아가 추첨으로 뽑혔을 때를 가리킨다.(「사도행전」 1장 13~26절 참조)

22 나폴리와 시칠리아의 왕이었던 카를로 단조Carlo d'Angiò(프랑스어 이름은 앙주Anjou의 샤를) 1세(1226~1285). 소문에 의하면 1280년 비잔티움 제국(동로마 제국)의 황제는 카를로를 치기 위해 교황 니콜라우스 3세에게 돈을 건넸다고 한다.

사악하게 얻은 돈이나 잘 간직하시오.   99

행복한 삶에서 그대가 갖고 있던
최고의 열쇠들에 대한 존경심이
아직도 나에게 금지시키지 않는다면,   102

나는 훨씬 더 심한 말을 하고 싶으니,
그대들의 탐욕은 선인을 짓밟고 악인을
높여 세상을 슬프게 만들었기 때문이오.   105

복음 작가[23]는 물 위에 앉은 여인[24]이
왕들과 간음하는 것을 보았을 때,
그대들 목자에 대하여 생각하였지요.   108

일곱 개의 머리를 갖고 태어난 그녀는
자기 신랑이 덕성을 좋아할 때까지[25]
열 개의 뿔에서 힘을 얻어 냈지요.   111

23 「묵시록」을 쓴 성 요한을 가리킨다.

24 「요한 묵시록」 17장 1절에 나오는 〈큰 물 곁에 앉아 있는 대탕녀〉. 중
세 가톨릭의 개혁을 주장하던 사람들은 그녀를 타락한 교회의 상징으로 보기
도 하였다. 사실 성 요한은 그녀를 본 다음 광야에서 일곱 개의 머리와 열 개의
뿔을 가진 짐승을 본다. 그러나 단테는 그 여인과 짐승을 동일시하여 나름대로
의 해석을 하고 있다.

25 중세의 보편적인 관념에서 교회는 신부이고, 교황은 그 신랑이다. 교
황이 덕성을 좋아할 때까지는 교회가 타락할 것이라는 뜻이다.

그대들은 금과 은을 하느님으로 삼는데
우상 숭배자들과 뭐가 다르오? 그들은
하나를, 그대들은 백을 숭배하지 않소?   114

아, 콘스탄티누스여, 그대의 개종보다
그대가 첫 부자 아버지[26]에게 준 지참금이
얼마나 많은 악의 어머니가 되었던가!」[27]   117

내가 이러한 가락을 노래하는 동안
분노나 아니면 양심에 깨물린 듯이
그는 두 발을 강하게 뒤흔들었다.   120

나의 스승님은 흡족하게 생각하셨는지
내가 진심으로 표현한 말에 아주
만족스러운 표정으로 귀를 기울이셨다.   123

26   교황 실베스테르 1세.

27   로마의 황제 콘스탄티누스Caesar Flavius Constantinus(재위
306~337)가 그리스도교를 공인하는 과정에서 교황과 거래를 함으로써 교회
의 부패가 시작되었다는 지적이다. 소위 「콘스탄티누스의 증여Donatio
Constantini」 문서에 의하면 콘스탄티누스 황제는 당시의 교황 실베스테르
Sylvester 1세(재위 314~335)가 자신의 나병을 낫게 해준 데 대한 감사의 표
시로 그리스도교로 개종하고, 또한 교회에게 로마시를 포함하여 제국의 서쪽
지방들에 대한 실질적 지배권 등 여러 가지 특전을 제공하였다는 것이다. 하지
만 이 문서는 15세기에 들어와 인문학자 로렌조 발라에 의해 8세기 무렵 위조
된 것으로 판명되었다.

그러고는 두 팔로 나를 껴안고
가슴 위로 완전히 들어 올리더니
내려왔던 길을 다시 올라가셨다.   126

나를 그렇게 껴안고도 피곤해하지 않고
넷째 둔덕에서 다섯째 둔덕에 걸쳐 있는
활꼴 다리의 꼭대기까지 안고 가셨다.   129

그리고 산양들도 통과하기 어렵게
험준하고도 가파른 돌다리 위에다
부드럽게 짐[28]을 내려놓으셨다.   132

거기에서 나는 또 다른 구렁을 보았다.

28 단테.

제20곡

여덟째 원의 넷째 구렁에는 점쟁이들과 예언자들이 벌받고 있는데, 그들은 앞을 바라보지 못하도록 머리가 등 쪽으로 돌아가 있다. 베르길리우스는 그들 중 몇 사람에 대해 이야기한다. 그리고 자신의 고향 만토바의 이름이 그리스의 예언자 만토에서 유래한 이야기를 들려준다.

또 다른 형벌로 땅속의 자들에 대한
첫째 노래편[1]의 스무 번째 노래의
소재로 삼아 시구를 만들고자 하노라.   3

나는 고통스러운 눈물로 젖어 있는
저 아래 드러난 바닥을 바라보려고
벌써 완전하게 준비하고 있었다.   6

둥그런 구렁에서 한 무리가 보였는데,
말없이 눈물을 흘리며 이 세상의 기도
행렬 같은 걸음걸이로 걸어오고 있었다.   9

시선을 좀 더 아래로 내려 바라보니
놀랍게도 그들은 각자 가슴 언저리와

1 지옥의 영혼들에 대한 〈노래편cantica〉인 「지옥」을 가리킨다.

턱 사이가 비틀린 것처럼 보였다.[2]   12

얼굴이 등 쪽으로 돌아가 있어서
앞을 바라볼 수 없었기 때문에
그들은 뒤로 걸어가야만 했다.   15

혹시라도 중풍으로 그렇게 완전히
비틀린 자가 있을지 모르겠지만, 나는
그것을 본 적도 없고 또 믿지도 않는다.   18

독자여, 그대가 이 글을 읽고 열매를
얻도록 만약 하느님께서 허락하신다면,
생각해 보오, 우리의 형상이 비틀려서   21

눈물이 엉덩이의 골짜기로 흘러내리는
모습을 가까이 보고도, 어찌 내가
눈물을 흘리지 않을 수 있었겠는가!   24

정말로 나는 단단한 돌다리의 바위에
기대 울고 있었고, 안내자가 말하셨다.
「너는 아직도 다른 멍청이들 같구나!   27

2 그러니까 목 위쪽의 머리가 완전히 비틀려 있고 얼굴이 등 쪽으로 돌아
간 형상이다.

죽어야 마땅할 자비가 살아 있다니.[3]
하느님의 심판에 연민을 느끼는 자보다
더 불경스러운 자가 어디 있겠느냐?   30

고개를 들고 저놈을 똑바로 보아라.
테바이 사람들의 눈앞에서 발밑의 땅이
갈라졌고 모두들 외쳤지. 〈암피아라오스,[4]   33

어디로 떨어지냐? 왜 싸움터를 떠나느냐?〉
저놈은 계속 골짜기로 곤두박질하여
누구든지 붙잡는 미노스[5]에게 떨어졌지.   36

그놈의 가슴이 등이 되어 버린 것을
보아라. 너무 앞을 보려 했기 때문에
이제는 뒤를 바라보며 뒤로 걸어간단다.   39

보아라, 테이레시아스[6]를. 그는

3 성스러운 심판에 의해 벌받고 있는 자들에게 자비나 연민을 가져서는
안 된다는 뜻이다.
4 그리스의 예언자이며 테바이를 공격한 일곱 왕들 중 하나로, 테바이 공
격이 실패로 끝나리라는 것을 알고 처음에는 거절하였으나 결국 참가하게 되
었다. 분노한 유피테르는 벼락으로 땅을 갈랐고 암피아라오스는 그 안에 떨어
져 죽었다.
5 「지옥」5곡 4행 참조.
6 테바이의 유명한 눈먼 예언자로, 어느 날 뱀 두 마리가 뒤엉켜 짝짓기

먼저 자기 사지를 완전히 바꾸어
남자에서 여자로 모습을 바꾸었고,   42

나중에는 뒤엉켜 있는 두 마리
뱀을 막대기로 때렸고, 그래서
다시 남자의 모습을 갖게 되었다.   45

바로 뒤에 오는 자는 아론타[7]인데,
루니[8]의 산들, 아래에 사는 카라라[9]
사람들이 힘들게 경작하는 곳에서   48

새하얀 대리석 사이의 동굴을
자기 거처로 삼았고, 거기에서
탁 트인 바다와 별들을 관찰했지.   51

그리고 저기 풀어헤친 머리카락으로

하는 것을 보고 막대기로 때리자 그의 몸이 여자로 바뀌었다. 7년 뒤에 다시 두
마리의 짝짓기 하는 뱀을 보고 막대기로 때리자 남자의 몸으로 돌아왔다.(『변
신 이야기』 3권 324~331행 참조)

7 Aronta(또는 아룬테Arunte). 이탈리아반도의 옛 부족 에트루리아족의
점쟁이로 카이사르와 폼페이우스 사이의 싸움을 예언하였고, 또한 카이사르
의 승리를 예언하였다.

8 Luni. 에트루리아의 옛 도시로 루니자나Lunigiana 계곡에 있었다.

9 Carrara. 이탈리아의 중서부 해안에 자리한 도시로 대리석의 생산지로
유명하다. 그곳 주민들은 척박한 대리석 산을 경작하였다고 한다.

네가 볼 수 없는 젖가슴을 가리고,
저쪽에 털이 난 피부를 가진 여자는   54

만토[10]인데, 여러 땅을 물색하다가
나중에는 내가 태어난 곳에 정착했으니,
잠시 동안 내 말을 잘 들으면 좋겠다.   57

자기 아버지가 죽은 후 바쿠스[11]의
도시가 노예로 전락하자 그녀는
오랜 세월 동안 세상을 떠돌아다녔지.   60

아름다운 이탈리아 위쪽 티롤로[12] 위로
게르만 지방을 둘러싸는 알프스 자락에
호수 하나가 있는데 베나코[13]라 부르지.   63

10 테바이의 예언자 테이레시아스의 딸로 그녀도 예언 능력을 갖고 있었
다. 그녀는 아버지가 죽은 후 크레온왕의 폭정을 피하고자 테바이를 떠났고 여
러 곳을 방황하다가 이탈리아의 중북부에 정착하였는데, 나중에 번창해진 그
도시는 그녀의 이름을 따서 만투아Mantua(현대 이름으로는 만토바)라 불렸다
고 한다. 만토바에서 태어난 베르길리우스는 그런 연유에 대해 단테에게 설명
한다.

11 포도주의 신으로 그리스 신화의 디오니소스에 해당한다. 테바이는 바
쿠스를 도시의 수호신으로 삼았는데, 여기에서는 크레온왕의 폭정하에서 테
바이가 시달리던 것을 가리킨다.

12 Tirolo(독일어 이름은 티롤Tirol). 이탈리아 북부 국경 지역의 도시로
대다수 주민이 게르만계이다.

13 Benaco. 지금은 가르다Garda라 부르는 이탈리아 북부의 호수.

아마도 천 개도 넘을 샘을 통하여
그 호수에 고인 물이 카모니카 계곡[14]과
가르다, 아펜니노[15] 사이를 적신다.   66

그 한가운데 자리 잡은 한 장소[16]에는
트렌토와 브레쉬아, 베로나의 주교들이
그곳을 지날 때마다 축복을 내렸으리라.   69

아름답고 굳건한 요새 페스키에라[17]는
브레쉬아와 베르가모 사람들을 막으려고
주위 기슭보다 높은 곳에 자리하고 있지.   72

베나코의 품 안에 머물 수 없는 모든
물은 그곳에서 넘쳐흐르기 시작하여
아래의 푸른 목초지 사이로 강을 이룬다.   75

14 Val Camonica. 가르다 호수 서북쪽의 골짜기.
15 판본에 따라 펜니노Pennino로 되어 있는데, 학자들 사이에 논란이 많
은 대목이다. 이탈리아반도를 종단하는 아펜니노산맥과 연결될 수 없기 때문
이다. 당시에는 그 지역의 알프스산맥을 아펜니노로 불렀다는 견해도 있다.
16 가르다 호수 주변의 도시들인 트렌토와 브레쉬아Brescia, 베로나 세
교구의 경계를 이루는 지점이라는 뜻인데, 오늘날 산타마르게리타 교회가 있
는 레키Lechi섬으로 짐작된다.
17 Peschiera. 가르다 호수 남단에 있는 베로나의 요새로, 브레쉬아와 베
르가모의 공격을 막기 위해 베로나의 영주 스칼리제리 가문이 세웠다.

물은 흐르기 시작하자마자 더 이상
베나코가 아니라 민초[18]라 불리고,
고베르놀로[19]에서 포강과 합류한다.   78

강은 얼마 흐르지 않아 평지와 만나고,
거기에서 넓게 펼쳐져 늪을 이루는데
여름이면 물이 적어 해로울 때도 있지.[20]   81

그곳을 지나가던 그 야만스러운 처녀는
늪 한가운데에서 주민도 전혀 없고
경작되지도 않는 땅을 발견하였단다.   84

모든 인간 사회를 피해 그곳에 머물러
자기 종들과 함께 마법을 부리며 살았고,
그곳에 자신의 텅 빈 육신[21]을 남겼지.   87

나중에 주변에 흩어져 살던 사람들이,
사방이 늪으로 둘러싸여 튼튼하게

---

18 Mincio. 페스키에라에서 시작되어 평원 사이를 흐르는 강으로 나중에
포강과 합류된다.

19 Governolo. 만토바 남쪽에 있는 마을이다.

20 여름이 되면 물이 부족하여 고인 늪이 썩고 주위의 대기까지 유독해지
기도 하였다.

21 영혼이 없는 육신, 즉 시체.

방어되는 그 장소로 모여들었으며,   90

그녀의 죽은 유골 위에 도시를 세웠고
잔치도 없이[22] 맨 처음 그곳을 선택한
그녀의 이름을 따서 만투아라 불렀단다.   93

어리석은 카살로디[23]가 피나몬테에게
속아 넘어가기 훨씬 이전부터 이미
그곳에는 많은 주민들이 살고 있었지.   96

그래서 너에게 충고하건대, 내 고향의
연유에 대해 혹시 다른 말을 듣거든,
어떤 거짓도 진리를 속이지 못하게 해라.」   99

나는 말했다. 「스승님, 당신 말씀은 너무나도
확실하고 또한 저를 믿게 만드니,
다른 말은 불 꺼진 숯과 같습니다.   102

그런데 저 걸어가는 무리 중에서

---

22   옛날에는 새로 세워진 도시에 이름을 붙일 때면 으레 점쟁이나 무당
들이 굿판을 벌이곤 하였는데, 그런 행사를 치르지 않았다는 뜻이다.

23   카살로디Casalodi 가문의 알베르토 백작은 1272~1291년에 만토바
의 영주였다. 그러나 피나몬테Pinamonte의 계략에 빠져 영주의 자리를 빼앗
겼다.

주목할 만한 자를 보면 말해 주십시오.

제 마음은 저기에만 끌려 있으니까요.」   105

그러자 나에게 말하셨다. 「저기 뺨의 수염이

그을린 어깨 위로 흘러내리는 자는,

그리스에 남자들이 텅 비어 요람마저   108

채우기 어려웠을 때[24] 점쟁이였는데,

칼카스[25]와 함께 아울리스에서 처음

닻줄을 끊을 날짜를 결정하였단다.   111

그 이름은 에우리필로스,[26] 나의 고귀한

비극[27] 한 부분에서 그렇게 노래하니,

그것을 모두 아는 너는 잘 알 것이다.   114

저기 옆구리가 비쩍 마른 녀석은

---

24 트로이아 전쟁 때 그리스 남자들이 모두 출전하는 바람에 아기를 낳아 줄 사내가 없어 요람을 채우기 힘들었다고 한다.

25 트로이아 전쟁 당시 그리스군의 예언자로 전쟁 중에 일어날 여러 가지 사건에 대해 예언하였다. 특히 아울리스에서 바람이 불지 않아 함대가 출항할 수 없게 되자, 디아나(그리스 신화에서는 아르테미스)의 분노를 진정시키기 위해 총대장 아가멤논의 딸 이피게네이아를 제물로 바쳐야 한다고 주장했다.

26 『아이네이스』 2권 114~119행에서 그는 예언자로 나오지 않는다. 다만 아울리스에서 칼카스와 함께 이피게네이아를 제물로 바치자고 주장했다.

27 『아이네이스』.

마이클 스콧[28]이었는데, 그는 정말로
마법의 속임수 방법들을 알고 있었지.   117

보아라, 귀도 보나티,[29] 아스덴테[30]를.
그자는 가죽과 실에 몰두했더라면 하고
지금은 바라지만 때늦은 후회로구나.   120

보아라, 바늘과 베틀과 물레를 내던지고
점쟁이가 되어 버린 사악한 여자들을.
저들은 풀잎과 인형[31]으로 요술을 부렸지.   123

하지만 이제 가자. 카인과 가시[32]가
양 반구의 경계선[33]에 걸쳐 있고

28 Michael Scott. 이탈리아어 이름은 미켈레 스코토Michele Scotto. 스코틀랜드 출신의 의사이자 철학자로 시칠리아의 페데리코 2세 궁정에서 살았다. 아리스토텔레스와 아비켄나의 저술을 라틴어로 번역하였으며 마법사이자 점성술사였다고 한다.

29 Guido Bonatti. 포를리 출신으로 페데리코 2세를 비롯한 여러 군주의 점성술사였다.

30 Asdente. 파르마 출신 갖바치로, 〈이빨이 없는 자〉라는 뜻의 별명이다.

31 특정한 사람을 해치려고 밀랍이나 짚 등으로 만들어 바늘로 찌르거나 불태우는 인형.

32 당시의 민중들 사이에서 달을 가리키는 표현이다. 달의 반점들을 보고, 아벨을 죽인 카인이 달로 추방되어 가시 다발을 짊어지고 다니면서 속죄하는 모습이라고 생각하였다.

33 당시의 지리 관념에 의하면 지구의 북반구에만 뭍이 있어 인간이 살고, 남반구는 완전히 바다로 뒤덮여 있다고 생각하였다. 그리고 북반구의 중심

세비야[34] 아래의 물결에 닿아 있구나.   126

어젯밤에 이미 둥근 보름달이었는데,
한때 저 보름달이 어두운 숲속[35]에서
너에게 도움이 되었으니 잘 기억해라.」   129

그렇게 말하시는 동안 우리는 걸어갔다.

은 예루살렘이고, 동쪽 끝은 인도, 서쪽 끝은 스페인이며, 인도와 스페인이 두 반구를 나누는 〈경계선〉에 있다고 생각하였다. 따라서 예루살렘(바로 그 아래에 지옥의 입구가 있다)에서 볼 때, 현재 달은 서쪽의 세비야Sevilla, 즉 스페인으로 지고 있다. 〈어젯밤〉에 보름달이었던 달이 서쪽으로 질 무렵이므로 지금 예루살렘의 시각은 대략 새벽 6시경에 해당한다.

34 스페인 서남쪽의 도시이다.
35 「지옥」1곡 참조.

제21곡

다섯째 구렁에서 단테는 자신의 직위를 이용하여 사리사욕을 채운 탐관
오리들을 본다. 그들은 펄펄 끓어오르는 역청(瀝靑) 속에 잠겨 벌받고 있
으면서 무시무시한 악마들의 감시를 받는다. 단테와 베르길리우스는 한
무리의 악마들과 함께 둔덕을 따라 여섯째 구렁으로 향한다.

그렇게 우리는 내 희극[1]이 노래하지 않는

다른 이야기를 하면서 다리에서 다리로

건너갔고, 다음 다리 꼭대기에 이르러   3

걸음을 멈추고 말레볼제의 다른 골짜기와

다른 헛된 눈물들을 보았는데,

그곳은 놀라울 정도로 검은 색깔이었다.   6

마치 베네치아의 조선소에서 겨울철에

성하지 않은 자기 배들을 칠하려고

끈적끈적한 역청을 끓이는 것 같았다.   9

겨울에는 항해할 수 없기 때문에 대신

어떤 사람은 새 배를 만들고, 누구는

1 「지옥」16곡 128행의 주 참조.

많이 항해한 배의 옆구리를 수선하고,   12

누구는 이물을, 누구는 고물을 고치고,
누구는 노를 만들고, 누구는 밧줄을 감고,
또 누구는 크고 작은 돛들을 깁는데,   15

그렇게 불이 아닌 성스러운 힘에 의해
저 아래에서는 빽빽한 역청이 끓었고
사방 기슭에 끈적끈적 들러붙어 있었다.   18

나는 역청을 바라보았지만 거기에서는
끓어오르는 거품들이 부풀어 올랐다가
다시 사그라지는 것밖에 보이지 않았다.   21

내가 아래를 뚫어지게 응시하는 동안
나의 길잡이는 〈보아라, 보아라!〉 하시며
내가 있던 곳에서 당신 쪽으로 끌어당겼다.   24

그래서 나는 마치 피해야 할 위험을
보려고 머뭇거리고 있다가 갑자기
두려움에 사로잡혀 뒤돌아보면서도   27

서둘러 달아나는 사람처럼 바라보았고,

바로 우리 뒤에서 시커먼 악마 하나가
돌다리 위로 달려오는 것을 보았다.   30

아, 그 몰골은 얼마나 무시무시했던가!
날개를 활짝 펴고 날렵하게 발을 내딛는
몸짓은 또 얼마나 잔인하게 보였던가!   33

그놈은 뾰족하고 높다란 어깨 위로
한 죄인의 허리 부분을 둘러메고
그 발의 힘줄을 움켜잡고 있었다.   36

그놈은 다리에서 소리쳤다. 「오, 말레브란케[2]여,
성녀 치타[3]를 다스리던 관리 하나를
잡아 왔으니 안에 처박아라! 이런 놈들이   39

가득한 고을로 나는 다시 가겠다. 그곳에는
본투로[4] 이외에 모두가 탐관오리들이니,

---

2 Malebranche. 말레볼제처럼 단테가 만들어 낸 말이다. 대략 〈사악한 앞
발〉이라는 뜻으로 다섯째 구렁에 있는 악마들을 집단적으로 가리키는 용어이
다. 뒤에 나오는 그 악마들 각각의 이름도 단테가 지어낸 것이다.

3 Zita(1218~1272). 피사 근처의 도시 루카에서 태어난 그녀는 수도자로
서 일생 동안 성스러운 삶을 살았다. 1300년 당시 아직 성인으로 인정받지 못
하였으나, 루카 사람들은 그녀를 수호성인처럼 받들었다. 여기에서는 도시 루
카를 가리킨다. 당시 루카는 피렌체처럼 궬피 흑당의 본거지였으며, 따라서 단
테는 그들에 대해 못마땅하게 생각하였다.

돈만 있으면 〈아니요〉가 〈예〉로 된단다.」[5]   42

그를 아래로 내동댕이치고 그놈은 험한
돌다리에서 돌아섰는데, 끈이 풀린 개라도
그토록 재빨리 도둑을 뒤쫓지는 못하리라.   45

그는 풍덩 빠졌다가 다시 위로 떠올랐으나,
다리 밑에 숨어 있던 악마들이 소리쳤다.
「여기에서는 〈산토 볼토〉[6]도 소용없고,   48

세르키오[7]강과 다르게 헤엄쳐야 한다!
그러니까 역청 위로 떠오르지 마라,
우리의 갈고리들을 원하지 않는다면.」   51

그리고 수백 개의 갈고리로 그를 찌르면서
말했다. 「여기서는 숨어서 춤추어야 해,

4 본투로 다티Bonturo Dati. 14세기 초 루카에서 막강한 권력을 휘두르
던 탐관오리의 대표적 인물이다. 여기에서 단테는 극심한 탐관오리들이 많다
는 것을 이렇게 역설적으로 표현하고 있다.

5 돈만 있으면 안 되는 일이 없다는 뜻이다.

6 Santo Volto. 〈성스러운 얼굴〉이라는 뜻으로 검은 나무로 된 십자고상
이다. 니코데모의 작품으로 알려진 이 십자고상은 루카의 산마르티노 성당에
있으며 지금도 널리 숭배되고 있다. 루카 사람들은 그 이름을 부르며 기도하였
다고 한다.

7 Serchio. 루카 근처에 흐르는 작은 강.

할 수 있거든, 몰래 훔치도록 말이야.」⁸   54

마치 요리사가 하인들을 시켜 고기가
떠오르지 않도록 갈고리로 가마솥
한가운데에 잠기도록 하는 것 같았다.   57

훌륭한 스승님은 말하셨다. 「네가 여기
있는 것이 들키지 않도록, 바위 뒤에
웅크리고 앉아 방패로 삼도록 해라.   60

그리고 내가 어떤 공격을 받더라도
두려워 마라. 저번에도⁹ 그렇게 나를
방해했으니 나는 그런 일을 잘 알고 있다.」   63

그리고 저쪽 다리 끝으로 가셨는데,
여섯째 둔덕¹⁰에 이르렀을 때에는
단호한 태도를 보일 필요가 있었다.   66

8 끓는 역청 속에 완전히 잠겨 허우적거려야 한다는 것을 빈정대는 표현
이며, 또한 탐관오리들이 몰래 뇌물을 주고받는 것을 비유적으로 암시하고
있다.
9 전에 베르길리우스가 하부 지옥에 내려왔을 때.(「지옥」9곡 22행 이하
참조)
10 그러니까 다섯째 구렁과 여섯째 구렁 사이의 둔덕이다.

마치 개들이 아주 난폭하고 포악하게

달려 나와 구걸하는 가난한 거지에게

덤벼들어 갑자기 멈춰 서게 하듯이,   69

다리 아래에 있던 악마들이 튀어나왔고

모두 그분에게 갈고리를 겨누었지만

그분이 외쳤다. 「누구도 나쁜 짓 마라!   72

너희들의 갈고리로 나를 찌르기 전에

너희 중 하나가 나와 내 말을 들어라.

그리고 나를 찌를 것에 대해 의논해라.」   75

모두들 외쳤다. 「말라코다[11]야, 가라!」

그러자 다른 놈들은 꼼짝 않고 한 놈이

나오면서 말했다. 「무슨 소용이 있을까?」   78

---

11 Malacoda. 〈사악한 꼬리〉라는 뜻으로 단테가 지어낸 이름이며, 다섯째 구렁을 지키는 악마들인 말레브란케의 우두머리이다. 뒤에 나오는 각각의 악마에게 단테는 흥미로운 이름을 붙인다. 스카르밀리오네Scarmiglione는 〈산발한 머리〉, 바르바리차Barbariccia는 〈곱슬 수염〉, 그라피아카네Graffiacane는 〈할퀴는 개〉, 카냐초Cagnazzo는 〈크고 사나운 개〉, 루비칸테Rubicante는 〈빨강〉, 리비코코Libicocco는 〈뜨거운 바람〉, 송곳니가 난 치리아토Ciriatto는 〈멧돼지〉, 드라기냐초Draghignazzo는 〈흉측한 드래곤〉을 뜻한다. 파르파렐로Farfarello는 프랑스의 민간 전설에 나오는 광포한 악마적 인물이며, 알리키노Alichino도 〈장난꾸러기 요괴〉를 뜻하는 프랑스어에서 나온 것으로 생각된다. 반면 칼카브리나Calcabrina의 경우는 그 의미가 불분명하다.

나의 스승님이 말하셨다. 「말라코다,
성스러운 뜻과 섭리의 도움도 없이
너희들의 모든 방해로부터 안전하게   81

내가 여기까지 왔다고 생각하느냐?
이자에게 이 거친 길을 보여 주도록
하늘에서 원하셨으니 지나가게 해라.」   84

그러자 그놈은 오만함이 꺾여 갈고리를
발치에 떨어뜨리더니 다른 놈들에게
말했다. 「그렇다면 건드리면 안 되겠다.」   87

스승님은 내게 말하셨다. 「오, 다리의 바위들
사이에 몰래 웅크리고 있는 너는
이제 안심하고 나에게로 오너라.」   90

나는 몸을 움직여 재빨리 그분에게로
갔는데, 악마들이 모두 앞으로 나섰기에
그놈들이 약속을 어길까 봐 두려웠다.   93

예전에 나는 카프로나[12]에서 약속을 받고

12 Caprona. 피사에 있는 성이다. 1289년 8월 궬피파의 군대가 이 성을
여드레 동안 포위하여 함락시켰는데, 단테도 이 전투에 참가하였다.

나온 병사들이 수많은 적에게 둘러싸여
그렇게 두려워하는 것을 보았기 때문이다.   96

나는 온몸으로 나의 길잡이에게 바짝
달라붙었고, 결코 좋지 않은 그들의
태도에서 눈길을 돌리지 못하였다.   99

놈들은 갈고리를 숙였고, 하나가 〈저놈의
어깻죽지를 한번 찔러 볼까?〉 말하자
다른 하나가 〈그래, 한번 찔러 봐라!〉라고 했다.   102

그러나 나의 스승님과 이야기를 했던
악마가 갑자기 몸을 돌리더니 말했다.
「내려봐, 스카르밀리오네, 내려놓아!」   105

그리고 우리에게 말했다. 「이 돌다리 너머로는
더 이상 갈 수 없다. 여섯째 다리가
바닥으로 완전히 부서졌기 때문이야.   108

그래도 앞으로 나아가기를 원한다면
이 바위 둔덕을 따라서 가라. 길이
될 만한 다른 돌다리가 가까이 있으니까.[13]   111

13 여기에서 말라코다는 사실과 거짓을 교묘하게 뒤섞어 거짓말을 하고

어제, 이맘때보다 다섯 시간 더 지났을

때가 이곳의 길이 무너진 지 1천2백

하고도 66년이 흐른 시각이었지.[14]   114

내 부하들 중 몇몇을 저쪽으로 보내

누가 나타나는지 살펴보게 할 테니

그들과 함께 가라. 해치지 않을 것이다.」   117

그리고 말했다. 「알리키노, 칼카브리나,

그리고 너 카냐초, 앞으로 나오너라.

바르바리차는 이 열 명을 이끌어라.   120

리비코코, 드라기냐초, 송곳니 치리아토,

그라피아카네, 파르파렐로, 그리고

미치광이 루비칸테, 앞으로 나와라.   123

있다. 뒤에 나오듯이 예수가 내려왔을 때 여섯째 구렁 위의 돌다리들은 모두 무너졌다. 따라서 건너갈 다른 돌다리가 있다는 것은 새빨간 거짓말이다.(「지옥」 23곡 127행 이하 참조)

14　지옥의 계곡이 무너진 것은 예수 그리스도가 십자가에 못 박혀 죽은 뒤 림보의 일부 영혼들을 구하러 왔을 때이다. 단테는 예수가 34세에 죽었다고 믿었다. 그러므로 1300년 현재 1266년 전의 일이다. 그리고 예수의 사망 시각에 대해 단테는 「루카 복음서」 23장 44절 이하에 따라 정오로 보고 있다. 따라서 어제 정오가 되기 다섯 시간 전이므로, 지금 이곳의 시간은 4월 9일 토요일 아침 7시경이며, 넷째 구렁의 돌다리를 떠난 지 한 시간 정도가 지난 무렵이다.

끓어오르는 역청 주위로 돌아서 가라.

이들이 다음 둔덕까지 무사히 건너

이곳 구렁들을 모두 지나가게 해라.」   126

나는 말했다. 「아이고, 스승님, 제가 무엇을 보고

있습니까?[15] 길을 아시니 안내 없이

우리끼리 갑시다. 저는 저들이 싫습니다.   129

스승님이 평소처럼 눈치가 빠르다면,

저놈들이 이빨을 갈면서 눈짓으로

우리에게 협박하는 것이 안 보입니까?」   132

그분은 말하셨다. 「그렇게 놀라지 마라.

제멋대로 이빨을 갈도록 내버려 둬라.

고통스럽게 삶아지는 자들에게 그런 것이다.」   135

악마들은 왼쪽 둔덕으로 돌아갔는데,

그에 앞서 각자 자기들의 두목을 향해

이빨로 혓바닥을 물면서 신호를 하였고,   138

두목은 엉덩이로 나팔을 불었다.[16]

---

15 단테는 131~132행에 묘사된 악마들의 위협적인 태도를 보고 있다.
16 방귀 뀌는 것을 익살스럽게 표현하고 있다.

제22곡

두 시인은 악마 열 명과 함께 가면서 뜨거운 역청 속에 잠겨 있는 탐관오리들을 본다. 그중에서 악마들에게 잡혀 나온 참폴로와 이야기를 나눈다. 그리고 참폴로는 속임수로 악마들의 손에서 벗어나 역청 속으로 달아난다. 그러자 악마들은 자기들끼리 다투고 싸우다가 역청 속에 빠진다.

예전에 나는 기사들이 행진을 하고,

공격을 시작하고 또 위용을 과시하고,

때로는 퇴각하는 것을 본 적이 있다.[1]   3

오, 아레초 사람들이여, 그대들 땅에서

말 탄 척후병들을 보았고, 기병들이

시합하며 겨루고 달리는 것을 보았는데,   6

때로는 나팔 소리에, 때로는 종소리에,

또 때로는 또 우리 것이든 남의 것이든

성(城)의 신호나 북소리에 따라 움직였지만,   9

---

1 단테는 1289년 아레초 북쪽의 캄팔디노 평원(「연옥」 5곡 92행 참조)에서 벌어진 전투에 직접 참가하였는데, 이 전투에서 피렌체의 궬피파는 아레초의 기벨리니파를 격파하였다.

어떤 기병이나 보병도, 땅과 별의 신호를
따르는 어떤 배도 그렇게 이상야릇한
피리 소리[2]에 움직이는 것은 보지 못했다.   12

우리는 악마 열 명과 함께 걸어갔으니,
아, 무서운 동행이여! 성당에는 성인들과,
술집에는 술꾼들과 가는 법이 아니던가.   15

내 관심은 오로지 역청에만 이끌렸으니,
그 구렁 안에서 불타고 있는 무리의
온갖 모습을 보고 싶었기 때문이다.   18

마치 돌고래들이 활 모양의 등으로
뱃사람들에게 신호를 하여 그들의
배를 구하도록 준비하게 만들듯이,[3]   21

그렇게 조금이라도 고통을 줄이려고,
죄인들 중 몇몇이 등을 보이고 있다가
번개보다도 빠르게 숨어 버렸다.   24

---

2 앞의 21곡 마지막 부분에서 악마들의 우두머리가 뀐 방귀 소리.
3 중세의 여러 문헌에 기록되어 있듯이, 돌고래들은 바닷물 위로 헤엄치
면서 폭풍우가 다가올 것을 미리 예고하였고, 그에 따라 뱃사람들은 미리 대비
하였다고 한다.

또한 웅덩이 물가에서 개구리들이
단지 코끝만 물 밖으로 내밀고
다리와 몸뚱어리는 감추고 있듯이   27

사방에서 죄인들이 그렇게 있었는데,
바르바리차가 가까이 다가오자 금세
끓어오르는 거품들 아래로 숨어 버렸다.   30

그런데 지금 생각해도 가슴이 떨리는데,
다른 개구리는 숨고 한 마리만 남아 있듯
악마들이 다가가도 한 죄인이 남아 있었다.   33

그러자 가장 가까이 있던 그라피아카네가
역청에 찌든 그의 머리카락을 움켜잡아
끌어올렸으니 그는 마치 물개처럼 보였다.   36

나는 벌써 악마들의 이름을 모두 알았는데,
그들이 선택되었을 때[4] 눈여겨보았고
또 서로 부르는 것을 들었기 때문이다.   39

「오, 루비칸테, 네 발톱으로 저놈의

4 악마들의 두목이 함께 가도록 열 명을 선발하였을 때.(「지옥」21곡
118~126행 참조)

등허리를 찍어서 껍질을 벗겨 버려라!」
저주받은 악마들이 모두들 소리쳤다.   42

나는 말했다. 「스승님, 만약 하실 수 있다면,
자기 원수들의 손아귀에 떨어진 저
불행한 영혼이 누구인지 알고 싶군요.」   45

나의 길잡이는 그의 곁으로 다가가 어디
출신이냐고 질문했고, 그자가 대답했다.
「나[5]는 나바라 왕국[6]에서 태어났지요.   48

내 어머니는 자신의 몸과 재물을
파괴한[7] 건달에게서 나를 낳았고,
어느 영주의 하인으로 보냈답니다.   51

나중에 나는 착한 테오발도[8] 왕의
신하가 되었고 토색질을 시작했으니

5   참폴로Ciampolo 또는 잠폴로Giampolo라는 이름 외에 그에 대해 알려
진 것은 없다.
6   Navarra. 이베리아반도 동북쪽 산악 지방에 있던 조그마한 왕국. 13세
기에 테오발도 1세와 2세, 엔리코 1세 등이 다스리면서 프랑스와 가까운 관계
를 유지하였다. 16세기에 왕국의 일부는 스페인에, 일부는 프랑스에 귀속되었
다. 「천국」 19곡에서도 이 왕국에 대해 언급한다.
7   자기 재물을 방탕하게 낭비하고 또 자살하였다는 뜻이다.
8   1253년에서 1270년까지 나바라의 왕이었던 Teobaldo 2세.

이 뜨거운 곳에서 벌을 받고 있지요.」　　　　　54

그러자 마치 멧돼지처럼 송곳니가
입 밖으로 삐죽 나온 치리아토가
얼마나 날카로운지 느끼게 해주었다.　　　　57

고약한 고양이들 사이에 생쥐가 들어왔으니,
바르바리차가 팔로 움켜잡고 말했다.
「내가 붙잡고 있을 테니 물러서 있어라.」　　　　60

그리고 내 스승에게 얼굴을 돌리고 말했다.
「아직 이놈에게 알고 싶은 게 있으면
물어보시오, 다른 놈들이 찢어 버리기 전에.」　　　　63

스승님은 말하셨다. 「말해 보오, 저 역청 아래 있는
죄인들 중에 그대가 아는 라틴 사람[9]이
있는지?」 그러자 그는 말했다. 「조금 전 나는　　　　66

그 근처[10] 출신 하나와 헤어졌는데,
만약에 내가 그와 함께 숨었더라면
이 발톱이나 갈고리가 두렵지 않을 텐데!」　　　　69

9　이탈리아 사람을 가리킨다.
10　뒤에 나오듯이 이탈리아반도 서쪽의 사르데냐Sardegna섬이다.

그러자 리비코코가 〈우리는 너무 참았다〉
말하면서 갈고리로 그의 팔을 찍었고,
거기서 살점을 찢어 내어 갖고 가버렸다.   72

드라기냐초도 갑자기 달려들어 그의
다리를 찌르려 하자 악마들의 두목이
험상궂은 표정으로 주위를 둘러보았다.   75

그놈들이 약간 진정되었을 때, 아직도
자신의 상처를 바라보고 있는 그에게
나의 스승님이 망설임 없이 물으셨다.   78

「불행하게 그대가 이 기슭으로 끌려올 때
그대와 헤어진 그 사람은 누구였는가?」
그는 대답했다. 「고미타 수사[11]였는데,   81

갈루라[12] 사람이고 온갖 기만의 그릇이었소.
자기 영주의 적들을 제 손아귀에 넣어
그들 모두가 자신을 칭찬하게 만들었지요.   84

11 Gomita. 사르데냐섬 출신의 수도자로 갈루라의 영주 밑에서 일했는
데, 포로로 잡힌 죄수들을 뇌물을 받고 놓아주었고 그로 인해 살해되었다.
12 Gallura. 1117년 피사 사람들은 사르데냐섬을 정복하여 이를 네 개의
관할구로 나누어 통치했는데, 갈루라는 동북쪽 지역이었다.

그의 말에 따르면, 돈을 받고 그들을 그냥
풀어 주었답니다. 또한 다른 직책에서도
결코 작지 않은 엄청난 탐관오리였지요.   87

로구도로의 영주 미켈레 찬케[13]가 종종
그와 함께 있는데, 사르데냐에 대해 말할
때면 그들의 혓바닥은 지칠 줄 모른답니다.   90

아이고, 저 이빨 가는 놈을 보십시오.
더 말하고 싶지만, 저놈이 내 부스럼을
긁어 주려고[14] 벼르지 않을까 무서워요.」   93

이에 커다란 두목은 금방이라도 찌를 듯
눈망울을 부라리던 파르파렐로를 향해
말했다. 「꺼져라, 빌어먹을 날짐승아.」   96

그러자 겁에 질려 있던 그가 다시 말했다.
「토스카나 사람이건 롬바르디아 사람이건,
보거나 듣고 싶다면 내가 불러오리다.   99

13 Michele Zanche. 사르데냐에 있는 네 개 관할구 중 하나인 로구도
로Logudoro를 통치하던 영주였는데, 호색과 간계로 유명하였다. 결국 배반한
자기 사위에게 살해되었다.
14 부스럼, 즉 가려운 곳을 긁어 준다는 것은 역설적인 표현이다.

하지만 그들이 보복을 두려워하지 않도록
말레브란케를 잠시 물러나게 해주시오.
그러면 나는 이 자리에 그대로 앉아서,   102

나는 혼자지만, 일곱 명[15]이라도 부르겠소.
우리가 누군가를 밖으로 불러낼 때
그렇게 하듯이 휘파람만 불면 되지요.」   105

그 말을 듣고 카냐초가 주둥이를 내밀고
머리를 흔들며 말했다. 「이놈이 밑으로
뛰어들려고 생각해 낸 속임수 좀 들어 봐!」   108

그러자 온갖 교활한 술수를 가진 그자가
대답하였다. 「내 동료에게 커다란 고통을
안겨 준다면 나야말로 정말 나쁜 놈이지요.」   111

알리키노는 유혹을 견디지 못했고,[16] 다른
놈들과는 달리 말했다. 「만약 네가 밑으로
내려간다면, 나는 뛰어서 뒤쫓지 않고   114

역청 위에까지 날아가 너를 붙잡겠다.

15 구체적인 숫자가 아니라 많은 숫자를 가리킨다.
16 참폴로와 누가 빠른지 시합을 하고 싶은 유혹이다.

228

이 위에서 떠나 둔덕을 방패 삼아서
너 혼자 우리보다 더 빠를지 보자.」[17]   117

오, 그대 독자여, 괴상한 놀이를 들어 보오.
모두들 둔덕 너머로 눈길을 돌렸는데,
가장 반대하던 놈[18]이 가장 먼저 그랬다.   120

나바라 사람은 좋은 기회를 포착하였고,
발바닥을 땅에 굳건히 내딛더니 순식간에
뛰어올랐고 두목의 손에서 빠져나갔다.   123

모두들 자신의 잘못을 후회하였는데,
실수의 원인이 되었던 놈이 가장 그랬고,
몸을 날리며 외쳤다. 「너는 이제 잡혔다!」   126

하지만 별 소용이 없었다. 날개가 무서움을
앞지를 수 없으니 그는 아래로 내려갔고,
이놈은 가슴을 위로 솟구쳐 날았으니,[19]   129

17   그러니까 참폴로는 지금 사로잡혀 있는 둔덕 위에서 출발하고, 알리키
노를 비롯한 악마들은 둔덕 너머에서 출발하여 누가 빠른지 시합하자는 뜻
이다.

18   참폴로를 가장 못 믿어 하던 카냐초.

19   역청 속으로 뛰어드는 참폴로를 향해 날아갔으나 붙잡지 못하자, 역청
에 빠지지 않기 위해 다시 위로 솟구쳐 날아갔다.

마치 매가 가까이 접근할 때 들오리가
재빨리 물속으로 숨어 버리면 실망한
매는 맥없이 다시 날아오르는 것 같았다.   132

속임수에 분통이 터진 칼카브리나는
뒤따라 날아가면서, 싸움을 벌이려고[20]
그가 무사하게 달아나기를 바랐으니,   135

탐관오리가 사라져 버리자 오히려
자신의 동료에게 발톱을 펼쳤고
구렁 위에서 그를 움켜잡아 뒤엉켰다.   138

하지만 알리키노도 매서운 매였기에
그놈을 향해 발톱을 내밀었고, 결국
둘 다 끓어오르는 웅덩이 속에 떨어졌다.   141

뜨거움 때문에 두 놈은 곧바로 서로
떨어졌으나, 그들의 날개가 역청에
들러붙어 전혀 일어날 수 없었다.   144

바르바리차는 다른 부하들과 함께
화가 나서 네 놈에게 갈고리를 들고

20   분풀이를 하려고 알리키노와 싸움을 벌이고 싶다는 뜻이다.

맞은편 둔덕으로 날아가도록 하였다.   147

그들은 이쪽과 저쪽에서 기슭을
내려가 이미 껍질까지 익어 버린[21]
두 놈을 향해 갈고리들을 내밀었고,   150

우리는 그렇게 얽힌 그들을 떠났다.

21 일부에서는 *crosta*를 역청의 〈표면〉으로 간주하여 〈역청 속에서 익어
버린〉으로 해석하기도 한다.

제23곡

단테와 베르길리우스는 화가 난 악마들에게 쫓겨 여섯째 구렁으로 간다.
그곳에는 위선자들이 벌받고 있는데, 겉은 황금빛으로 화려하지만 안은
무거운 납으로 된 옷을 입고 다닌다. 단테는 볼로냐 출신의 두 수도자와
이야기를 나누고, 예수 그리스도를 십자가에 못 박히게 했던 카야파가 땅
바닥에 못 박혀 있는 것을 본다.

우리는 단둘이 말없이, 동반자도 없이

하나는 앞에, 다른 하나는 뒤에 서서

작은 형제회 수사들[1]처럼 걸어갔다.   3

방금 전의 싸움을 생각하자니

내 머릿속에는 개구리와 생쥐에 대한

아이소포스의 우화가 떠올랐다.[2]   6

1 Frati Minori. 프란치스코 수도회의 수도자들로 그들은 연장자 수사를
앞세우고 그 뒤를 따르는 것이 예법이다.
2 실제로는 아이소포스(영어 이름은 이솝)의 우화가 아니라, 중세에 유
행하던 여러 우화집에 나오는 이야기이다. 생쥐가 시골길을 가다가 개구리들
이 살고 있는 웅덩이를 만났다. 생쥐가 어떻게 건널까 망설이고 있는데 개구리
한 마리가 다가왔다. 개구리는 생쥐를 물속에 빠뜨려 죽일 속셈으로 말했다.
「네 발을 나의 발에다 묶자. 그러면 빠지지 않을 거야.」 생쥐는 그 말을 믿고 그
대로 묶어 개구리의 등에 올라탔다. 웅덩이 한가운데에 이르자 개구리는 물속
으로 들어가 생쥐를 끌어당기기 시작했다. 그러자 생쥐는 필사적으로 물 위에
뜨려고 발버둥을 쳤다. 그때 지나가던 소리개가 생쥐를 보고 발톱으로 잡아채
날아갔다. 결국 함께 묶여 있던 개구리도 끌려갔다.

처음과 끝을 주의 깊게 비교해 보면,
〈이제〉와 〈지금〉[3]의 뜻이 비슷하듯이
그 싸움과 우화도 아주 비슷하였다.   9

그리고 한 생각에서 다른 생각이 생기듯이
그런 생각에서 다른 생각이 떠올랐고,
처음의 무서움이 곱절로 커졌다.   12

나는 생각했다. 〈저놈들이 우리 때문에
그렇게 조롱을 당하고 피해를 입었으니
분명히 무척 화가 났을 것이다.   15

만약 악의에다 분노가 겹쳐진다면
저놈들은 산토끼를 물어뜯는 개보다
더 사납게 우리 뒤를 쫓아올 것이야.〉   18

그러자 나는 무서움에 모든 머리칼이 쭈뼛
일어서는 걸 느꼈고, 정신없이 뒤를
돌아보며 말했다. 「스승님, 우리가   21

곧바로 숨지 않으면 저는 말레브란케가

---

3   원문에는 *mo*와 *issa*로 되어 있다. 두 낱말 모두 〈지금〉을 뜻하며 실질적인 의미상의 차이는 없다.

무섭습니다. 그놈들이 저희 뒤에 있으니
상상만 해도 벌써 옆에 있는 것 같습니다.」 24

그분은 말하셨다. 「내가 납으로 된 거울이라 해도
네 겉모습보다 오히려 속의 모습을
꿰뚫어 보는 것이 더 빠를 것이다. 27

네 생각들이 똑같은 모습과 양상으로
곧바로 내 생각 속에 들어왔고, 나는
두 가지 중에서 하나의 결론을 내렸다. 30

만약 오른쪽 경사면이 완만히 기울어
우리가 다음 구렁으로 내려갈 수 있다면
그 예상된 추격을 피할 수 있을 것이다.」 33

그러한 충고를 채 마치기도 전에 나는
놈들이 멀지 않은 곳에서 날개를 펼치고
우리를 붙잡으려고 날아오는 것을 보았다. 36

내 길잡이는 곧바로 나를 붙잡았는데,
시끄러운 소리에 잠에서 깬 어머니가
가까이 불이 붙은 것을 발견하고, 39

자신보다 자기 아들을 더 염려하여
단지 잠옷만 걸친 채 아들을 껴안고
멈추지도 않고 달아나는 것 같았다.   42

그분은 단단한 둔덕 가장자리에서 몸을
눕혀, 오른쪽으로 다른 구렁을 막고 있는
경사진 바위를 타고 아래로 미끄러졌다.   45

물레방아의 바퀴를 돌리기 위해 물이
수로에서 바퀴 널빤지를 향해 아래로
떨어질 때도 그처럼 빠르진 못하리라.   48

그렇게 스승님은 나를 동반자가 아니라
당신의 아들처럼 가슴 위에 올려놓고
그 가장자리를 미끄러져 내려가셨다.   51

그분의 발이 아래의 바닥에 닿는 순간
놈들은 벌써 우리 위 둔덕에 이르렀으나
거기에서는 무서워할 필요가 없었다.   54

높으신 섭리[4]는 그들을 단지 다섯째
구렁의 관리자로 두셨고, 그곳을 벗어날

4 하느님.

능력을 모두에게서 빼앗았기 때문이다.   57

그 아래에서 색칠된[5] 사람들이 보였는데,
아주 느린 걸음으로 주위를 걷고 있었고
눈물을 흘리며 지치고 피곤한 기색이었다.   60

그들은 클뤼니[6]의 수도자들이 입는 것과
동일한 방식으로 만들어진 망토를 입고
두건[7]을 눈앞까지 낮게 드리우고 있었다.   63

겉은 눈부신 황금빛으로 되어 있었지만
안은 온통 납이었고 엄청나게 무거워
페데리코는 지푸라기를 입혔을 정도이다.[8]   66

오, 영원하게 무겁고 힘든 망토여!
우리는 또다시 왼쪽으로 돌았고

---

5 여섯째 구렁의 위선자 영혼들은 황금빛의 무거운 납 외투를 입고 있다.

6 Cluny. 프랑스 동부 부르고뉴 지방의 도시. 그곳에 유명한 베네딕투스
수도원이 있었는데, 수도자들이 현란하고 풍성한 옷을 입었다고 한다. 원문에
는 Clugni로 되어 있어 일부 학자들은 독일의 도시 쾰른에 있던 다른 수도원으
로 보기도 한다.

7 주로 카푸친 수도회에서 입는 망토에 달린 모자.

8 페데리코 2세(「지옥」 10곡 119행 참조)는 반역죄를 저지른 죄인들을
발가벗기고 두터운 납 옷을 입혀 끓는 솥에 집어넣어 고통스럽게 죽였다고 한
다. 그런 납 옷도 이곳의 외투에 비하면 지푸라기처럼 가볍다는 과장적인 표현
이다.

고통스럽게 우는 그들과 함께 걸었다.   69

하지만 무게 때문에 피곤한 그 무리는
아주 천천히 걸었으므로 우리는 걸음을
옮길 때마다 새로운 동료와 함께하였다.   72

그래서 나는 길잡이께 말했다. 「이렇게 가시면서
주위를 둘러보아, 혹시 이름이나 행실로
아는 자가 있는지 찾아보아 주십시오.」   75

그러자 토스카나 말을 알아들은 자가
뒤에서 소리쳤다. 「멈추시오, 어두운
대기 속을 그렇게 달리는[9] 그대들이여!   78

원하는 것을 나에게서 얻을 수 있으리다.」
그러자 길잡이는 몸을 돌려 말하셨다.
「기다려라. 그의 걸음에 맞추어 걸어라.」   81

나는 멈추었고 두 영혼을 보았는데, 나와
함께 있고 싶은 마음의 조급함이 얼굴에
보였지만[10] 짐과 좁은 길 때문에 늦어졌다.   84

9 무거운 망토 때문에 아주 천천히 가는 그들의 눈에 시인들의 보통 걸음
이 달리는 것처럼 보인다.

도착하자 그들은 아무 말도 하지 않고
비스듬한 곁눈질로[11] 나를 응시하더니
서로를 바라보며 자기들끼리 말했다.   87

「목이 움직이니[12] 저자는 살아 있는
모양인데, 만약 죽었다면 어떤 특권으로
이 무거운 외투를 벗고 가는 것일까?」   90

그러고는 나에게 말했다. 「사악한 위선자들의
무리를 찾아온 오, 토스카나 사람이여,
불쾌히 생각 말고 그대가 누군지 말해 주오.」   93

나는 그들에게 말했다. 「내가 태어나 자란 곳은
아름다운 아르노강 가의 큰 도시이고,
언제나 그랬듯이 육신을 갖고 있지요.   96

그런데 그대들은 누굽니까? 보아하니 그대들
뺨에 큰 고통이 흘러내리는데, 그 눈부신
외투 안에는 어떤 형벌이 들어 있나요?」   99

10 마음속으로 무척이나 서두르지만, 그것은 단지 얼굴의 표정에만 드러
났다는 뜻이다.
11 두건의 무게 때문에 고개를 마음대로 돌릴 수 없다.
12 영혼들은 숨을 쉬지 못하지만, 살아 있는 단테는 호흡을 하기 때문에
목이 움직인다.

그중 하나가 대답하였다. 「금빛 외투는
아주 두꺼운 납으로 되어 그 무게는
저울들을 삐걱거리게 할 정도라오.   102

우리는 볼로냐의 향락 수도자들[13]이었소.
나는 카탈라노,[14] 이자는 로데린고[15]인데,
그대의 고향에서 평화를 유지하기 위해   105

보통 한 사람이 맡는 직책에 우리는
함께 선출되었고, 아직도 가르딘고[16]
주변에는 그 흔적이 보이고 있지요.」   108

13   Frati Godenti. 1261년 볼로냐에서 창설된 〈영광의 동정녀 마리아 기
사단〉에 속하는 수도자들을 가리킨다. 원래 당파와 가문들 사이의 싸움에 평
화를 중재하고 약한 자들을 보호하기 위해 만들어졌지만, 나중에 세속적이고
편안한 생활에 빠졌기 때문에 그렇게 불렀다.

14   Catalano(1210~1285). 볼로냐 궬피파의 말라볼티 가문 출신으로 〈영
광의 동정녀 마리아 기사단〉의 창립자들 중 하나였다. 여러 도시의 포데스타
를 역임하였고, 1266년에는 로데린고와 함께 피렌체의 포데스타가 되었다. 그
들의 통치 직후에 민중 폭동이 일어나 기벨리니파 사람들이 쫓겨났으며 주요
인사들의 집이 불타고 파괴되었다. 거기에서 두 사람은 위선적이고 편파적인
행동을 하였다는 의심을 사게 되었다.

15   Roderingo(1210?~1293). 볼로냐 기벨리니파의 안달로 가문 출신으
로 그도 〈영광의 동정녀 마리아 기사단〉의 열성적인 회원이었고, 1266년 카탈
라노와 함께 피렌체의 포데스타로 선출되었다.

16   Gardingo. 피렌체의 시뇨리아 광장 부근의 지역. 그곳에 기벨리니파
의 우베르티 가문의 집이 있었는데 민중 폭동 때 불타고 파괴되었다. 그 폐허
는 바로 두 포데스타의 통치 결과라는 것을 의미한다.

나는 〈수사들이여, 그대들 죄는⋯⋯〉 하고
말하다 멈췄는데, 땅바닥에 말뚝 세 개로[17]
십자로 못 박힌 자[18]가 보였기 때문이다.   111

그는 나를 보자 몸을 온통 비틀면서
수염 사이로 한숨을 내쉬었는데,
그것을 알아차린 카탈라노 수사가   114

말했다. 「그대가 보는 저 못 박힌 자는
백성을 위해 한 사람이 순교해야 한다고
바리사이 사람들에게 충고를 했지요.   117

그대가 보듯이 벌거벗고 길을 가로질러
누워 있으니, 누군가 지나가면 얼마나
무거운지 그가 먼저 느껴야 한답니다.   120

똑같은 방식으로 그의 장인[19]도 이곳
구렁에 누워 있고, 또 유대인들에게 악의
씨앗이었던 의회[20]의 다른 자들도 있소.」   123

17   양 손바닥에 하나씩, 그리고 두 발에 하나가 박혀 있다.
18   유대인들의 대사제 카야파. 그는 대사제들과 바리사이파 사람들이 모
인 자리에서, 예수가 유대 민족을 대신하여 혼자 죽임을 당해야 한다고 주장하
였다.(「요한 복음서」 11장 49절 이하 참조)
19   카야파의 장인 한나스.(「요한 복음서」 18장 13절 참조)

그때 나는 베르길리우스께서 영원한
유형지[21]에 그렇게 비참하게 십자로
누운 자를 보고 놀라시는 모습을 보았다.   126

그리고 그분은 수도자를 향해 말하셨다.
「그대들이 할 수 있다면, 오른쪽으로
우리 두 사람이 빠져나갈 수 있는   129

어떤 통로가 있는지 말해 주십시오.
우리가 이 바닥을 떠나기 위해 검은
천사들[22]을 부를 필요가 없도록 말이오.」   132

그는 대답하였다. 「그대가 바라는 것보다
가까이 바위[23]가 있는데, 이 큰 둘레에서
뻗어 나가 무서운 골짜기들을 모두 건너지요.   135

다만 이곳에서는 무너져 위로 건너지
못하니, 그대들은 바닥과 기슭에 쌓인
폐허들 위로 올라갈 수 있을 것이오.」   138

20 예수를 죽일 음모를 꾸미기 위해 소집된 바리사이파 사람들의 의
회.(「요한 복음서」 11장 45절 이하 참조)
21 지옥.
22 반역한 천사들인 악마들이다.
23 구렁들과 둔덕들을 가로지르는 돌다리들 중 하나를 가리킨다.

길잡이는 잠시 머리를 숙이고 있다가
말했다.「갈고리로 죄인들을 찌르던 놈[24]이
거짓으로 상황을 말해 주었구나.」   141

수도자는 말했다.「전에 볼로냐에서 아주 사악한
악마들에 대해 들었는데, 그중에서 그놈은
거짓말쟁이, 거짓말의 아비[25]라고 들었소.」   144

그 말에 스승님은 약간 화난 표정으로
황망히 커다란 걸음걸이로 걸어갔고,
따라서 나도 짐을 진 자들을 떠나   147

사랑스러운 발자국을 뒤따라갔다.

---

24 앞의 21곡에 나오는 악마들의 두목 말라코다.

25 악마는〈거짓을 말할 때에는 본성에서 그렇게 말하는 것이다. 그가 거
짓말쟁이며 거짓의 아비기 때문이다.〉(「요한 복음서」 8장 44절)

제24곡

단테와 베르길리우스는 험난한 바윗길을 따라 일곱째 구렁 위에 도착한다. 구렁에는 엄청나게 많은 뱀들이 도둑의 영혼들에게 형벌을 가하고 있다. 그중에서 뱀에 물린 영혼이 불붙어 타서 재가 되었다가 다시 되살아나는 끔찍한 모습을 본다. 성물(聖物) 도둑 반니 푸치가 자기 이야기를 하고 단테의 어두운 앞날에 대해 예언한다.

새로운 한 해[1]가 시작되면 태양은
물병자리 아래에서 빛살의 활력을 되찾고
벌써 밤이 하루의 절반을 향해 갈 무렵,[2]   3

서리는 땅 위에다 새하얀 자기 누이[3]의
모습을 그리려고 하지만, 그의 붓질이
그다지 오래 지속되지 못할 무렵에,[4]   6

여물[5]이 부족한 시골 농부가 일어나

1   원문에는 *giovanotto anno*, 즉 새로 태어난 〈젊은 해〉로 되어 있다. 태양이 물병자리에서 빛나는 1월 하순에서 2월 중순 사이를 가리킨다.
2   춘분이 가까워지면, 햇살이 점차 따뜻해지고 낮과 밤의 길이가 점차로 똑같아진다.
3   눈[雪]을 가리킨다.
4   날씨가 점차 따뜻해지면서 밤에 내린 서리는 해가 뜨면 곧바로 녹아 사라진다.
5   원문에는 *roba*, 즉 〈물건〉으로 되어 있는데, 문맥상 양들에게 먹일 여

둘러보다가, 들녘이 온통 새하얀 것을
보고 자신의 허리를 두드리고는[6]   9

집으로 돌아와 무엇을 해야 할지 모르는
불쌍한 사람처럼 여기저기 서성이다가
다시 밖으로 나가니, 잠깐 동안에   12

세상 모습이 온통 바뀐 것을 보고[7]
다시 희망이 솟아 지팡이를 들고
양들을 몰고 풀을 먹이러 가는 것처럼,   15

그렇게 스승님은 당황한 표정으로
나를 놀라게 하시더니, 또한 그렇게
빨리 아픈 곳에다 약을 발라 주셨으니,   18

우리가 허물어진 다리에 이르렀을 때
내가 맨 처음 산기슭에서 보았던[8]
부드러운 표정으로 나를 바라보았다.   21

물이나 마초를 가리킨다. 일부에서는 가족을 위한 식량으로 해석되기도 한다.
   6 실망의 표시이다.
   7 서리가 모두 녹았기 때문이다.
   8 단테가 〈어두운 숲〉(「지옥」 1곡 2행)에서 처음으로 베르길리우스를 만
났을 때.

그분은 먼저 폐허를 잘 살펴보고
나름대로 좋은 방법을 선택한 다음
두 팔을 펼치고 나를 붙잡아 주셨다.　　　　　24

마치 일을 하면서 신중히 숙고하여
언제나 앞일을 미리 대비하는 사람처럼,
그분은 나를 어느 바위의 꼭대기로　　　　　27

밀어 올리면서 벌써 다른 바위를 가리키며
말하셨다. 「다음에는 저 바위 위로 올라가라.
하지만 먼저 너를 지탱할지 살펴보아라.」　　　　　30

그건 외투 입은 자들의 길이 아니었으니,
그분은 가볍게,[9] 나는 뒷받침과 함께
겨우 바위에서 바위로 올라갈 수 있었다.　　　　　33

그리고 만약 그 둔덕이 다른 곳보다
더 낮은 둔덕이 아니었다면,[10] 그분은
모르겠지만 아마 나는 실패했을 것이다.　　　　　36

9　베르길리우스는 영혼이기 때문이다.

10　여덟째 원의 구렁들을 둘러싼 둔덕들은 한가운데의 코키토스 호수(〈웅덩이〉)를 향해 점차 낮아지기 때문에, 그다음 둔덕은 더 낮아 오르기가 쉽다.

그런데 말레볼제는 가장 낮은 웅덩이
입구를 향해 완전히 기울어 있어,
각각의 구렁에서 한쪽 둔덕은 높고   39

다른 한쪽 둔덕은 낮게 되어 있었기에,
우리는 마침내 깨진 마지막 바위가
있는 곳의 꼭대기에 도착하였다.   42

그 위에 올라갔을 때 허파의 호흡이
얼마나 헐떡거렸는지, 나는 더 이상
가지 못하고 그 자리에 주저앉았다.   45

「이제 그런 태만함을 버려야 한다.」
스승님이 말하셨다. 「깃털[11] 속이나
이불 밑에서는 명성을 얻을 수 없으니,   48

명성 없이 자기 삶을 낭비하는 사람은
대기 속의 연기나 물속의 거품 같은
자신의 흔적만을 지상에 남길 뿐이다.   51

그러니 일어나라. 무거운 육신과 함께
주저앉지 않으려면, 모든 싸움을

11   깃털로 만든 베개나 방석.

246

이기는 정신으로 그 숨가쁨을 이겨라.   54

우리는 더 높은 계단[12]을 올라가야 하니
저들[13]을 떠나는 것으론 충분하지 않다.
내 말을 알아들었다면 용기를 내라.」   57

그 말에 나는 일어났고 실제 느낀 것보다
호흡이 가벼워진 듯한 표정으로 말했다.
「가십시오. 저는 힘차고 용감합니다.」   60

우리는 돌다리 위로 비좁고 험난한
바위투성이의 길을 걸어갔는데,
이전의 길보다 훨씬 더 험난하였다.   63

나는 지쳐 보이지 않으려고 말을 하며
걸었는데, 다음 구렁에서 어떤 목소리가
들려왔지만 명백한 말을 이루지 않았다.   66

나는 그곳을 건너는 돌다리 위에 있었고,
무슨 말을 하는지 알 수 없었지만
말하는 자는 무척 화가 난 것 같았다.   69

12 연옥의 산을 가리킨다.
13 지옥의 영혼들을 가리킨다.

아래로 숙여 보았지만, 살아 있는 눈은
어둠 때문에 바닥에 이르지 못하였다.
그래서 말했다. 「스승님, 다음 둔덕에 이르면   72

기슭을 내려가 보도록 허락해 주십시오.
여기서는 들어도 이해하지 못하겠고,
아래를 보아도 전혀 보이지 않습니다.」   75

그분은 말하셨다. 「그렇게 하는 것 외에는 너에게
달리 대답할 수 없구나. 솔직한 질문에는
말 없는 실행이 뒤따라야 하는 법이니까.」   78

우리는 여덟째 둔덕과 연결되는 다리의
꼭대기에서 내려왔으며, 그때서야
구렁의 모습이 분명히 드러나 보였다.   81

그 안에서 나는 엄청나게 많은 뱀들을
보았는데, 너무나 끔찍한 모습이라
지금 생각만 해도 내 피가 뒤집힌다.   84

살무사, 날아다니는 뱀, 점박이 독사,
땅파기 뱀, 머리 둘 달린 뱀들[14]이

14 모두 리비아 사막에 사는 뱀들이다.

많은 리비아의 사막도 그렇지 않으리.   87

에티오피아 전체와 홍해 주변 지역을
모두 합친다고 해도 그토록 역겹고
독이 많은 뱀들을 보여 주진 못하리라.   90

그 잔인하고 사악한 뱀들 사이로 벌거벗고
겁에 질린 사람들이 혈석(血石)[15]이나
숨을 구멍도 없이 달려가고 있었다.   93

뒤로 젖힌 손은 뱀들로 묶여 있고,
허리로는 뱀들의 머리와 꼬리가
뚫고 나와서 앞쪽에 뒤엉켜 있었다.   96

그런데 우리 쪽 기슭에 있던 한 사람에게
뱀 한 마리가 와락 덤벼들더니 그의
목과 어깨가 이어지는 부분을 꿰뚫었다.   99

o 자와 i 자를 아무리 빨리 쓴다 하더라도,[16]
그의 몸이 불붙어 타서 완전히 재가 되어

15 붉은 반점들이 찍힌 녹색의 돌로 보석의 일종인데, 뱀에 물린 상처를
낫게 해주며 또한 이 돌을 지닌 사람을 보이지 않게 해주는 효력이 있다고 믿
었다.
16 두 글자 모두 펜을 한 번만 움직여서 아주 빨리 쓸 수 있는 글자다.

부서지는 것보다 빠르지는 못하리라.   102

그리고 땅바닥에 그렇게 부스러진 다음
재들이 저절로 한군데로 모이더니
순식간에 처음 모습으로 되돌아갔다.   105

위대한 현자들[17]의 말에 따르자면,
불사조[18]는 5백 년째 되는 해에
죽었다가 다시 태어난다고 하는데,   108

평생 동안 풀이나 곡물은 먹지 않고
유향(乳香)이나 발삼의 즙을 먹고 살며
몰약과 계피로 마지막 순간을 맞이한다.   111

땅으로 잡아끄는 악마의 힘 때문인지
사람을 옥죄는 어떤 발작 때문인지
영문도 모르고 쓰러지는 사람[19]이   114

다시 일어났을 때, 자신이 겪은 커다란
고통 때문에 완전히 당황한 표정으로

17 위대한 고전 시인들.
18 여기에서 불사조(不死鳥), 즉 포이닉스에 대한 단테의 묘사는 오비디
우스의 『변신 이야기』 15권 392~400행에 의거하고 있다.
19 간질 발작으로 쓰러지는 사람.

주위를 둘러보며 한숨을 내쉬듯이,   117

다시 일어난 그 죄인이 그러하였다.
복수를 위해 그런 형벌을 던지시는
하느님의 권능은, 오, 얼마나 준엄한가!   120

스승님은 그에게 누구였는가 물으셨고,
그는 대답했다. 「나는 토스카나에서
얼마 전에 이 잔혹한 구렁에 떨어졌소.   123

후레자식답게 사람보다 짐승의 생활을
좋아한 나는 반니 푸치[20]라는 짐승,
피스토이아[21]는 나에게 어울리는 소굴이었소.」   126

나는 스승께 말했다. 「그에게 도망치지 말라 하시고,
무슨 죄로 여기 처박혔는지 물어보십시오.
피와 약탈의 저자를 본 적 있습니다.」   129

---

20 Vanni Fucci. 피스토이아의 귀족 라차리 집안의 사생아. 격렬하고 파
벌적인 성향으로 피스토이아의 정치 싸움에 적극적으로 가담한 흑당의 일원
이었고, 살인과 약탈을 일삼았다고 한다. 그는 다른 공범과 함께 피스토이아
대성당에 들어가 성물을 훔쳤는데, 다른 사람이 억울하게 누명을 쓰고 처형당
할 뻔하였다. 단테는 1292년경에 그를 개인적으로 알게 되었다.
21 Pistoia. 피렌체 근처의 도시로 당쟁이 끊이지 않았던 이곳을 단테는
피렌체 못지않게 증오하였다.

내 말을 알아들은 죄인은 모른 척 않고
나에게 얼굴과 마음을 똑바로 쳐들었고,
사악한 부끄러움[22]에 얼굴빛이 변하더니   132

말했다. 「네가 보듯이 이렇게 비참한
내 모습을 너에게 들켰다는 것이, 내가
저 세상에서 죽었을 때보다 더 괴롭구나.   135

네가 묻는 것을 부정할 수 없으니,
내가 이 아래 처박힌 것은 성구실에서
아름다운 성물들을 훔친 도둑이었는데,   138

다른 사람에게 누명이 씌워졌기 때문이다.
하지만 네가 이 어두운 곳을 벗어나면
여기에서 본 것을 즐기지 못하도록,   141

나의 예언에 귀를 열고 잘 듣도록 해라.
먼저 피스토이아에서 흑당이 사라지고[23]
피렌체의 백성과 풍습이 바뀔 것이다.[24]   144

22 참회하는 부끄러움이 아니라, 자신의 처지를 들켰다는 부끄러움이다.
23 1301년 피렌체 백당의 도움으로 피스토이아에서 백당이 승리하고 흑
당이 쫓겨났다.
24 피스토이아의 사건에 뒤이어 같은 해 피렌체에서는 흑당이 백당을 몰
아내게 된다.

마르스는 시커먼 구름으로 뒤덮인
마그라 계곡에서 번개[25]를 이끌어내
거칠고도 격렬한 폭풍우와 함께   147

피체노 벌판[26] 위에서 싸울 것이며,
격렬하게 안개를 흩어 버리고, 그래서
모든 백당은 상처를 입을 것이다.   150

네가 괴로워하도록 이런 말을 하였노라!」

25 마그라Magra강이 흐르는 계곡 루니자나(「지옥」20곡 47~48행 참조)
지방의 모로엘로 말라스피나 후작을 가리킨다. 그는 피렌체의 흑당과 연합하
여 정쟁에 적극적으로 가담하였다.
26 Campo Piceno. 구체적으로 어디인지 분명하지 않으나, 아마 피스토
이아의 영토로 생각된다.

제25곡

반니 푸치는 저속한 손짓으로 하느님을 모독하다가 뱀들에게 고통을 당한다. 단테는 그곳에서 세 명의 피렌체 출신 도둑들이 뱀과 뒤섞여 끔찍한 형상으로 변신하는 광경을 바라본다. 사람이 뱀으로 변하고, 뱀이 사람으로 변하는 모습은 섬뜩하게 소름이 끼칠 정도로 생생하게 묘사된다.

말을 마치자 도둑놈은 두 손을 쳐들어
더러운 손가락질[1]을 보이며 외쳤다.
「하느님아, 이것이나 줄 테니 먹어라!」　　　　　　3

그때부터 뱀들은 내 친구가 되었으니,
한 마리는 〈더 이상 네 말을 듣기 싫다〉
말하듯이 그놈의 모가지를 휘감았고,　　　　　　6

다른 한 마리는 두 팔을 친친 감아서
머리와 꼬리로 앞에서 묶어 버렸으니
그놈은 손을 꼼짝할 수도 없었다.　　　　　　9

아, 피스토이아, 피스토이아여, 너는

---

1 주먹을 쥐고 집게손가락과 가운뎃손가락 사이로 엄지손가락을 내밀어 성교를 암시하는 저속한 손짓이다.

왜 재로 변하여 사라져 버리지 않고,
죄를 지음에 네 조상을 앞지르는가?[2]   12

어두운 지옥의 모든 원들에서 하느님께
그처럼 무례한 영혼은 보지 못했고, 테바이
성벽에서 떨어진 놈[3]도 그렇지는 않았다.   15

그는 더 이상 말도 못하고 도망쳤는데,
분노한 켄타우로스 하나[4]가 달려오며
외쳤다. 「어디, 그 나쁜 놈이 어디 있냐?」   18

마렘마[5]의 뱀을 다 합쳐도, 사람 모습이
시작되는 곳까지 그 켄타우로스의 등에
실려 있는 뱀들만큼 많지는 않으리라.   21

그의 목덜미 뒤 어깨 위에는 날개를
펼친 용 한 마리가 타고 있었는데
닥치는 대로 누구에게나 불을 뿜었다.   24

2 전설에 의하면 로마의 반역한 장군 카틸리나 부대의 사악한 잔당들이
피스토이아를 세웠다고 한다.
3 「지옥」 14곡에 나오는 카파네우스.
4 뒤에 나오는 카쿠스. 그는 원래 켄타우로스족이 아닌데 단테가 임의적
으로 바꾸었다.
5 Maremma. 토스카나 지방 서쪽 해안의 저지대 습지로 뱀이 많기로 유
명하였다.

스승님이 말하셨다. 「저놈은 카쿠스[6]란다.
아벤티누스 언덕의 바위들 아래에서
몇 차례나 피의 연못을 만들었지.[7]   27

자기 형제들과 함께 있지 않는 것은,[8]
자기 이웃에 있던 수많은 가축 떼를
속임수를 써서 도둑질하였기 때문이다.   30

파렴치한 행동은 헤라클레스의 몽둥이에
의해 중단되었는데, 아마 백 대를 때렸으나
그는 열 대도 채 느끼지 못했으리라.」[9]   33

그렇게 말하는 동안 카쿠스는 지나갔고,
세 명의 영혼이 우리 아래로 다가왔지만
스승님이나 내가 미처 깨닫지 못하자   36

6 불카누스의 아들로 로마의 아벤티누스 언덕의 동굴에 살면서 헤라클레스의 소를 훔쳤는데, 소의 꼬리를 잡아 뒤로 끌고 가서 훔친 것을 속이려고 했다. 그러나 결국 발각되어 헤라클레스의 몽둥이에 맞아 죽었다.

7 훔친 가축을 잡아먹느라고 흘린 피들이 연못을 이루었다는 과장된 표현이다.

8 다른 켄타우로스들은 지옥의 일곱째 원에 있는 피의 강 플레게톤을 지키고 있다.

9 헤라클레스는 아마 몽둥이로 수없이 많이 때렸겠지만, 열 대도 맞기 전에 죽었을 것이라는 뜻이다. 그러나 『아이네이스』에 의하면 헤라클레스는 카쿠스의 목을 졸라 죽였다고 한다.

그들이 소리쳤다. 「그대들은 누구요?」
그리하여 우리는 대화를 중단하고
그들에게만 관심을 기울였다.   39

나는 그들을 알지 못했으나, 우연히
그런 일이 일어나듯이, 한 사람이
다른 사람의 이름을 부르며 말했다.   42

「그런데 찬파[10]는 어디로 갔을까?」
그래서 나는 스승님도 관심을 갖도록
내 손가락을 턱에서 코까지 갖다 댔다.[11]   45

독자여, 만약 지금 내가 말하는 것을
믿기 어렵더라도 놀라지 마오. 그것을
직접 본 나로서도 수긍하기 어려우니까.   48

내가 그들에게 눈썹을 치켜뜨고 있을 때
발이 여섯 개 달린 뱀 하나가 한 명에게
돌진하더니 그에게 완전히 달라붙었다.   51

가운데 발들은 그의 배를 휘어 감았고

---

10 Cianfa. 피렌체 도나티 가문 출신의 기사로 커다란 도둑이었다고 한다.
11 조용히 하라고 집게손가락으로 입을 가로막는 손짓.

앞발들은 두 팔을 붙잡았으며 이어서
이쪽저쪽의 뺨을 이빨로 깨물었다.   54

뒤쪽 발들은 허벅지를 향하여 뻗었고
사타구니 사이로는 꼬리를 집어넣어
허리를 통해 등 위로 길게 뻗었다.   57

담쟁이덩굴이 아무리 나무에 들러붙어도
그 끔찍한 짐승이 자기 몸으로 다른 놈의
사지에 달라붙은 것 같지는 않으리라.   60

그런 다음 둘은 뜨거운 밀랍으로 된 듯
서로 달라붙어 색깔을 뒤섞었고 이제
어떤 놈도 처음 색깔로 보이지 않았으니,   63

마치 불타오르기 전에 종이 위에서
아직은 검은색이 아니지만 하얀색이
사라지고 갈색으로 변하는 것 같았다.   66

다른 두 놈이 그것을 보고 각자 외쳤다.
「아이고, 아뇰로,[12] 네가 변하는구나!

12 Agnolo. 피렌체의 브루넬레스키 가문 출신. 그는 어렸을 때부터 부모
의 지갑을 털기 시작하여 나중에는 커다란 도둑이 되었다고 한다.

너는 이제 둘도 아니고 하나도 아니구나.」   69

머리 두 개는 이미 하나가 되었으니,
두 개의 얼굴이 있던 곳에 두 개의
모습이 하나의 얼굴로 뒤섞여 나타났다.   72

사지[13] 네 개는 두 개의 팔이 되었고,
허벅지와 다리, 배, 그리고 가슴은
전혀 본 적이 없는 형상이 되었다.   75

거기서 이전 모습은 완전히 사라졌고,
둘이면서 아무것도 아닌 기괴한 형상이
된 모습으로 느린 걸음걸이로 가버렸다.   78

무더운 여름날의 뜨거운 햇볕 아래
도마뱀이 다른 울타리로 건너가려고
번개처럼 길을 가로질러 달려가듯이,   81

후추 알맹이처럼 까맣고 납빛에다
불붙은[14] 작은 뱀 하나가 쏜살같이

13 사람의 팔 두 개와 뱀의 앞발 두 개.
14 실제로 불이 붙은 것으로 볼 수 없으며, 따라서 다양하게 해석된다. 대개 분노에 가득 찬 눈이 이글거리는 것으로, 또는 입에서 불을 내뿜는 것으로 해석한다.

남은 둘 중 하나의 배를 향해 달려왔고,   84

두 사람 중 하나에게 달려들어 최초로
우리의 영양을 섭취하던 부분[15]을 꿰뚫은
다음 그의 앞에 떨어져 길게 몸을 뻗었다.   87

꿰뚫린 자는 뱀을 바라보았지만 아무
말도 없이 꼼짝 않고 하품을 했는데
마치 졸음이나 열병에 취한 것 같았다.   90

사람은 뱀을, 뱀은 사람을 바라보았고,
사람은 상처를 통해, 뱀은 입을 통해
강한 연기를 내뿜었고 연기끼리 부딪쳤다.   93

불쌍한 사벨루스와 나시디우스에 대하여
이야기하는 곳에서,[16] 루카누스여, 입을
다물고 이제 전개될 이야기를 들어 보시라.   96

오비디우스여, 카드모스와 아레투사에 대해[17]

15 배꼽.
16 루카누스(「지옥」 4곡 90행)의 『파르살리아』 9권 761~805행에 의하
면, 카토의 군대가 리비아 사막에 이르렀을 때 두 병사가 무서운 독사에게 물
렸다. 사벨루스는 뱀의 독으로 생긴 체내의 고열에 불타서 재가 되어 죽었고,
나시디우스는 뱀에게 물린 후 온몸이 부어서 입었던 갑옷이 터져 죽었다.

침묵하시라. 남자는 뱀으로, 여자는 샘으로
변하는 시구를 지었어도 나는 부럽지 않소.   99

왜냐하면 마주 보는 두 존재가 완전히
뒤바뀌어 두 가지 형식이 모두 질료까지
서로 바뀌도록 하지는 못했기 때문이오.   102

그 둘은 바로 그런 법칙에 따랐으니,
뱀의 꼬리는 두 갈래로 갈라졌으며
꿰뚫린 자의 두 발은 하나로 합쳐졌다.   105

두 개의 다리는 허벅지와 함께 서로
달라붙어 순식간에 접합된 부분이
아무런 흔적도 보이지 않게 되었다.   108

갈라진 꼬리는 상대방에게서 없어지는
형상을 갖추고 피부가 부드러워졌으며,
상대방의 피부는 단단하게 굳어졌다.   111

17 오비디우스의 『변신 이야기』에 나오는 일화들을 가리킨다. 테바이를
세운 카드모스는 나중에 여러 나라를 유랑하다 뱀이 되었고, 뒤따라서 그의 아
내 하르모니아도 뱀이 되었다.(4권 563~603행 참조) 아레투사는 디아나를 섬
기는 님페였는데, 강의 신 알페이오스의 사랑을 받아 쫓기게 되자 디아나에게
기도하여 샘으로 변하였다.(5권 572~603행 참조)

두 팔은 겨드랑이 속으로 들어갔으며,
그 팔이 짧아지는 것만큼 짤막하던
뱀의 두 발이 길어지는 것을 보았다.   114

그런 다음 함께 뒤엉킨 뱀의 뒷발은
사람에게서 사라지는 생식기가 되었고,
불쌍한 사람의 그것은 둘로 갈라졌다.   117

연기가 둘을 이상한 색깔로 뒤덮는 동안
한 놈에게서는 몸에 털이 자라났고
다른 한 놈에게서는 털이 사라졌으며,   120

하나는 일어났고 다른 하나는 쓰러졌으나
서로의 불경스런 눈빛을 돌리지 않았고
그 눈빛 아래 각자의 얼굴이 변하였다.   123

서 있던 놈은 주둥이를 관자놀이 쪽으로
끌어당겼고, 그쪽에서 넘치는 살점은
귀가 되어 밋밋하던 뺨에서 솟아 나왔다.   126

뒤로 밀려나지 않고 그 자리에 있던
남은 살점은 얼굴에서 코가 되었고,
적당하게 두툼해진 입술이 되었다.   129

누워 있던 놈은 주둥이를 앞으로
내밀었고 달팽이가 뿔을 집어넣듯이
귀들을 머리 안쪽으로 끌어당겼으며,   132

전에는 단일하고 말을 할 수 있었던
혓바닥이 갈라졌고, 다른 놈의 갈라진
혀는 하나로 합쳐지면서 연기가 그쳤다.   135

뱀이 되어 버린 영혼은 쉭쉭거리면서
구렁으로 달아났고 그 뒤에 남아 있던
다른 놈은 말을 하면서 침을 뱉었다.   138

그는 새로운 어깨를 돌려 다른 놈[18]에게
말했다. 「내가 그랬던 것처럼 부오소[19]도
이 구렁을 기어서 달려갔으면 좋겠군.」   141

그렇게 나는 일곱째 구렁이 변신하고
바뀌는 것을 보았는데, 여기서 펜이
약간 혼란해도 새로움[20]을 용서하시라.   144

---

18 변신되지 않고 남아 있던 영혼.
19 Buoso. 구체적으로 그가 누구인지 알려져 있지 않다.
20 변신이라는 주제의 새로움과 특이함을 가리킨다.

비록 나의 눈은 약간 혼란스러웠고
마음마저 어수선하였지만 그들이
몰래 달아나 버릴 수는 없었기에,   147

나는 바로 알아보았으니, 처음에 왔던
세 동료들 중 유일하게 변하지 않은 자는
푸치오 쉬안카토[21]였고, 다른 자는   150

가빌레여, 네가 원망하는 놈[22]이었다.

21   Puccio Sciancato. 피렌체 기벨리니파에 속하는 갈리가이 가문 출신의
도둑이었다.
22   프란체스코 데이 카발칸티Francesco dei Cavalcanti를 가리킨다. 그는
피렌체 근처의 작은 마을 가빌레Gaville 사람들에게 죽임을 당했고, 그에 대한
복수로 많은 가빌레 사람들이 살해되었다.

제26곡

단테는 고향 피렌체의 타락에 대해 한탄한다. 시인들은 여덟째 구렁에 도착하는데, 그곳에는 사기와 기만을 교사한 죄인들이 타오르는 불꽃 속에 휩싸여 있다. 베르길리우스는 그중에서 울릭세스의 영혼에게 말을 걸고, 그는 고전 신화의 이야기와는 달리 금지된 미지의 바다까지 항해하다가 난파당해 죽었다고 이야기한다.

기뻐하라 피렌체여,[1] 너는 너무 위대하여
땅과 바다에 날개를 퍼덕이고도 모자라
지옥에까지 너의 이름을 떨치고 있으니!   3

나는 도둑들 중에서 너의 시민들을
다섯 명[2]이나 보았으니 부끄럽고,
너는 이보다 더 큰 영광이 없을 것이다.   6

하지만 만약 새벽녘에 진실을 꿈꾼다면,
오래 지나지 않아 너는 누구보다도
프라토[3]가 너에게 원하는 것을 느끼리라.   9

1 여기에서 단테는 부패한 피렌체를 역설적인 표현으로 비난하고 있다.
2 앞의 25곡에서 뱀이나 사람으로 변신한 도둑들의 영혼 찬파, 아뇰로, 쉬안카토, 부오소, 프란체스코.
3 Prato. 피렌체 북서쪽의 가까운 도시이다. 프라토를 비롯하여 피렌체의 지배하에 있는 모든 도시들이 피렌체의 파멸을 바라고 있다는 뜻이다.

이미 그렇게 되었어도 이르지 않으니,
마땅히 그렇게 되었다면 좋으련만!
내 나이가 들수록 더욱 괴로울 테니까.   12

우리는 그곳을 떠났고, 스승님은
조금 전에 내려왔던 바위 계단으로
다시 오르면서 나를 이끌어 주셨으며,   15

돌다리의 험하고 깨진 바위 사이로
외로운 길을 따라서 나아갔으니
손 없이 발만으로는 갈 수 없었다.   18

그때 내가 본 것으로 나는 괴로웠고,
이제 와서 생각해도 여전히 괴롭다.
덕성의 인도 없이 지나치지 않도록[4]   21

여느 때보다 내 재능을 억제하니,
착한 별[5]이나 은총이 나에게 재능을
주었다면 지나치게 남용하지 않으련다.   24

4 단테는 이 여덟째 구렁에 있는 사기꾼들인 기만을 교사한 자들에 대해
비교적 너그러운 태도를 보인다. 그들의 죄는 바로 하느님의 선물인 자신의 재
능을 억제하지 못하고 지나치게 남용했기 때문이라 생각한다. 따라서 시인으
로서 자신의 재능에 대해서도 신중함을 기하려고 노력한다는 의미이다.
5 단테의 별자리이다.(「지옥」 15곡 55~57행 참조)

온 세상을 밝혀 주는 태양이 우리에게
자신의 얼굴을 덜 감추는 계절에,[6]
또 파리가 모기에게 밀려나는 시각에,[7]   27

언덕에서 쉬고 있는 농부가 아래 계곡,
포도를 수확하고 쟁기질하던 곳에서
무수히 많은 반딧불이들을 보듯이,   30

그렇게 많은 불꽃들로 여덟째 구렁이
온통 반짝이고 있는 것을, 나는 바닥이
보이는 지점에 도착하여 깨달았다.   33

마치 곰들과 함께 복수하던 자[8]가,
말들이 하늘로 치솟아 날아오르며
엘리야[9]의 마차가 떠나는 것을 보고   36

눈길로 그 뒤를 쫓아 바라보지만
작은 구름처럼 높이 올라가는

6 낮이 길고 밤이 짧은 계절인 여름.
7 밤이 될 때.
8 「열왕기 하권」 2장 23~24절에 나오는 예언자 엘리사. 길을 가던 중 아
이들이 그의 대머리를 놀리자 그는 주님의 이름으로 저주하였다. 그러자 숲에
서 암곰 두 마리가 나와 아이들 42명을 찢어 죽였다.
9 예언자이며 엘리사의 스승. 임종 시 그는 불 말이 끄는 불 수레를 타고
회오리바람에 휩싸여 승천하였다.(「열왕기 하권」 2장 11절 참조)

불꽃밖에 볼 수 없었던 것처럼,   39

모든 불꽃이 구렁 바닥에서 움직였고
그 안에 감춘 것을 보이지 않았지만,
각각의 불꽃은 죄인을 휘감고 있었다.   42

돌다리 위에서 몸을 내밀어 바라보던
나는 만약 바위 하나를 붙잡지 않았다면
그대로 아래로 곤두박질했을 것이다.   45

내가 그렇게 몰두한 것을 본 스승님이
말하셨다. 「불꽃 안에는 영혼들이 있는데,
각자 불태우는 불꽃에 둘러싸여 있단다.」   48

나는 말했다. 「스승님, 당신의 말을 들으니
더욱 확실한데, 저는 그리리라 생각하여
스승님께 벌써 말하려고 했습니다.   51

에테오클레스[10]가 형제와 함께 불타던
장작더미에서 솟아오르듯이, 저렇게

10 테바이의 왕 오이디푸스의 아들. 눈이 먼 아버지가 유배당하자, 자기 형
제 폴리네이케스와 교대로 통치하기로 약속했으나 이를 어기고 통치권을 넘
기지 않았다. 결국 형제는 결투를 벌였고 둘 다 죽었다. 둘의 시체를 화장했는
데 그 불꽃마저 두 갈래로 갈라져 타올랐다고 한다.

위에 갈라진 불꽃 안에는 누가 있습니까?」   54

그분은 대답하셨다. 「저 안에는 울릭세스와
디오메데스[11]가 고통받고 있는데, 함께
분노[12]에 거역했듯이 함께 벌받고 있단다.   57

그들은 로마인들의 고귀한 조상[13]이
나가도록 문을 만들어 주었던 목마의
기습을 저 불꽃 안에서 한탄하고 있으며,   60

죽은 데이다메이아[14]가 아킬레스 때문에
지금도 괴로워하게 만든 술수를 통곡하고,
또한 팔라디온[15]의 형벌을 받고 있노라.」   63

11 울릭세스(그리스 신화에서는 오디세우스)와 디오메데스는 트로이아
전쟁의 영웅들로 함께 갖가지 전략으로 트로이아 사람들을 괴롭혔다. 둘은 함
께 아킬레스를 전쟁에 참가하도록 유인했고, 목마의 계략을 고안했고, 트로이
아 사람들에게 신성한 여신상 팔라디온을 훔치기도 했다.

12 하느님의 분노.

13 아이네아스. 그는 트로이아가 함락된 후 이탈리아로 건너가 로마인들
의 조상이 되었다. 목마의 계략은 10년 동안 굳게 닫혔던 트로이아의 성문을
열어 준 계기가 되었다.

14 스키로스섬의 왕 리코메데스의 딸. 아킬레스가 소년일 때, 어머니 테
티스는 그가 트로이아 전쟁에서 죽을 운명이라는 것을 알고, 아들을 여자로 분
장시켜 리코메데스에게 맡겼다. 아킬레스는 여자들의 방에서 살았으나, 데이
다메이아는 그를 사랑했다. 그런데 울릭세스와 디오메데스가 상인으로 변장
하여 아킬레스를 찾아냈고, 결국 그는 트로이아 전쟁에 참가하게 되었다. 아킬
레스와의 사이에 아들까지 둔 데이다메이아는 이별을 슬퍼하여 자결했다.

나는 말했다.「저 불꽃 안에서도 저들이
말할 수 있다면, 스승님, 부탁하고
또 부탁하여 천 번이라도 부탁하오니,   66

저 뿔 돋친 불꽃이 이곳에 올 때까지
제가 기다리는 것을 막지 마시고,
그에게 몸을 숙인 저를 보십시오!」   69

그분은 말하셨다.「너의 부탁은 많은 칭찬을
받을 만하니, 내가 들어주겠노라.
하지만 너의 혀는 억제하도록 해라.   72

네가 원하는 바를 잘 아니 말하는 것은
나에게 맡겨라. 그들은 그리스인들이었기에
혹시 너의 말을 꺼릴 수도 있으니까.」[16]   75

그런 다음 불꽃이 우리 쪽으로 오자
길잡이께서 적절한 때와 장소를 골라
그들에게 이렇게 말하는 것이 들렸다.   78

15 트로이아에 있던 미네르바(로마 신화에서는 아테나)의 여신상. 이것
을 소유하는 쪽이 전쟁에 이길 것이라는 예언에 따라 울릭세스와 디오메데스
는 함께 이 여신상을 훔쳤다.

16 이 구절에 대한 해석은 다양하지만, 그리스인들이 원래 오만하였기 때
문이라는 해석이 지배적이다.

「오, 불 하나에 함께 있는 그대들이여,

내가 살았을 때 그대들에게 유용하였다면,

세상에서 고귀한 시구들을 썼을 때   81

크든 작든 그대들에게 유용하였다면,

움직이지 말고 그대들 중 하나가

어디에서 방황하다 죽었는지[17] 말해 주오.」   84

그 오래된 불꽃의 더 큰 갈래[18]가

마치 바람에 흔들리는 불꽃처럼

중얼거리며 흔들리기 시작하였고,   87

이어서 마치 말하고 있는 혀처럼

끄트머리가 이리저리 흔들리면서

밖으로 목소리를 내뱉으며 말했다.   90

「아이네아스가 가에타[19]라 부르기 전

17   호메로스의 『오디세이아』에 의하면 울릭세스는 트로이아 전쟁이 끝난
뒤 10년 동안 바다를 떠돌다가 고향 이타케(라틴어 이름은 이타카)에 돌아와
처자를 기쁘게 해주었다. 그런데 여기에서 단테는 그가 부하들을 데리고 미지
의 바다로 나갔다가 난파당하여 죽었다고 이야기한다. 그것이 중세에 떠돌던
이야기를 인용하는 것인지, 아니면 단테의 창작인지 알 수 없다.

18   울릭세스. 그는 디오메데스보다 더 중요한 역할을 한 것으로 보기 때
문이다.

19   Gaeta. 로마와 나폴리 사이 해안의 작은 도시로, 아이네아스가 자신의

그곳에 1년 넘게 나를 잡아 두었던
키르케[20]에게서 내가 떠났을 때,   93

자식에 대한 애정도, 늙은 아버지에
대한 효성도, 페넬로페[21]를 기쁘게
해주었어야 하는 당연한 사랑도,   96

인간의 모든 악덕과 가치에 대해,
세상에 대해 알고 싶은 내 가슴속의
열망을 억누를 수는 없었으며,   99

그리하여 나는 단 한 척의 배에다
나를 버리지 않은 몇몇 동료와 함께
광활하고 깊은 바다를 향해 떠났노라.   102

스페인까지, 모로코까지, 이쪽저쪽의
해안을 보았고, 사르데냐섬을 비롯하여
그 바다[22]가 적시는 섬들을 둘러보았지.   105

유모 가에타의 시신을 이곳에 묻었기 때문에 그렇게 불렸다. 고전 신화에 나오
는 키르케가 살았다는 키르케오Circeo곶이 이곳에 있다.

20 태양의 신 헬리오스의 딸로 마법에 뛰어난 님페였는데, 자신의 섬에
표류해 온 울릭세스의 부하들을 돼지로 만들었고, 1년 동안 울릭세스와 함께
지냈다.

21 울릭세스의 아내로 그녀는 결혼의 정숙함과 인내의 표상이었다.

22 지중해.

나와 동료들이 늙고 더디어졌을 무렵,

인간이 더 이상 넘어가지 못하도록

헤라클레스가 그 경계선을 표시해 둔   108

좁다란 해협[23]에 우리는 이르렀으며,

오른쪽으로는 세비야[24]를 떠났고

왼쪽으로는 세우타[25]를 이미 떠났노라.   111

나는 말했지. 〈오, 형제들이여, 수많은

위험들을 거쳐 그대들은 서방[26]에

이르렀고, 우리에게 남은 감각들의   114

얼마 남지 않은 막바지에 이르렀지만,

태양의 뒤를 따라 사람 없는 세상을

경험하고 싶은 욕망을 거부하지 마라.   117

그대들의 타고난 천성을 생각해 보라.

23   지브롤터 해협. 헤라클레스는 12가지 과업 중의 하나로 게리온의 소를
훔치기 위해 세상의 서쪽 끝으로 가던 도중 지브롤터 해협의 양쪽 산에 〈헤라
클레스의 기둥〉을 세웠는데, 스페인 쪽은 아빌라산, 모로코 쪽은 칼페산이었
다고 한다. 아빌라는 세우타의 해발 204미터의 아초산을 가리키고, 칼페는 모
로코의 해발 839미터의 제벨 무사산이다.
24   스페인 서남쪽에 있는 도시.(「지옥」 20곡 126행 참조)
25   Ceuta. 이베리아반도와 마주하고 있는 아프리카 북부 해안의 도시.
26   당시에 알려진 세상의 서쪽 끝이다.

짐승처럼 살려고 태어난 것이 아니라
덕성과 지식을 따르기 위함이었으니.〉   120

이러한 짧은 연설에 내 동료들은
모험의 열망에 불타오르게 되었으니
나중에는 말리기도 어려울 지경이었고,   123

그래서 우리의 고물을 동쪽으로 향해[27]
대담한 항해를 위하여 노의 날개를
펼쳤고 계속하여 왼쪽으로 나아갔지.   126

밤이면 다른 극[28]의 모든 별들이
보였고, 우리의 극[29]은 점차 낮아져
바다의 수면 위로 솟아오르지 않았다.   129

우리가 그 험난한 모험 속으로 들어간
이후로 달 아래의 빛이 다섯 차례나
밝혀졌다가 또다시 꺼졌을 무렵[30]   132

27   말하자면 뱃머리를 서쪽으로 향하였다. 그리고 계속 왼쪽으로(126행)
나아감으로써 지브롤터 해협을 빠져나온 이후 항로는 서남쪽을 향하고 있다.
   28   남극.
   29   북극.
   30   그러니까 5개월이 지난 뒤에.

거리 때문인지 희미하게 보이는
산[31] 하나가 눈앞에 나타났는데,
전혀 본 적이 없는 높다란 산이었지.   135

우리는 기뻐했지만 이내 통곡으로
변했으니, 그 낯선 땅에서 회오리바람이
일어나 뱃머리를 후려쳤기 때문이었노라.   138

배는 바닷물과 함께 세 바퀴 맴돌았고
네 번째에는, 그의 뜻대로,[32] 이물이
위로 들리고 고물이 아래로 처박혔으니,   141

마침내 바다가 우리 위를 뒤덮었노라.」

---

31 남반구의 바다 한가운데에 솟아 있다고 믿었던 연옥의 산이다.

32 하느님의 뜻이다. 하느님은 살아 있는 인간이 연옥의 산에 가는 것을
금하였다는 것이다.(「연옥」1곡 131행 이하 참조)

제27곡

뒤이어 다른 불꽃 하나가 말하는데, 그는 군인이었다가 나중에 수도자가
된 몬테펠트로 사람 귀도의 영혼이다. 단테는 그에게 로마냐 지방의 현재
상황에 대해 설명해 주고, 그는 자신이 지옥에 끌려온 내력을 이야기한
다. 그는 교황 보니파키우스 8세의 이익을 위해 간교한 술책을 권하였고,
그 속임수 충고로 인해 지옥에 떨어졌다고 말한다.

더 이상 말이 없자 불꽃은 잠잠해졌고
위로 반듯하게 치솟았으며, 인자하신
시인의 허락과 함께 우리는 떠났다.   3

그때 뒤따르던 다른 불꽃 하나가
불분명한 소리를 밖으로 냈기에
우리는 그 불꽃으로 시선을 돌렸다.   6

당연한 일이었지만, 자신을 줄로
다듬어 준 자의 울음소리로 맨 처음
울부짖었던 시칠리아의 암소[1]가   9

---

1 아테나이의 명장 페릴루스가 시칠리아섬의 폭군 팔라리스에게 만들
어 준 구리 암소. 죄인들을 처형할 때 그 암소 안에 넣고 불태워 죽였는데, 그
신음 소리가 암소의 울부짖는 소리가 되도록 만들었다. 팔라리스는 바로 그 제
작자 페릴루스를 첫 번째 실험 대상자로 삼았다고 한다.

고통받는 자의 목소리로 울부짖으면,
온통 구리로 되어 있지만, 고통에
찢기는 사람의 신음처럼 들리듯이,   12

처음에는 불 속에서 빠져나갈
구멍이나 길도 찾지 못하였던
고통의 소리가 불의 말로 바뀌었다.   15

그 소리들이 불꽃 끄트머리에서
출구를 찾은 다음, 혓바닥의
흔들림이 통과할 수 있게 되자   18

이런 말이 들려왔다. 「오, 롬바르디아
말로 〈이제 붙잡지 않을 테니 가시오〉[2]
말했던 그대[3]여, 그대에게 말하니,   21

혹시 내가 약간 늦게 도착하였다고
나와 함께 이야기하기를 꺼려 마오.
나는 꺼릴 것도 없이 불타고 있소!   24

2   원문은 〈*Istra ten va, più non t'adizzo*〉로 되어 있는데, 베르길리우스의
고향 롬바르디아 사투리이다.
3   롬바르디아 출신의 베르길리우스에게 하는 말이다.

그대 만약 내가 온갖 죄악을 저지르던
그 달콤한 라틴 땅으로부터 이제 막
이 눈먼 세상에 떨어졌다면 말해 주오,   27

로마냐⁴ 사람들은 지금 평화로운지,
아니면 전쟁을 하는지. 나는 우르비노⁵와
테베레 발원지 사이의 산골 사람⁶이오.」   30

나는 고개를 숙이고 생각에 잠겼는데,
길잡이께서 내 옆구리를 찌르며 말하셨다.
「네가 말해라, 저자는 라틴 사람이다.」   33

나는 이미 대답을 준비하고 있었기에
아무 망설임 없이 말하기 시작했다.
「오, 아래의 불 속에 숨겨진 영혼이여,   36

그대의 로마냐는 예나 지금이나 폭군들의
마음속에서 전쟁이 사라진 적이 없지만

---

4 이탈리아 북부 지방으로 공식적인 이름은 에밀리아로마냐 Emilia-
Romagna이다.
5 Urbino. 이탈리아 중부 동쪽의 작은 도시이다.
6 테베레강의 발원지는 이탈리아 중부 동쪽의 코로나로산에 있고, 그곳
과 우르비노 사이에는 몬테펠트로가 있다. 그곳 출신 귀도 Guido는 로마냐 지
방을 다스리던 기벨리니파의 우두머리였다.

내가 떠났을 때 명백한 전쟁은 없었소.   39

라벤나[7]는 오랫동안 그대로이니,
폴렌타의 독수리[8]가 품고 있으며
체르비아[9]까지 날개로 뒤덮고 있지요.   42

이미 오랜 시련을 겪었고 또 프랑스
사람들의 핏덩이를 이루었던 땅[10]은
지금 푸른 발톱[11] 아래 놓여 있답니다.   45

몬타냐를 괴롭히던 베루키오의 늙은
사냥개와 젊은 사냥개[12]는 그곳에서

7   로마냐 지방 해안의 도시이다.(「지옥」 5곡 98~99행 참조) 유랑 생활을
하던 단테는 이곳에서 마지막 삶을 보냈으며 지금도 그의 무덤이 이곳에 있다.
1300년경에는 폴렌타 가문의 귀도가 그곳의 영주였다.

8   폴렌타Polenta 가문의 문장. 절반은 파란 바탕에 하얀색으로, 절반은 금
빛 바탕에 빨간색으로 그려져 있다.

9   Cervia. 라벤나 아래 해안의 작은 도시이다.

10   로마냐 지방 도시 포를리Forli를 가리킨다. 이곳은 기벨리니파가 다스
렸는데, 1281~83년 교황 마르티누스 4세가 프랑스와 이탈리아 연합군을 이
끌고 이곳을 포위 공격하였다. 그러나 계략이 풍부한 몬테펠트로 사람 귀도는
포위한 군대 속으로 교묘하게 침투하여 대학살을 감행하였다.

11   오르델라피Ordelaffi 가문의 문장. 금빛 바탕에 푸른색 사자 발톱이 그
려져 있다.

12   베루키오Verrucchio는 리미니 근교에 있는 성으로 「지옥」 5곡에 나오
는 파올로와 잔치오토의 아버지 말라테스타의 소유였다. 말라테스타와 그의
장남 말라테스티노(〈늙은 사냥개와 젊은 사냥개〉)는 리미니 기벨리니파의 우
두머리 몬타냐Montagna를 몰아내고 권력을 장악하였다.

여전히 송곳 같은 이빨을 드러내고 있소.   48

라모네와 산테르노의 도시들[13]은
여름에서 겨울 사이에 당파를 바꾸는
흰 보금자리의 새끼 사자[14]가 이끌고,   51

사비오강이 옆구리를 적시는 도시[15]는
산과 들판 사이에 자리 잡고 있듯이
폭정과 자유 사이에서 살고 있지요.   54

이제 그대가 누구인지 말해 주기 바라오.
그대 이름이 세상에서 지속되기 바란다면,
다른 자들[16]보다 강하게 거부하지 마오.」   57

불꽃은 으레 그렇듯이 잠시 동안
뾰족한 끄트머리를 이쪽저쪽으로
흔들더니 이러한 한숨을 토해 냈다.   60

13   라모네Lamone강 가의 파엔차Faenza와, 산테르노Santerno 호숫가의
도시 이몰라Imola를 가리킨다.
14   마기나르도 파가니Maghinardo Pagani의 문장으로 하얀 바탕에 파란
사자가 그려져 있다. 여름에서 겨울 사이에 당파를 바꾼다는 것은 상황에 따라
자주 정치적 입장을 바꾸었다는 뜻이다.
15   사비오Savio강 가의 도시 체세나Cesena.
16   지옥에서 단테가 질문했던 다른 영혼들을 가리킨다.

「만약에 세상으로 돌아갈 사람에게
내가 대답해야 한다는 것을 알았다면,
이 불꽃은 흔들리지 않았을 것이오.[17]   63

그렇지만 이 깊은 바닥에서 아무도
살아 나가지 못했으니, 그게 사실이라면
치욕을 두려워 않고 그대에게 대답하리다.   66

나는 군인이었다가 수도자[18]가 되었는데
허리를 묶으면 속죄하리라 믿었기 때문이오.
만약 그 저주받을 높은 사제[19]가 없었다면,   69

내 믿음은 분명 완전히 실현되었을 텐데!
그는 나를 예전의 죄악으로 몰아넣었으니
어떻게 또 왜 그랬는지 들어 보기 바라오.   72

어머니가 주신 뼈와 살의 형체를
아직 지니고 있던 동안 내 행실은
사자보다 오히려 여우의 짓이었지요.[20]   75

17 아예 말을 꺼내지도 않았을 것이다.
18 원문에는 *cordigliero*, 즉 〈끈을 묶은 자〉로 되어 있다. 프란치스코 수도
회의 수도자들은 끈을 허리에 묶고 다니기 때문에 그렇게 불렸다. 귀도는
1297년 프란치스코 수도회에 들어갔다가 1298년에 사망하였다.
19 교황 보니파키우스 8세를 가리킨다.

나는 온갖 기만과 술책들을 알았고
그 기술들을 능숙하게 사용하였으니
땅 끝까지 소문이 퍼졌답니다.   78

각자 자신의 돛을 내리고 밧줄들을
사려 감아야 하는 그러한 나이에
내가 마침내 이르렀음을 알았을 때,   81

전에는 즐겁던 것이 이제는 싫어져
나는 참회하고 고백을 하였으니, 아,
불쌍한 신세여! 구원받을 수 있었을 텐데.   84

그 새로운 바리사이 사람들의 왕[21]은
라테라노[22]에서 전쟁을 하고 있었으니,
사라센이나 유대인들과의 전쟁이 아니라   87

바로 그리스도인들이 그의 적이었고
아크레[23]를 정복하는 것도, 술탄의
땅에서 장사꾼을 치는 것도 아니었소.   90

20   사자의 용맹보다 여우의 간교한 술책들에 능통하였다는 뜻이다.
21   교황 보니파키우스 8세.
22   Laterano. 로마에 있는 궁전으로 당시 교황의 거처였는데, 콘스탄티누
스 황제가 교황 실베스테르 1세에게 선사하였고, 오늘날까지 로마 주교좌성당
으로 사용되고 있다.

최고의 직분이나 성스러운 임무도

돌보지 않았고, 허리를 야위게 하는

끈[24]이 나에게 묶인 것도 존중하지 않았소.   93

콘스탄티누스가 소라테산의 실베스테르에게

문둥병을 낫게 해달라고 부탁하였듯이,[25]

그자는 내가 의사인 것처럼 찾아와서   96

자기 오만의 열병을 낫게 해달라고

나에게 충고를 구했지만, 그의 말이

거만하게 보였기에 나는 침묵했지요.   99

23 아크레Acre(현재의 아코)는 예루살렘 북서부의 작은 도시로 십자군
원정 후 그리스도교 진영의 마지막 보루였으며, 1291년 이슬람 진영에 의해
점령당함으로써 2세기에 걸친 십자군 전쟁은 종지부를 찍게 되었다.

24 프란치스코회 수도자들은 가난과 청빈의 삶을 실천하며, 따라서 허리
에 묶는 끈은 청빈을 상징한다.

25 중세의 전설에 의하면, 그리스도교를 박해하던 로마 황제 콘스탄티누
스는 나병에 걸렸는데, 아이들의 피로 목욕하면 낫는다는 말을 듣고 그렇게 하
려고 했다. 그러나 아이어머니들의 애절한 울부짖음에 차라리 자신이 죽으려
고 결심했다. 그때 베드로와 바오로가 꿈에 나타나 교황 실베스테르 1세를 찾
아가라고 하였다. 교황 실베스테르는 박해를 피해 소라테Soratte산에 숨어 있
었는데, 황제가 찾아오자 나병을 낫게 해주고 세례를 주었으며, 황제는 그리스
도교를 공인하고 재물을 바쳤다고 한다.(「지옥」 19곡 115~117행 참조) 『제정
론De monarchia』 3권 10장 1절에서 단테는 〈황제 콘스탄티누스가 그 당시 교
황 실베스테르의 전구(傳求)를 힘입어 나병에서 깨끗해진 다음에, 제국의 수도
즉 로마를 제권의 수많은 품위들과 더불어 교회에 증여하였다〉(성염 옮김, 『제
정론』, 철학과현실사, 1997, 205면)고 주장한다.

그러자 그가 말했소. 〈두려워하지 마라.
네 죄를 사면하니, 팔레스트리나[26]를
어떻게 땅에 내동댕이칠지 가르쳐 다오.   102

나는 하늘을 열고 닫을 수 있다는 것을
너도 알 것이며, 그 열쇠[27]는 두 개인데,
내 선임자[28]는 소중히 간직하지 않았지.〉   105

그 권위 있는 논리는 나를 부추겼고,
나는 침묵이 더 나쁘리라 생각하여
말했지요. 〈아버지, 제가 곧 떨어질   108

죄악으로부터 저를 사면해 주시니,
약속은 길게, 이행은 짧게 하시면[29]
높은 보좌에서 꼭 승리하실 것입니다.〉   111

26 Palestrina(당시의 이름은 페네스트리노Penestrino). 로마 동쪽의 소
읍으로 보니파키우스 8세와 대립하던 콜론나 가문의 본거지였다.

27 교황에게 맡긴 하늘나라 열쇠.

28 1294년 교황의 자리에서 스스로 물러난 카일레스티누스 5세.

29 많은 약속을 하고 그 이행을 늦추거나 하지 않는 것을 뜻한다. 보니파
키우스 8세는 교황에 선출될 때부터 로마의 유력한 콜론나 가문과 대립하여
그들을 무력화하려고 했는데, 결국 최후 거점인 팔레스트리나를 함락하여 굴
복시켰다. 이 과정에서 속임수로 많은 약속만 하였다는 것인데, 그것은 아마
날조된 이야기일 것으로 추정된다.

나중에 내가 죽었을 때 프란치스코[30]께서
나를 위해 오셨지만, 검은 천사[31] 하나가
말했지요. 〈데려가지 마오, 그건 부당하오.   114

이놈은 속임수 충고를 했기 때문에
아래로 내 부하들에게 내려가야 하오.
그때부터 내가 이놈 머리채를 잡고 있소.   117

뉘우치지 않는 자는 죄를 벗을 수 없고,
뉘우치면서 동시에 원할 수 없으니[32]
그런 모순은 허용되지 않기 때문이오.〉   120

아, 괴로운 몸이여! 그놈이 나를 붙잡고
〈너는 내가 논리가임을 생각 못했겠지〉
하고 말했을 때, 나는 얼마나 떨었던가.   123

나는 미노스에게 끌려갔고, 그는 등 뒤로

---

30   아시시 출신 프란치스코 성인(1182~1226)을 가리킨다(이탈리아어 이름은 〈프란체스코〉이지만 관용에 따라 〈프란치스코〉로 옮긴다). 부유한 상인의 아들로 태어나 청년기의 방탕한 생활을 버리고 그리스도의 정신을 이어받아 가난과 사랑을 실천하는 수도회를 창설하였다. 그가 프란치스코회 수도자였던 귀도를 천국으로 데려가기 위해 왔다는 것이다.
31   지옥의 악마.
32   죄를 뉘우치면서 동시에 그 죄를 저지르고자 원하는 것은 불가능하기 때문이다.

꼬리를 여덟 번 단단히 휘감고 아주
화가 난 듯 꼬리를 물면서 말하더군요.   126

〈이놈은 도둑 불꽃의 죄인이로군.〉
그래서 보다시피 이곳에 떨어졌고
이런 옷[33]을 입고 고통받고 있답니다.」   129

그가 그렇게 자기 말을 마쳤을 때
불꽃은 뾰족한 끄트머리를 비틀면서
몸부림을 치더니 이내 떠나 버렸다.   132

나와 나의 길잡이는 돌다리를 넘어가
마침내 다음 활꼴 다리에 이르렀는데,
그 아래의 구렁에서는 분열시키는   135

죄를 지은 자들이 대가를 치르고 있었다.

33 불꽃의 옷.

제28곡

아홉째 구렁에서 단테는 종교나 정치에서 불화의 씨앗을 뿌린 자들의 영혼을 본다. 그들은 신체의 여러 곳이 갈라지는 형벌을 받고 있다. 처참한 형상으로 찢어진 무함마드의 영혼이 단테에게 말한다. 그리고 메디치나 사람 피에르가 다른 영혼들을 소개하고, 보른의 베르트랑은 자신의 잘린 머리를 등불처럼 들고 있는 소름 끼치는 모습으로 이야기한다.

아무리 쉽게 풀어 쓴 말로 여러 번

반복해도 방금 내가 본 피와 상처를

그 누가 충분히 이야기할 수 있을까?   3

분명 어떠한 언어도 부족할 것이니,

우리의 말과 정신은 많은 것을

이해하기에는 충분하지 않기 때문이다.   6

예전에 풀리아[1]의 행복한 땅에서

트로이아 사람들[2]을 위해, 그리고

---

1 풀리아Puglia는 이탈리아 남부의 지방인데, 여기에서는 나폴리 왕국 전체를 가리킨다. 〈행복한 땅〉이란 이탈리아에서 가장 아름답고 아늑한 땅이었다는 뜻이다. 하지만 그 때문에 역설적으로 그곳을 차지하기 위한 싸움과 전쟁이 끊이지 않았다.

2 트로이아 전쟁 후 이탈리아로 건너간 아이네아스와 그의 동료들의 후손, 즉 로마인들을 가리킨다.

틀리지 않는 리비우스[3]가 썼듯이,   9

엄청나게 많은 반지들을 노획했던
기나긴 전쟁[4]을 위해 고통의 피를
흘렸던 사람들을 모두 모은다 해도,   12

또 로베르토 귀스카르도[5]를 막으려고
고통스러운 타격을 입었던 사람들과,
모든 풀리아인들이 배신한 체프라노[6]와   15

늙은 알라르도[7]가 무기 없이 승리했던

---

3   Titus Livius(B.C. 59~A.D. 17). 로마의 역사가로 『로마사*Ab Urbe Condita*』를 남겼다.

4   제2차 포이니 전쟁(B.C. 218~B.C. 201)을 가리킨다. 카르타고의 탁월한 장군 한니발은 풀리아 지방의 칸나이 전투에서 로마군을 대패시켰는데, 죽은 로마 병사들의 금반지들을 모으니 여러 자루가 되었다고 한다.

5   Roberto Guiscardo. 노르만 계열 가문 출신 공작으로 11세기 중엽 이탈리아 남부의 여러 지역을 차지하기 위해 공격하였고, 그를 저지하기 위한 싸움에서 많은 사람이 죽었다.

6   Ceprano. 교황령과 나폴리 왕국 사이의 전략상 중요한 지점이었다. 1266년 프랑스 왕 루이 9세의 동생 카를로 단조 1세(「지옥」 19곡 98행 참조)가 나폴리 왕국을 공격하였을 때, 풀리아 귀족들은 당시의 왕 만프레디(「연옥」 3곡 112행 이하 참조)를 배반하고 그곳을 적에게 넘겨주었다. 그 결과 베네벤토 전투에서 만프레디왕이 사망하였고 전사자는 8천 명이 넘었다고 한다. 그러니까 체프라노에서 전투는 없었는데, 단테는 아마 이 베네벤토 전투를 염두에 두었던 것 같다.

7   Alardo. 프랑스 출신 용병 대장으로 프랑스어 이름은 에라르 드 발레리 Erard de Valéry(1220?~1277)이다. 그는 만프레디왕이 죽은 뒤 카를로 단조

탈리아코초에 아직 유골들이 남아 있는
사람들을 모두 한곳에 모은다 해도,   18

그리하여 더러는 찢기고 더러는 잘린
사지들을 보여 준다 해도, 아홉째 구렁의
그 징그러운 형상과는 비길 수 없으리라.   21

나는 턱에서 방귀 뀌는 곳까지 찢긴
한 사람을 보았는데, 바닥이 부서져 터진
나무통도 그렇게 망가지지는 않았으리라.   24

다리 사이로는 창자가 늘어져 있었으며
오장(五臟)이 드러나 보였고, 집어삼킨 것을
똥으로 만드는 처량한 주머니[8]도 보였다.   27

내가 뚫어지게 바라보고 있는 동안 그는
나를 보고 두 손으로 가슴을 열어젖히며
말했다. 「자, 찢어진 내 모습을 보아라!   30

무함마드[9]가 어떻게 망가졌는지 보라!

1세에게 탈리아코초Tagliacozzo에서 만프레디의 어린 아들 코라디노(「연옥」
20곡 68행 참조)의 군대를 격파하도록 충고와 도움을 주었다.
  8 위(胃)를 가리킨다.
  9 영어식 표현으로는 마호메트. 이슬람교의 창시자로 570년경 아랍의 메

내 앞에 알리[10]가 울며 가는데 얼굴이
턱에서 이마 머리털까지 쪼개져 있다.   33

네가 여기서 보는 모든 자들은 살아서
분열과 불화의 씨를 뿌린 자들이었고
그렇기 때문에 이렇게 찢어져 있노라.   36

여기 우리 뒤에는 악마 한 놈이 있어
우리가 고통의 길을 한 바퀴 돌면
이 무리의 모든 자를 칼날로 다시   39

이렇듯 잔인하게 쪼개 놓으니,
그놈 앞에 도달하기 전에 다시
상처가 아물어 버리기 때문이다.   42

그런데 돌다리 위에서 머뭇거리는 너는
누구냐? 혹시 위에서 네 죄로 심판된
형벌로 가는 것을 늦추려는 것이냐?」   45

카에서 태어나 632년 메디나에서 사망하였다. 단테는 그를 그리스도교의 분열
을 조장한 자로 보았기 때문에 이곳에 배치하고 있다.

10   Ali ibn Abi Talib(600?~661). 무함마드의 사촌이자 동시에 그의 딸과
결혼하여 사위가 되었으며, 무함마드가 죽은 후 이슬람교의 제4대 칼리프가
되었다.

스승님이 대답하셨다. 「이자에게 죽음이
이른 것도 아니고 죄가 이끄는 것도
아니며, 그에게 충분한 경험을 주기 위해   48

이미 죽은 내가 둘레에서 둘레[11]를 거쳐
그를 이 아래 지옥으로 안내해야 하니
내가 그대에게 말하는 것은 진실이다.」   51

그 말을 듣고 백 명도 넘는 영혼들이
깜짝 놀라 아픈 고통도 잊어버리고
구렁 속에서 멈추어 나를 바라보았다.   54

「그럼 머지않아 태양을 보거든, 돌치노
수사[12]에게 전해라. 만약 당장 내 뒤를
쫓아오고 싶지 않다면, 식량을 단단히   57

준비하라고. 부족한 식량만 아니라면,

11 지옥의 여러 원들을 가리킨다.
12 fra' Dolcino(1250?~1307). 본명은 돌치노 토르니엘리Tornielli로 소
위 〈사도적 수도회〉의 창설자. 스승인 파르마 사람 세가렐리가 이단자로 처형
되자 그는 자신이 그리스도의 진정한 사도이며 예언자라고 사람들을 선동하
였고, 재산과 여자의 공유를 주장하였다. 가톨릭교회와 대립하던 그는 1306년
5천여 명의 신도들과 함께 제벨로산 속으로 들어갔고, 교황 클레멘스 5세의
군대와 싸우다가 1307년 3월 식량 부족과 쌓인 눈 때문에 항복하였고, 많은 신
도들과 함께 화형당하였다.

달리 이기지 못할 노바라[13]인들에게
쌓인 눈이 승리를 안겨 주지 않을 테니까.」   60

무함마드는 떠나려고 한쪽 발을
쳐들고 나에게 이런 말을 한 다음에야
그 발을 땅바닥에 내딛고 떠났다.   63

다른 한 영혼은 목에 구멍이 뚫렸고,
코는 눈썹 아래까지 잘려 나갔으며
귀는 단지 한쪽밖에 없었는데,   66

다른 자들과 함께 놀라서 바라보더니
온통 시뻘겋게 피로 물든 목구멍을
열고 다른 자들보다 먼저 말했다.   69

「오, 죄의 형벌을 받지 않는 그대여,
너무 닮아 내가 속은 게 아니라면 나는
저 위 라틴 땅에서 그대를 보았소.   72

만약 돌아가 베르첼리에서 마르카보까지
펼쳐진 아름다운 평원[14]을 보게 되면,

---

13   Novara. 이탈리아 북서부 알프스 근처의 도시로, 여기에서는 돌치노 무리를 토벌하기 위한 교황 군대에 참가했던 노바라 사람들을 지칭한다.

메디치나 사람 피에르[15]를 기억해 주오.　　　　　　75

그리고 파노[16]의 훌륭한 두 사람,

귀도와 안졸렐로[17]에게 알려 주오.

만약 우리의 예견이 헛되지 않다면,　　　　　　78

흉악한 폭군의 배반으로 인해

그들은 자신들의 배에서 내던져져

카톨리카[18] 근처에서 익사할 것이라고.　　　　81

넵투누스[19]도 키프로스와 마요르카섬

사이[20]에서 아르고스 사람들[21]이나

14　이탈리아 북부 포강 유역에 펼쳐진 파다니아Padania 평원. 베르첼리 Vercelli는 포강의 상류인 피에몬테 지방의 도시이고, 마르카보Marcabò는 하류의 어귀에 있는 성이다.

15　Pier da Medicina. 그에 대해서는 별로 알려진 바 없으나, 로마냐 지방의 영주들 사이에 이간질을 붙였던 자로 짐작된다. 메디치나는 볼로냐와 이몰라Imola 사이의 작은 도시이다.

16　Fano. 리미니 남쪽의 해안에 위치한 작은 도시이다.

17　카세로 가문의 귀도Guido와 카리냐노 가문의 안졸렐로Angiolello. 두 사람 모두 파노의 귀족이었다. 1312년 리미니의 영주 말라테스티노(79행의 〈흉악한 폭군〉)는 파노를 지배하기 위해 두 사람을 회담에 초청하였고, 이에 두 사람은 배를 타고 가던 중 속임수에 넘어가 바다에 빠져 죽었다.

18　Cattolica. 리미니와 파노 사이의 조그마한 해안 도시이다.

19　그리스 신화의 포세이돈. 바다의 신으로 여기서는 지중해를 가리킨다.

20　키프로스는 지중해 동쪽의 섬이고, 마요르카는 서쪽 끝의 섬이다. 따라서 지중해 전체를 가리킨다.

해적에게서 그렇게 큰 범죄는 못 보았으리.   84

한쪽 눈으로만 보는 그 배신자,[22]
여기 함께 있는 자[23]가 두 번 다시
보고 싶지 않은 땅을 차지한 그놈은   87

그들이 회담에 오도록 만든 다음
포카라[24]의 바람 앞에서 기도나
맹세를 할 필요도 없게 만들 것이오.」   90

나는 말했다. 「그대에 대한 이야기를
세상에 전하기 원한다면, 그 땅을
보기 싫어하는 자가 누구인지 보여 주오.」   93

그러자 그는 한 동료의 턱에 손을

21   아르고스는 펠로폰네소스반도 북동부의 지명으로 여기에서는 넓은
의미로 그리스 사람들을 가리킨다. 베르길리우스에 의하면 고대 그리스인들
은 광폭하고 잔인했다고 한다.

22   말라테스티노(「지옥」 27곡 46행 이하 참조)는 태어날 때부터 애꾸눈
이었다고 한다.

23   96행 이하에 나오는 로마의 호민관 쿠리오. 그가 다시 보고 싶지 않은
땅이란 리미니를 가리키는데, 바로 그곳에서 카이사르를 부추겼기 때문이다.

24   Focara. 파노와 카톨리카 사이의 낮은 산으로 이 근처는 항해하기에
무척 위험한 곳이어서 뱃사람들은 지나갈 때마다 기도를 올렸다고 한다. 두 사
람은 그곳에 도달하기 전에 살해될 것이기 때문에 기도를 할 수도 없다는 뜻
이다.

대더니 입을 열어젖히며 말했다.

「바로 이자[25]인데 말을 못하지요.   96

이 쫓겨난 자는 준비된 상태에서

기다리면 언제나 손해라고 주장하여,

카이사르의 망설임을 사라지게 했지요.」   99

아, 그토록 대담하게 말하던 쿠리오가

목구멍 속에서 혓바닥이 잘린 채

얼마나 당황해하는 모습이었던가!   102

다른 한 명은 양손이 모두 잘렸는데,

뭉툭한 팔을 어두운 대기 속에 쳐들고

떨어지는 피로 얼굴을 적시며 소리쳤다.   105

「그리고 이 모스카[26]도 기억해 다오!

25 쿠리오Gaius Scribonius Curio(B.C. 90~B.C. 49). 로마의 정치가로
호민관이었던 그는 폼페이우스와 원로원파가 장악하고 있던 로마에서 몰래
빠져나왔으며(그래서 〈쫓겨난 자〉라 부른다), 리미니 근처의 루비콘Rubicon
강(이탈리아어로는 루비코네Rubicone)에서 망설이는 카이사르를 설득하여
강을 건너게 했다고 한다.(루카누스, 「파르살리아」, 1권 261행 이하 참조) 결
국 카이사르는 폼페이우스를 치고 로마의 권력을 장악하였다.

26 람베르티 가문의 모스카Mosca. 단테는 그를 피렌체 정쟁의 원인으로
보았는데 그 연원은 이렇다. 궬피파였던 부온델몬티 가문의 부온델몬
테Buondelmonte(「천국」 16곡 134행 참조)는 기벨리니파 아미데이Amidei 가
문의 처녀와 약혼하였으나 파혼하고 다른 여자와 결혼하였다. 모욕을 당한 아

〈다 된 일은 돌이킬 수 없다〉고 한 말은
토스카나 사람들에게 악의 씨가 되었지.」   108

나는 덧붙였다. 「네 집안도 죽었지.」[27]
그러자 그는 고통에 고통이 겹쳐
마치 미친 사람처럼 이내 가버렸다.   111

나는 남아서 무리를 바라보았는데,
순수하다고 느끼는 갑옷 아래에서
사람에게 용기를 주는 좋은 친구인   114

양심이 나를 보살피지 않는다면,
아무 증거도 없이 단지 말로만
묘사하기에는 두려운 것을 보았다.   117

분명히 나는 보았고 지금도 보는 듯하다,
머리가 없는 몸통이 그 사악한 무리의
다른 자들처럼 걸어가고 있는 모습을.   120

미데이 가문은 인척 가문들과 함께 회의를 열었는데, 그 자리에서 모스카는 강
경한 발언으로 선동하여 부온델몬테를 살해하였다. 그 결과 다른 복수들이 잇
따랐고, 피렌체 전체가 궬피와 기벨리니로 나뉘어 싸우게 되었다는 것이다.
  27 람베르티 가문도 1258년에 피렌체에서 쫓겨났고, 1268년에는 남녀노
소 구별 없이 모두 반역자로 선고되었다.

그는 잘린 머리의 머리채를 손으로
잡아 마치 등불처럼 쳐들고 우리를
바라보면서 말했다. 「오, 나를 보라!」   123

자신의 몸으로 자기 등불을 만든 그는
하나면서 둘이요, 둘이면서 하나였으니,
어떻게 그러한지는 처벌자[28]만이 아시리.   126

그는 돌다리 바로 아래에 이르렀을 때
자기 말을 우리에게 가까이 들이대고자
머리를 든 팔을 한껏 쳐들고 말했다.   129

「자, 이 고통스러운 형벌을 보아라.
숨 쉬며 죽은 자들을 방문하는 그대여,
이보다 더 큰 형벌이 있는가 보아라.   132

그대 내 이야기를 전하려거든, 나는
젊은 왕에게 사악한 충고를 했던
보른의 베르트랑[29]임을 알아 다오.   135

---

28 하느님.

29 Bertran de Born. 그는 12세기 후반 프랑스 남부 지방 페리고르의 귀
족이자 오트포르성의 영주였고, 프로방스 문학의 대표적 시인이었다. 당시 아
키텐 공작을 겸하고 있던 영국 왕 헨리 2세의 신하로 장남 헨리 3세(〈젊은 왕〉)
에게 아버지를 모반하도록 교사하였다.

나는 아버지와 아들이 서로 싸우게

했으니, 아히토펠[30]이 악한 간언으로

다윗과 압살롬을 이간질한 것 이상이오.   138

결속된 사람들을 그렇게 갈라놓았으니,

아, 불쌍하구나! 몸통의 근원에서

떨어진 이 내 머리를 들고 다니노라.   141

내게는 동태복수법(同態復讐法)[31]이 이렇게 나타난다.」

---

30 그는 원래 다윗의 고문이었으나, 다윗의 아들 압살롬을 교사하여 아버지와 싸우도록 하였다. 그는 자신의 계략이 이루어지지 않자 목을 매 자살하였다.(「사무엘기 하권」15장 12절 이하 참조)

31 동태복수법(同態復讐法)(이탈리아로는 〈콘트라파소 contrapasso〉)은 지은 죄와 똑같은 고통을 받도록 처벌하는 방식을 가리키는데, 『신곡』에서는 죄의 성격과 형벌의 양상까지 일치하는 것을 가리킨다. 가령 분열과 불화를 초래한 죄인은 신체가 쪼개지는 형벌을 받는다. 원래 아리스토텔레스의 용어를 스콜라 학자들이 번역하여 사용하였다고 한다. 이러한 처벌 방식은 「탈출기」 21장 24절, 「레위기」 24장 17~21절, 「신명기」 19장 21절, 「마태오 복음서」 7장 2절 등에서도 언급된다.

제29곡

단테는 아홉째 구렁을 떠나 마지막 열째 구렁으로 간다. 그곳에는 온갖 수단으로 다른 사람들을 속이거나 화폐를 위조한 자들이 역겹고 악취 나는 질병에 시달리는 벌을 받고 있다. 그들 중에서 연금술로 사람들을 속인 두 영혼이 단테에게 이야기한다.

그 수많은 사람들과 갖가지 상처들이
내 눈빛을 취하게 만들었기에 나는
멈추어 울고 싶은 마음이 간절하였지만,　　　　3

베르길리우스께서 말하셨다. 「무엇을 보느냐?
무엇 때문에 네 눈은 저 아래 잘린
사악한 영혼들을 오래 바라보느냐?　　　　6

너는 다른 구렁에서는 그러지 않았다.[1]
저들을 일일이 살펴보려면, 이 골짜기
둘레가 22마일임을 생각하여라.[2]　　　　9

1　그렇게 오래 지체하지 않았다는 뜻이다.
2　아홉째 구렁의 둘레가 22마일이라는 뜻인데, 이것을 토대로 단테가 묘사하는 지옥의 크기와 규모를 계산하려는 시도들이 있었으나 이것만으로는 충분하게 알 수 없다.

달은 벌써 우리의 발아래 있는데
허용된 시간은 얼마 남지 않았고[3]
너는 아직 못 본 것들도 보아야 한다.」   12

나는 곧바로 말했다. 「스승님께 왜 그렇게
제가 바라보고 있었는지 이유를 아신다면,
아마 더 머무르게 허락하셨을 것입니다.」   15

길잡이께서 가는 동안 나는 그 뒤를
따라가면서 그렇게 대답했으며
덧붙여서 말했다. 「저 구렁 안에   18

제가 그렇게 응시하던 곳에서는
제 혈육의 한 영혼[4]이 그 아래에서
비싼 대가를 치르고 있는 것 같았습니다.」   21

3 현재 달은 예루살렘의 대척 지점(〈우리의 발아래〉)인 연옥의 산 중천에
떠 있다는 뜻이다. 〈어젯밤〉에 달은 보름달이었으므로(「지옥」 20곡 127행 참
조) 지금 예루살렘의 시간은 대략 오후 1시경이다. 두 시인은 전날 금요일 저
녁 무렵 여행을 시작했으니 대략 19시간 정도 흘렀으며, 만 하루로 예정된 지
옥 여행은 앞으로 대여섯 시간 정도 남아 있다. 하지만 연옥의 입구에 도착하
는 것은 일요일 새벽이므로, 날짜로는 3일 동안에 걸쳐 있다. 〈어두운 숲〉에서
길을 잃고 헤매는 날 밤, 즉 목요일 밤까지 포함하면 4일 동안이 된다.
4 뒤에 이름이 나오는 제리 델 벨로Geri del Bello. 단테의 아저씨뻘 되는
인물로 호전적인 성격이었으며 사케티 가문에 의해 살해되었는데, 그 결과 두
가문 사이에 지루한 복수들이 이어졌다.

그러자 스승님이 말하셨다. 「이제부터는
그에 대한 생각으로 어지러워 마라.
그냥 내버려 두고 다른 자를 보아라.   24

나는 돌다리 아래에서 그자를 보았고
제리 델 벨로라고 부르는 것을 들었는데,
너를 손가락질하며 강하게 위협하더구나.   27

그때 너는 예전에 오트포르를 장악했던
영혼[5]에게 완전히 정신이 팔려 있어서
그쪽을 보지 않았고, 그자는 가버렸지.」   30

나는 말했다. 「오, 나의 안내자시여, 그
치욕을 함께 나눈 어떤 친척도 아직
자신의 참혹한 죽음을 복수하지 않았기에,   33

경멸감으로 저에게 말도 않고
그냥 가버렸던 것으로 생각되며,[6]
그래서 제 마음이 더욱 아픕니다.」   36

---

5 앞의 28곡에 나오는 보른의 베르트랑.
6 제리 델 벨로는 살해당한 치욕에 대해 가족의 누구도 아직 복수하지 않
았기 때문에 단테에게 위협적인 태도를 보였다는 것이다.

그렇게 이야기하며 우리는 다음 구렁이
보이는 돌다리의 어귀에 도착했는데,
빛이 있었더라면 더 잘 보였을 것이다.   39

우리는 말레볼제의 마지막 수도원[7] 위에
도착하였고, 그래서 그곳의 수도자들이
우리의 눈앞에 모습을 드러냈는데,   42

그들은 수많은 통곡의 화살들을 나에게
쏘아 그 상처가 연민으로 물들었고,
나는 손으로 양쪽 귀를 틀어막았다.   45

7월과 9월 사이 발디키아나와 마렘마,
사르데냐[8]의 병원들에 있는 온갖
전염병들과 모든 고통을 한꺼번에   48

모아 한 구덩이에 몰아넣은 것처럼,
그곳이 그랬으니 거기서 나오는 악취는
썩은 육체에서 나오는 것 같았다.   51

7 말레볼제의 마지막 열째 구렁인데, 〈폐쇄된 장소〉라는 뜻에서 그렇게
부르고 있다.
8 아레초 남쪽의 계곡 발디키아나Valdichiana와 마렘마, 사르데냐 세 곳
은 모두 여름철이 되면 저지대에 늪이 형성되면서 강한 독기와 함께 여러 가지
질병을 일으키는 곳으로 유명하였다.

우리는 긴 돌다리의 마지막 기슭에서
내려섰고 또다시 왼쪽으로 돌았다.
그러자 내 시선은 저 아래 바닥까지   54

생생하게 닿았는데, 그곳에서는 높으신
주님의 사자, 오류 없는 정의가 여기
기록된 위조자들을 처벌하고 있었다.   57

아이기나[9]의 모든 백성이 병에 걸려
대기는 사악한 독기들로 가득 차고
모든 동물들과 조그마한 벌레들까지   60

모두 쓰러졌으며, 시인들이 분명하게
말하듯이, 나중에 개미들의 씨앗에서
옛날 사람들이 소생하였다고 하지만,   63

그 어두운 골짜기에서 여러 무리의
괴로워하는 영혼들을 보는 것보다

9 아소포스강의 신과 메토페의 딸. 유피테르는 그녀를 납치하여 나중에
그녀의 이름을 따 아이기나로 불리는 섬으로 데리고 갔다. 이에 질투를 느낀
유노(그리스 신화에서는 헤라)는 그 섬에 질병이 창궐케 하여 모든 사람들과
가축들을 죽이고, 아이기나와 유피테르 사이의 아들 아이아코스만 살아남게
하였다. 외로운 아이아코스는 나무 위로 기어오르는 수많은 개미들을 보고 그
만큼 많은 사람들이 있었으면 좋겠다고 기도했다. 그러자 개미들이 사람으로
변하며 섬을 가득 채웠다고 한다.

더 큰 슬픔은 아닐 것이라 믿는다.   66

더러는 배에, 더러는 등에 서로 겹쳐
누워 있었고, 또 어떤 자는 애달픈
오솔길을 엉금엉금 기어가고 있었다.   69

우리는 말없이 천천히 걸음을 옮기며
자기 몸도 제대로 가누지 못하는
환자들을 보았고 고통 소리를 들었다.   72

냄비와 냄비를 서로 기대어 끓이듯이[10]
서로 기대앉은 두 사람을 보았는데,
머리에서 발끝까지 딱지들로 뒤덮여 있었다.   75

마지못해 밤을 새는 마부나, 주인을
기다리는 말꾼 소년도 그렇게 호되게
말빗으로 긁어 내리지 못할 정도로,   78

그들은 각자 어떤 치료도 소용없는
가려움증 환자처럼 아주 난폭하게
제 몸을 손톱으로 쥐어뜯고 있었다.   81

10 냄비 두 개를 서로 떠받치도록 올려놓고 끓이듯이.

그렇게 손톱은 딱지들을 뜯어 냈는데,
잉어나 비늘이 큰 다른 물고기에서
칼로 비늘들을 벗겨 내는 것 같았다.   84

길잡이께서 그들 중 하나에게 말하셨다.
「오, 손가락으로 딱지 갑옷을 벗기고,
손가락을 집게처럼 사용하는 그대여,   87

이 안에 있는 영혼들 중에 혹시 라틴
사람이 있는지, 또 그대 손톱은 영원히
그런 일을 해야 하는지 말해 다오.」   90

하나가 울며 대답했다. 「그대가 보다시피
이렇게 망가진 우리 둘이 라틴 사람이오.
그런데 그렇게 묻는 그대는 누구요?」   93

길잡이께서 말하셨다. 「이 산 사람과 함께 나는
벼랑에서 벼랑으로 내려가는 중인데,
그에게 이 지옥을 보여 주기 위해서요.」   96

그러자 그들 서로의 받침대가 무너졌고,
그 말을 들은 다른 자들과 함께
모두들 떨면서 나에게 몸을 돌렸다.   99

어진 스승님은 나에게 바짝 다가서며
말하셨다. 「하고 싶은 말을 저들에게 해라.」
그분이 원하시는 대로 나는 말을 꺼냈다.   102

「첫 세상[11] 사람들의 마음속에서
그대들에 대한 기억이 사라지지 않고
오랜 세월 동안 남아 있기 원한다면,   105

그대들이 누구이며 어디 출신인지
말해 주오. 그대들의 추하고 역겨운
형벌을 나에게 밝히는 걸 두려워 마오.」   108

그중 하나가 말했다. 「나는 아레초 사람[12]인데,
시에나의 알베로가 나를 불 속에 넣었지만,
내가 죽은 이유로 여기 있는 것은 아니오.[13]   111

사실 나는 장난삼아 그에게 말했지요.
〈나는 공중을 날 수 있어.〉 그러자

11 첫 번째 삶의 세계, 즉 이승 세계.
12 본문에서는 이름이 언급되지 않는 아레초 출신 연금술사 그리폴리
노Griffolino이다. 뒤이어 이야기하듯이 그는 시에나 사람 알베로Albero의 음
모로 1274년 이단 혐의로 화형당하였다.
13 이어서 이야기하듯이 이단죄 때문이 아니라 연금술로 속였기 때문에
열째 구렁에 있다는 것이다.

허영심 많고 멍청한 녀석이 그런   114

기술을 보여 달라고 했는데, 내가 자신을
다이달로스[14]로 만들지 못하자 자기를
아들로 삼은 자를 시켜 나를 불태웠지요.   117

하지만 속임수를 허용치 않는 미노스가
나를 마지막 열째 구렁에 넣은 것은,
세상에서 내가 부리던 연금술 때문이오.」   120

나는 시인에게 말했다. 「시에나 사람처럼
허황한 자들이 이 세상에 있을까요?
프랑스 사람도 그렇지 않을 겁니다!」   123

그러자 그 말을 들은 다른 문둥이[15]가
내 말을 되받아 말했다. 「절제 있게
소비했던 스트리카[16]는 제외하고,[17]   126

14 그는 자신이 만든 미궁 라비린토스에 갇혔을 때, 밀랍과 깃털로 날개를 만들어 어깨에 달고 날아서 탈출하였다.(「지옥」17곡 108행 역주 참조)
15 부스럼 딱지들로 뒤덮인 모습을 이렇게 비유하고 있다.
16 Stricca. 시에나 출신으로 볼로냐의 포데스타를 지낸 조반니 데이 살림베니를 가리키는 것으로 생각된다. 그는 아버지에게서 물려받은 재산을 방탕하게 낭비하였다. 절제 있게 소비했다는 것은 반어적인 표현이다.
17 이것 역시 반어적인 표현이며, 이어서 열거하는 사람들은 사치와 방탕을 일삼던 대표적인 시에나 사람들이었다.

카네이션 씨앗이 뿌리 박은 꽃밭에서
카네이션을 곁들인 풍요로운 요리법을
처음 개발했던 니콜로[18]도 제외하고,   129

포도밭과 숲을 낭비했던 카차 다쉬안,[19]
현명한 지혜를 자랑한 아발리아토[20]가
속한 방탕족의 무리[21]도 제외하시오.   132

하지만 시에나 사람이 싫은 그대 마음에
드는 자를 찾는다면, 나를 잘 보시오.
내 얼굴이 잘 대답해 줄 테니까.   135

나는 연금술로 금속들을 위조하였던
카포키오[22]의 망령임을 알 것이오.

18 Niccolò. 위에서 말한 스트리카의 형제로 그도 사치스러운 생활을 즐겼고, 구운 꿩과 자고(鷓鴣)새에다 카네이션을 곁들인 요리를 처음으로 개발했다고 한다.

19 Caccia d'Ascian. 쉬알렌기 가문 출신으로 방탕한 생활 때문에 소유하고 있던 포도밭과 숲을 팔기도 했다.

20 Abbagliato. 폴카키에리 가문 출신 바르톨로메오의 별명이다. 여러 중요한 공직을 역임했는데, 현명한 지혜를 자랑하였다는 것은 어리석음을 빈정대는 표현이다.

21 원문에는 *brigata*, 즉 〈무리〉로 되어 있는데, 소위 〈스펜데라차*spendereccia*〉라 부르던 〈낭비족〉, 〈방탕족〉 집단이다. 13세기 초 시에나의 젊은이 12명이 조직했고, 부유층 자제였던 그들은 호사스럽고 방탕한 생활을 즐겼다.

22 Capocchio. 연금술사로 1293년 시에나에서 화형당했다.

내가 정확히 보았다면,[23] 기억하시오,

나는 타고난 멋진 원숭이[24]였음을.」

---

23 자신이 단테와 만난 적 있다는 것을 암시한다.
24 원숭이처럼 모방과 흉내에 능통한 위조자였다는 뜻이다.

제30곡

단테는 아직 열째 구렁에 있는데, 미쳐 버린 두 영혼이 다른 병든 영혼들을 괴롭히는 것을 본다. 그들은 변장하여 남을 속였던 영혼들이다. 또한 화폐를 위조한 아다모는 단테와 이야기를 나누다가 곁에 있던 그리스 사람 시논과 싸운다. 싸움 구경을 하던 단테는 베르길리우스의 꾸중을 듣는다.

유노가 세멜레[1] 때문에 테바이의

혈족에 대하여 품고 있던 분노를

하나하나 드러내고 있던 시절에,   3

아타마스[2]는 완전히 미치광이가 되어

자기 아내가 양팔에 각각 두 아들을

안고 가는 것을 보고 소리쳤다.   6

1   고전 신화에서 카드모스와 하르모니아의 딸이자 바쿠스의 어머니이다. 유피테르는 인간으로 변신하여 그녀를 유혹하였고, 이에 화가 난 유노는 세멜레에게 유피테르의 원래 모습을 보도록 꼬드겼고, 결국 세멜레는 유피테르의 번개 앞에 불타 죽었다. 죽기 직전에 유피테르와의 사이에서 잉태된 아기가 배 속에 있었는데, 유피테르는 자신의 허벅지 살을 가르고 그 안에 아기를 감추었고, 그렇게 태어난 아들이 바쿠스이다. 유노의 분노는 여기에서 멈추지 않고 카드모스의 다른 후손들에게도 표출되었다.
2   세멜레의 자매 이노의 남편이다. 이노와의 사이에 두 아들 레아르코스와 멜리케르테스를 두었는데, 유노의 복수로 미쳐 버린 그는 레아르코스를 내동댕이쳐 죽였다. 그러자 이노는 멜리케르테스와 함께 바다로 몸을 던져 죽었다. (『변신 이야기』 4권 512행 이하 참조)

「그물을 치자꾸나. 내가 길목에서
암사자와 새끼 사자들을 잡아야겠다.」
그러고는 무자비한 손아귀를 뻗쳐   9

레아르코스라는 이름의 한 아들을 잡아
휘두르다 바위에 내동댕이쳤고, 아내는
다른 아들과 함께 바다에 빠져 죽었다.   12

또 모든 것에 대담한 트로이아 사람들의
오만함을 운명이 아래로 거꾸러뜨려
그 왕국과 함께 왕[3]이 몰락했을 때,   15

포로가 된 불쌍하고 슬픈 헤카베[4]는
폴릭세네가 죽은 것을 보고, 또 해변에
폴리도로스가 죽어 있는 것을 보고는   18

찢어질 듯 괴로운 심정이 되어
개처럼 울부짖었고, 고통 때문에

3 전쟁 당시 트로이아의 왕이었던 프리아모스. 트로이아가 함락되면서
그도 죽임을 당하였다.
4 프리아모스의 아내로 트로이아가 함락된 후 그녀는 포로가 되어 노예
로 끌려갔다. 그녀의 딸 폴릭세네는 죽은 아킬레스의 영전에 제물로 바쳐졌고,
막내아들 폴리도로스는 시체가 되어 바닷가에 떠내려 왔다. 일설에 의하면 그
녀는 저주를 받아 암캐가 되었다고도 하고, 돌에 맞아 죽어서 개로 변했다고도
한다.

완전히 정신이 나가 미쳐 버렸다.   21

그러나 테바이나 트로이아의 광기가
아무리 잔인하게 짐승들을 찌르고
사람들의 사지를 찢었다고 하더라도,   24

내가 본 벌거벗고 창백한 두 영혼이
우리에서 풀려난 돼지처럼 내달리면서
물어뜯는 것보다 심하지 않았으리라.   27

그중 하나는 카포키오에게 덤벼들어
목덜미를 이빨로 물더니 그의 배가
바위 바닥에 긁히도록 질질 끌고 갔다.   30

남아 있던 아레초 사람[5]이 떨며 말했다.
「저 낯도깨비는 잔니 스키키[6]인데
저리 미쳐서 남들을 해치며 다니지요.」   33

나는 말했다. 「오! 다른 놈[7]이 그대의 등을

5 앞의 29곡에 나오는 그리폴리노.
6 Gianni Schicchi. 카발칸티 가문 출신. 부오소 도나티Buoso
Donati(44행)가 죽자 그의 아들 시모네는 잔니를 꾀어내 자기 아버지처럼 꾸
민 다음 공증인 입회하에 자기에게 유리한 유언장을 만들게 하였다. 그 대가로
잔니는 당시 가장 유명한 암말을 차지하게 되었다.

물어뜯지 않는다면, 그놈이 여기에서
사라지기 전에 누구인지 말해 주시오.」   36

그러자 그는 말했다. 「저것은 파렴치한 미라[8]의
오래된 영혼인데, 올바른 사랑에서
벗어나 자기 아버지의 연인이 되었지요.   39

그녀는 다른 사람의 모습으로 변장하여
대담하게도 제 아비와 죄를 지었는데,
그것은 저기 가는 놈과 마찬가지였지요.[9]   42

그는 가축들 중 최고의 암컷[10]을 얻으려고
자신이 부오소 도나티인 것처럼 위장하여
유언했고, 정식 유언장처럼 꾸몄지요.」   45

내가 주목하고 있던 그 두 명의
미치광이들이 가버린 다음 나는

7 미쳐서 달려온 두 영혼 중 남은 영혼.
8 키프로스섬의 왕 키니라스의 딸로 베누스를 섬기지 않은 벌로 아버지
에게 뜨거운 연정을 품게 되었다. 그리하여 몰래 변장을 하고 아버지의 침실에
들어가 동침하였다. 나중에 그것을 깨달은 왕은 딸을 죽이려 했고, 도망친 그
녀는 방랑하다가 죽어 몰약(沒藥) 나무가 되었다고 한다.(『변신 이야기』 10권
298~502행)
9 둘 다 변장하여 사람들을 속였다는 뜻이다.
10 당시 피렌체 최고의 명마로 꼽히던 도나티 가문의 암말.

눈길을 돌려 다른 죄인들을 보았고,   48

다리가 시작되는 사타구니 아래가 나머지
몸체로부터 잘려 나가 마치 비파[11] 같은
형상으로 된 어느 영혼을 보았다.   51

심한 수종(水腫)으로 인한 악성 체액이
그의 사지를 얼마나 망가뜨렸는지
얼굴은 부어오른 배와 어울리지 않았고,   54

두 입술은 벌어졌는데, 갈증에 시달리는
결핵 환자가 입술 하나는 턱 쪽으로
다른 하나는 위로 쳐든 것 같았다.   57

그는 우리에게 말했다. 「이유는 모르겠지만,
이 고통의 세계에 아무런 벌도 없이
방문한 그대들이여, 장인(匠人) 아다모[12]의   60

비참함을 보고 잘 새겨 두시오. 나는

11 원문에는 *leuto*, 즉 〈류트〉로 되어 있다. 류트는 가장 오래된 현악기 중
하나로 만돌린과 비슷한 모양으로 되어 있으며, 동양에서는 비파로 발전하
였다.
12 maestro Adamo. 어디 출신인지는 분명하지 않다. 그는 로메나의 귀도
백작이 시키는 대로 피렌체의 금화 〈피오리노 *fiorino*〉를 위조했는데, 원래 순

살았을 때 원하는 것을 모두 가졌는데
지금은 처량하다! 물 한 방울을 갈망하다니.   63

카센티노[13]의 푸른 언덕에서 신선하고
부드러운 물줄기를 이루어 저 아래
아르노강으로 흘러가는 개울이 언제나   66

내 눈앞에 어리니, 쓸데없는 것이 아니요.
그 물줄기의 모습은 내 얼굴을 야위게 한
질병보다 훨씬 더 목마르게 하니까요.   69

나를 채찍질하고 있는 엄격한 정의는
내가 죄를 지었던 장소를 이용하여
더욱더 한숨을 내쉬게 만든다오.   72

그곳은 로메나,[14] 내가 세례자로 봉인된
합금[15]을 위조했던 곳인데, 그 때문에

금의 함유도가 24캐럿이 되어야 하는데 21캐럿의 금에다 나머지 3캐럿의 값
싼 금속으로 만들었다. 위조한 양이 너무 많아 피렌체의 재정이 흔들릴 정도였
다고 한다. 그는 나중에 발각되어 화형을 당하였다.

　13　Casentino. 아레초의 북쪽에 있는 계곡의 이름으로 아르노강 상류가
이곳으로 흐른다.

　14　Romena. 카센티노 계곡에 있는 마을.

　15　세례자 요한은 피렌체의 수호성인으로 피오리노 금화에 그의 모습이
새겨져 있다. 뒷면에는 피렌체의 상징인 백합꽃이 새겨져 있다.

나는 저 위에 불탄 육신을 남겨 두었지요.   75

하지만 만약 여기서 귀도나 알레산드로,
그 형제[16]의 사악한 영혼을 본다면 나는
브란다 샘물[17]도 거들떠보지 않으리다.   78

이 주변을 돌아다니는 미친 영혼들의
말이 맞다면, 한 놈은 벌써 여기 있지만
사지가 묶인[18] 나에게 무슨 소용이 있겠소?   81

만약 내가 백 년에 한 치만이라도
갈 수 있도록 조금만 더 가볍다면,
망가진 사람들 사이로 그놈을 찾아   84

나는 벌써 이 오솔길을 떠났을 거요.
비록 둘레는 11마일,[19] 너비는
채 반 마일이 되지 않더라도 말이오.   87

---

16   당시 로메나와 인근 지역은 세 형제인 귀도 백작, 아기놀포 백작, 알레
산드로 백작이 다스리고 있었다.

17   Branda. 시에나의 유명한 샘, 또는 지금은 말라 버린 로메나 근교의 샘
으로 추정된다.

18   하반신이 잘려 나갔기 때문에.

19   아홉째 구렁의 둘레가 22마일이므로(「지옥」 29곡 9행 참조), 이 열째
구렁의 둘레는 정확하게 그 절반에 해당한다.

내가 이런 무리 사이에 있는 것은
그들 때문이니, 나를 꾀어 쇠 찌꺼기
3캐럿의 피오리노를 만들게 했지요.」   90

나는 말했다. 「그대 오른쪽에 서로 붙어 누워
겨울날 젖은 손처럼 김을 내뿜는
저 불쌍한 두 사람은 누구인가요?」   93

그는 대답했다. 「내가 이 낭떠러지 안에
떨어졌을 때부터 저렇게 꼼짝하지 않는데,
아마도 영원히 꼼짝하지 못할 것이오.   96

한 년은 요셉을 모함한 거짓말쟁이[20]고,
다른 놈은 트로이아의 거짓말쟁이 그리스인
시논[21]인데 열병으로 독한 김을 내뿜지요.」   99

그러자 그중 하나[22]가 아마 그렇게
경멸스럽게 지명되어 분통이 터졌는지

---

20 「창세기」 39장 7~23절에 나오는 이집트 사람 포티파르의 아내. 자기
집의 종으로 있던 요셉을 유혹하였으나 넘어가지 않자, 요셉이 자신을 범하려
했다고 거짓말하여 감옥에 갇히게 하였다.

21 트로이아 전쟁 때 그리스군의 병사로 일부러 트로이아 사람들에게 포
로가 되어 목마를 성안으로 끌고 들어가도록 거짓말로 속였다.

22 시논.

주먹으로 그의 퉁퉁 불은 배를 쳤다.   102

그러자 배는 마치 북처럼 울렸고,
장인 아다모는 그에 못지않게
단단한 팔로 그의 얼굴을 갈기면서   105

말하였다. 「이 무거운 사지 때문에
비록 움직일 수는 없지만, 이런 일에는
팔을 자유롭게 움직일 수 있단 말이야.」   108

그러자 그는 말했다. 「네가 불 속에 들어갔을
때는 그렇게 날랜 팔이 아니었는데,
위조할 때는 그보다 훨씬 빨랐지.」   111

수종 환자가 말했다. 「그 점은 네가 진실을 말했다.
하지만 트로이아에서 진실을 요구할 때
네놈은 그렇게 진실한 증인이 아니었지.」   114

시논이 말했다. 「나는 거짓말을 했지만, 너는 돈을
위조했어. 나는 거짓말 하나로 여기 있지만,
너는 어떤 악마보다 더 나쁜 놈이야.」   117

배가 퉁퉁 부어오른 자가 대답했다.

「헛맹세를 한 놈아, 목마를 기억해라.
온 세상이 아는 것을 부끄러워해라!」   120

그리스인이 말했다. 「네 혓바닥을 쪼개는
갈증이나 부끄러워해라! 눈앞을 가리도록
부어오른 배 속에 썩어 있는 더러운 물도!」   123

그러자 위조범이 말했다. 「언제나 나쁜 짓만
일삼는 네 입이나 그렇게 찢어져라.
나는 목마르고 체액(體液)이 날 붓게 만들지만,   126

너는 불에 타서 머리가 고통스럽고,
나르키소스[23]의 거울을 핥기 위해
많은 말을 할 필요도 없겠구나.」   129

그들의 말을 듣는 데 몰두해 있을 때
스승님이 나에게 말하셨다. 「계속 보렴!
그러다 자칫하면 내가 너와 싸우겠구나!」   132

화가 나서 하시는 말을 들었을 때

---

23   고전 신화에 나오는 아름다운 청년으로 님페 에코의 사랑을 거절하고
샘물에 비친 자신의 모습에 도취되어 죽은 후 수선화가 되었다고 한다.(『변신
이야기』 3권 407행 이하) 〈나르키소스의 거울〉이란 물을 가리킨다.

나는 지금 생각해도 어지러울 만큼
부끄러운 마음으로 그분에게 향했다.   135

자신에게 불길한 꿈을 꾸는 사람이
그것이 꿈이기를 갈망하고, 그래서
실제의 일이 사실이 아니기를 바라듯이,   138

내가 그러하였으니 말도 하지 못했고
사죄하고 싶은 마음에 사죄를 했지만
제대로 사죄했다고 생각하지 않는다.   141

스승님이 말하셨다. 「작은 부끄러움이 네가
저지른 것보다 큰 잘못을 씻어 주느니,
이제 모든 후회의 짐을 벗어 버리라.   144

만약 운명에 의해 네가 또다시 그렇게
말다툼하는 사람들 사이에 있게 되면,
언제나 내가 곁에 있다고 생각하여라.   147

그걸 듣고 싶은 것은 천박한 욕망이니까.」

제31곡

여덟째 원을 떠난 단테는 커다란 뿔 나팔 소리를 듣고 멀리서 우뚝 솟은
거대한 거인들의 모습을 본다. 그들은 유피테르에게 대항하여 싸웠던 거
인들, 즉 기가스들로 하반신이 얼어붙은 코키토스 호수에 잠겨 있다. 그
중에서 비교적 너그러운 안타이오스에게 부탁하여 두 시인은 코키토스
호수로 내려간다.

똑같은 혀가 처음에는 나를 깨물어

이쪽저쪽의 뺨을 물들게 만들더니

다음에는 나에게 다시 약을 주었는데,   3

아킬레스와 그 아버지의 창[1]도

그렇게 처음에는 고통을 주지만

나중에는 좋은 약이 되었다고 들었다.   6

우리는 그 처참한 골짜기를 등지고

주위를 둘러싼 둔덕으로 올라가서

아무런 말도 없이 가로질러 갔다.   9

그곳은 밤도 아니고 낮도 아니었기에

---

1 아킬레스가 아버지 펠레우스에게서 물려받은 창에 찔린 상처는 다시
그 창에 찔려야 나을 수 있었다고 한다.(『변신 이야기』13권 171~172행 참조)

내 시선은 거의 앞을 볼 수 없었지만
아주 커다란 뿔 나팔 소리를 들었는데,   12

천둥소리조차 약하게 들릴 정도여서
나는 그 소리가 들려온 쪽을 향해
두 눈을 온통 한 곳으로 집중시켰다.   15

고통스러운 패배 후 카롤루스 마그누스[2]가
성스러운 무사들을 잃었을 때 롤랑[3]도
그토록 무섭게 불지는 않았으리라.   18

그쪽으로 머리를 돌리고 나서 잠시 후
높다란 탑들이 많이 보이는 듯하였기에
나는 물었다. 「스승님, 여기는 어떤 땅입니까?」   21

그분은 대답하셨다. 「네가 어둠 속에서

2 Carolus Magnus(742?~814). 프랑스어 이름은 샤를마뉴Charlemagne. 중세 프랑크족의 왕으로 800년 교황 레오 3세로부터 〈로마인의 황제〉라는 칭호를 받았다. 강력한 지배력과 함께 그리스도교를 널리 전파하였으며 이베리아반도를 점령한 사라센 사람들과 전쟁을 치르기도 하였다. 이 전쟁을 배경으로 한 『롤랑의 노래』는 대표적인 무훈시로 알려져 있는데, 단테는 그 작품의 일화에 대해 언급하고 있다.

3 Roland. 이탈리아어 이름은 오를란도Oralando. 샤를마뉴의 조카이자 무사로 사라센 사람들과의 싸움에서 수많은 공훈을 세웠다. 적들에게 둘러싸였을 때 그는 뿔 나팔을 불어 구원을 요청했다고 한다.

너무나도 멀리까지 시선을 돌리니까,
상상 속에서 혼동을 일으킨 것이다.   24

네가 저기 이르면 감각이란 멀리서
얼마나 쉽게 속는가 알게 되리라.
그러니 좀 더 서둘러 가도록 하자.」   27

그러고는 내 손을 따뜻하게 잡으며
말하셨다. 「우리가 더 나아가기 전에,
사실이 너에게 이상하게 보이지 않도록,   30

저건 탑이 아니라 거인들⁴임을 알아라.
기슭들로 둘러싸인 웅덩이⁵ 안에서
그들은 모두 배꼽 아래까지 잠겨 있다.」   33

마치 안개가 흩어지면서 대기 속의
빽빽한 증기가 감추고 있던 것이
조금씩 눈앞에 모습을 드러내듯이,   36

---

4 크로노스가 아버지 우라노스의 남근을 잘랐을 때 땅에 떨어진 피에서 기가스(복수형은 기간테스)들이 태어났다. 대개 거인으로 번역되는 그들은 유피테르를 비롯한 올림포스 신들에 대항하여 싸움을 벌였다가 패배했다. 여기에서 단테는 기가스들뿐만 아니라 신화나 『성경』에 나오는 다른 일반적인 거인들도 함께 가리킨다.

5 얼어붙은 호수 코키토스. 그 이름은 122행에서 언급된다.

그렇게 무겁고 어두운 대기를 뚫고
기슭을 향해 점점 가까이 다가가자
내 오류는 달아나고 두려움이 커졌다.   39

마치 몬테리조니[6]의 둥근 성벽 위로
탑들이 왕관처럼 늘어서 있듯이,
웅덩이를 둘러싸고 있는 기슭 위로   42

무시무시하게 큰 거인들의 상반신이
탑처럼 솟아 있었고, 하늘의 유피테르는
아직도 천둥소리로 그들을 위협하였다.   45

나는 벌써 그들 중 하나의 얼굴과
어깨와 가슴, 배의 대부분, 그리고
옆구리의 두 팔을 알아볼 수 있었다.   48

자연이 이런 동물들을 만드는 기술을
버리고 마르스에게서 그런 전사들[7]을
빼앗은 것은 분명 잘한 일이었다.   51

6 Monteriggioni. 피렌체 사람들의 공격에 대항하기 위해 1213년 시에나 근교에 세워진 성으로, 원형 성벽 위에는 14개의 망루 탑이 있었다고 한다.
7 전쟁의 기술을 수행하는 자들.

또한 자연은 코끼리와 고래 들에 대해

후회하지 않지만, 자세히 관찰하는 사람은

자연의 신중함과 정당함을 깨달으리라.   54

왜냐하면 사악한 의지와 능력에다

정신의 사고력까지 덧붙여진다면

누구도 방어할 수 없기 때문이다.[8]   57

거인의 얼굴은 로마 산피에트로 성당의

솔방울[9]처럼 크고 길게 보였으며,

다른 골격들도 거기에 비례하였다.   60

그리하여 하반신의 치마를 이루는

기슭 위로도 아주 엄청나게 높이

치솟아 있어 그 머리끝까지 닿으려면   63

프리슬란트 사람 세 명도 어림없었고,[10]

사람의 외투 걸쇠를 채우는 곳[11]에서

8 전쟁을 수행할 줄 알았던 티탄들과는 달리, 코끼리나 고래는 이성이나 사고 능력이 없기 때문에 인간에게 위협이 되지 않는다는 뜻이다.

9 로마 시대에 청동으로 만든 거대한 솔방울로 그 높이가 4미터를 넘는다. 원래 하드리아누스 황제의 무덤을 장식하기 위해 만들었는데, 나중에 산피에트로 성당으로 옮겨졌다.

10 네덜란드 북부의 프리슬란트 지방 사람들은 키가 크기로 유명하였다. 그들 세 사람의 키를 합해도 거인의 절반 상반신에도 못 미친다는 뜻이다.

아래까지 서른 뼘이 넘어 보였다.   66

「라펠 마이 아메케 차비 알미!」[12]
달콤한 소리는 어울리지 않는
거친 입이 외치기 시작하였다.   69

안내자께서 말하셨다. 「어리석은 영혼아,
너에게 분노나 다른 감정이 치솟거든
네 뿔 나팔이나 잡고 화풀이하라.   72

이 얼빠진 영혼아, 네 목을 더듬어
매달려 있는 줄이나 찾아라. 그리고
큰 가슴에 매달린 뿔 나팔을 보아라.」   75

그리고 내게 말하셨다. 「저놈이 스스로 고백한다.
저놈은 니므롯[13]인데, 그의 멍청한 생각 때문에

---

11   가슴 위쪽의 쇄골(鎖骨) 근처.

12   *Raphèl maì amèche zabì almi.* 뒤에 나오는 니므롯이 하는 말인데, 어떤 의미도 없는 혼란스러운 언어의 모습을 보여 주기 위해 단테가 고안해 낸 표현이다. 교부 신학의 전통에 의하면 니므롯은 바벨탑 건축의 최대 책임자로 간주되었다. 따라서 인간의 언어가 혼동되어 무수하게 나뉜 것도 그의 탓으로 보았다.

13   「창세기」 10장 8~10절에 나오는 에티오피아의 아들로 〈용맹한 사냥꾼*robustus venator*〉이었으며, 따라서 단테는 자연스럽게 뿔 나팔의 이미지와 연결시키고 있다.

세상에는 하나의 언어만 쓰이지 않는단다.　　　　78

그대로 놔두고 헛되이 이야기하지 말자.
그의 말이 다른 사람에게 통하지 않듯이
그에겐 어떤 말도 통하지 않는단다.」　　　　81

그래서 우리는 왼쪽으로 돌아 조금 더
앞으로 갔고, 화살이 닿을 지점에서
더욱 커다랗고 사나운 놈을 발견했다.　　　　84

그놈을 묶은 장본인이 누구였는지
알 수는 없지만, 그놈은 쇠사슬로
왼팔은 앞으로 오른팔은 뒤로 돌려　　　　87

묶여 있었는데, 쇠사슬은 목덜미에서
웅덩이 위로 드러난 그의 몸통을
무려 다섯 번이나 휘감고 있었다.　　　　90

길잡이께서 말하셨다. 「이 오만한 놈은
지존하신 유피테르에 대항하여 제 힘을
시험하려 했으니 저런 벌을 받고 있다.　　　　93

이름은 에피알테스,[14] 거인들이 신들에게

두려움을 주었을 때 힘자랑을 했는데,
휘두르던 두 팔이 이제 꼼짝 못하는구나.」 96

나는 말했다. 「만약 가능하다면,
엄청나게 거대한 브리아레오스[15]를
저의 두 눈으로 직접 보고 싶습니다.」 99

그분은 말하셨다. 「너는 근처에서 안타이오스[16]를
보리니, 그는 말도 할 수 있고 풀려 있어 우리를
온갖 죄악의 바닥에 내려놓을 것이다. 102

네가 보고 싶은 놈은 더 멀리 있고
이놈과 마찬가지로 묶여 있으며
단지 얼굴이 더 흉악해 보일 뿐이다.」 105

14   그는 다른 거인 오토스와 함께 올림포스 신들을 공격하기 위해 높은
산을 쌓다가 아폴로의 화살에 맞아 죽었다.

15   그리스 신화에서 50개의 머리와 1백 개의 팔을 가진 거한들, 즉 헤카
톤케이르(복수형은 헤카톤케이레스)들 중 한 명으로 타르타로스에 갇혀 있다
가 유피테르에게 구출되어 그의 편에 서서 크로노스와 싸우는 데 도움을 주었
다. 하지만 『아이네이스』(10권 564~568행)에 의하면 100개의 팔로 각각
50개의 칼과 방패를 휘두르고, 50개의 입에서 불을 뿜으며 유피테르를 위협하
였다. 그러나 여기에서 단테는 그런 괴물의 모습이 아니라 단순한 거인으로 묘
사한다.

16   가이아와 포세이돈의 아들로 리비아 사막에서 사자들을 잡아먹고 살
았다. 그는 늦게 태어났기 때문에 신들과의 싸움에 가담하지 않았고, 따라서
말도 할 수 있고 묶여 있지도 않다.

그때 제아무리 강한 지진이라 해도
그토록 탑을 뒤흔들지 못할 정도로
에피알테스가 강하게 몸부림을 쳤다.   108

나는 어느 때보다 죽을까 무서웠으니
동여맨 쇠사슬이 보이지 않았더라면
아마 겁에 질려서 죽었을 것이다.   111

우리는 앞으로 나아가 안타이오스에게
이르렀는데, 그는 머리를 제외하고도
다섯 알라[17]나 구덩이 밖으로 나와 있었다.   114

「한니발이 부하들과 함께 달아났을 때
스키피오[18]를 영광의 상속자로
만들었던 그 행운의 계곡[19]에서   117

천 마리의 사자들을 잡았던 그대여,
그리고 만약 그대 형제들의 큰 싸움에
가담했더라면, 분명 땅의 아들들[20]이   120

---

17   *alla*. 당시의 길이 척도로 대략 두 팔 반의 길이에 해당했다.

18   로마의 장군 스키피오 아프리카누스Scipio Africanus(B.C. 236~B.C. 183)는 포이니 전쟁 때 카르타고의 명장 한니발을 무찌르고 승리로 이끌었다.

19   제2차 포이니 전쟁에서 스키피오가 한니발을 격파하였던 자마의 전투가 벌어졌던 리비아의 바그라다강 유역 계곡이다.

이겼을 것으로 생각되는 그대여, 부디
꺼려 하지 말고, 추위가 코키토스[21]를
얼리는 곳으로 우리를 내려 주고,   123

티티오스나 티폰[22]에게 보내지 마오.
이자[23]는 여기서 원하는 걸 줄 수 있으니
몸을 숙이고 얼굴 찌푸리지 마오.   126

그는 아직 살아 있고, 때 이르게 은총이
그를 부르지 않는다면 오래 살 것이니,
그대의 이름을 세상에 알릴 수 있으리.」   129

스승님이 그렇게 말하시자 그는 서둘러
손을 뻗쳤고, 일찍이 헤라클레스를 세게
움켜잡았던 손[24]으로 내 스승을 붙잡았다.   132

20   대지의 여신 가이아가 낳은 거인들.

21   그리스 신화에서는 저승 세계에 흐르는 강들 중의 하나로 〈탄식의 강〉
으로 일컬어지기도 한다. 단테는 지옥의 가장 밑바닥에 있는 얼어붙은 호수로
형상화하고 있다. 크레테섬의 〈거대한 노인〉이 흘린 눈물이 이곳까지 내려와
이 호수를 이룬다.(「지옥」 14곡 103행 이하 참조) 얼어붙은 호수는 여기에서
벌받고 있는 배신자들의 차갑고 냉혹한 정신을 상징한다.

22   티티오스와 티폰(또는 티페우스)은 둘 다 올림포스 신들에게 대항한
거인들로, 티티오스는 아폴로의 번개에 맞아 죽었고, 티폰은 유피테르의 번개
에 맞아 에트나산에 묻혔다.

23   단테. 살아 있는 단테는 지옥의 거의 모든 영혼이 원하는 것, 즉 자신들
의 이름을 지상에 남기고 싶은 욕망을 들어줄 수 있다는 뜻이다.

베르길리우스는 붙잡히는 것을 느끼자
내게 말하셨다. 「이리 와라, 내가 너를 안으마.」
그리하여 그분과 나는 한 덩어리가 되었다.　　　　135

마치 구름이 위로 지나갈 때 기울어진
가리센다 탑을 아래쪽에서 올려다보면
탑이 마주쳐 기우는 것처럼 보이듯이,[25]　　　　138

굽히는 모습을 바라보고 있던 나에게
안타이오스는 그렇게 보였으니, 나는
차라리 다른 길을 원할 정도로 두려웠다.　　　　141

하지만 그는 유다와 함께 루키페르[26]를
삼키고 있는 밑바닥에 가볍게 우리를
내려놓았고, 구부린 채 머무르지 않고　　　　144

24　『파르살리아』4권 617행에 의하면 헤라클레스는 안타이오스와 싸울 때 그의 억센 손에 붙잡혔다고 한다.

25　가리센다Garisenda는 12세기 볼로냐에 세워진 소위 〈두 개의 탑〉 중 하나이다. 다른 탑에 비해 높이는 더 낮지만 비스듬히 기울어져 있다. 따라서 구름이 지나갈 때 기울어진 쪽 아래에서 올려다보면, 일종의 착시 현상으로 구름은 멈추어 있고 오히려 탑이 기울어 무너지는 것처럼 보인다.

26　지옥의 마왕으로 원래 천사였으나 하느님에게 반역하여 지하에 떨어졌다고 한다. 아름다운 용모를 자랑하였지만 하늘에서 쫓겨나면서 추악한 모습이 되었다. 단테는 그를 세 개의 얼굴에 박쥐와 같은 세 쌍의 날개를 가진 모습으로 묘사하고 있다.

마치 배의 돛대처럼 몸을 일으켰다.

제32곡

단테는 지옥의 마지막 아홉째 원으로 내려가는데, 그곳에는 다양한 배신자들이 코키토스 호수 속에 꽁꽁 얼어붙어 있다. 첫째 구역 카이나에는 가족과 친척을 배신한 영혼들이 있고, 둘째 구역 안테노라에는 조국과 동료들을 배신한 영혼들이 벌받고 있다. 단테는 그들 중 몇 명과 이야기를 나누고 대표적인 죄인들을 열거한다.

다른 모든 바위들이 짓누르고 있는

그 사악한 웅덩이에 걸맞을 만큼

거칠고 거슬리는 시구들을 가졌다면,   3

내 상념의 핵심을 좀 더 충분히

짜낼 테지만, 그것을 갖지 못했으니

두려움 없이 이야기를 이끌기 어렵구나.   6

모든 우주의 밑바닥[1]을 묘사하기는

농담조로 가볍게 다룰 일도 아니고

엄마 아빠를 부르는 말도 아니기 때문이다.   9

하지만 암피온[2]을 도와 테바이의 성벽을

---

1 당시의 관념에서 지구는 우주의 중심이었고, 따라서 지구의 중심은 바로 우주의 중심이었다.

쌓았던 여인들³이여, 내 시구들을 도와
나의 말이 사실과 다름없도록 해주오.　　　　　　12

오, 그 무엇보다 사악하게 창조되어
말하기 힘든 장소에 있는 천민들이여,
차라리 세상에서 양이나 염소였더라면!　　　　15

우리가 거인의 발치보다 더 아래의
어두운 웅덩이 안으로 내려왔을 때
나는 높은 절벽을 바라보고 있었는데　　　　　18

이런 말이 들렸다.「네 걸음을 조심해라.
불쌍하고 지친 네 형제들의 머리를
발바닥으로 밟지 않고 가도록 해라.」　　　　21

그래서 나는 몸을 돌렸고 내 앞의
발밑에서 호수를 보았는데, 추위로
얼어붙어 물이 아니라 유리처럼 보였다.　　　24

2　유피테르와 안티오페 사이에 태어난 쌍둥이 중의 하나로, 음악에 뛰어
난 재능을 갖고 있었으며 쌍둥이 형제 제토스와 함께 테바이의 왕이 되었다.
3　예술과 학문을 수호하는 무사 여신들을 가리킨다. 암피온과 제토스 형
제가 테바이의 성벽을 쌓을 때 무사 여신들이 도와주었는데, 암피온이 리라를
연주하자 산의 돌들이 저절로 움직여 성벽을 쌓았다고 한다.(호라티우스,『시
론*Ars Poetica*』394행 참조)

겨울철 오스트리아의 도나우강이나
추운 하늘 아래의 돈강도 물줄기에
이처럼 두터운 너울을 덮지 않았으리.   27

탐베르니키[4]나 피에트라파나[5]산이
그 위로 떨어진다 하더라도
가장자리에 금도 가지 않으리라.   30

그리고 시골 아낙네가 이삭줍기를
자주 꿈꿀 무렵에,[6] 마치 개구리가
물 위로 코만 내밀고 개굴거리듯이,   33

얼음 속의 괴로운 영혼들은 부끄러움이
나타나는 곳[7]까지 납빛이 되어
황새 소리를 내며 이빨을 부딪쳤다.[8]   36

모두 얼굴을 아래로 숙이고 있었는데,
그들의 입에서는 추위가, 눈에서는

4 Tambernicchi. 산의 이름인 것은 분명하지만, 어디에 있는 산을 가리키
는지 확실하게 알 수 없다.
5 Pietrapana. 토스카나 지방의 산이다.
6 밀의 수확이 시작되는 초여름 무렵.
7 얼굴. 빨갛게 붉어짐으로써 부끄러움을 드러내기 때문이다.
8 추위서 덜덜 떠는 이빨들이 맞부딪치는 소리를 황새가 내는 소리에 비
유하고 있다.

슬픔의 감정이 솟아나고 있었다.   39

잠시 주위를 둘러본 뒤 발치를 보니,
머리카락이 서로 뒤섞일 정도로
가깝게 붙어 있는 두 영혼⁹이 보였다.   42

나는 말했다.「그렇게 가슴을 맞대고 있는
그대들은 누구요?」그들은 고개를 들어
나를 향해 얼굴을 똑바로 쳐들었다.   45

그들의 눈은 처음에는 안에만 젖더니
눈물방울이 입술을 적셨고, 추위가
눈물을 얼려 서로 뒤엉키게 했다.   48

어떤 죔쇠도 나무와 나무를 그리 강하게
붙이지 못했을 것이니, 두 마리 염소처럼
분노에 사로잡힌 그들은 서로 충돌하였다.   51

추위 때문에 양쪽 귀가 모두 떨어진
다른 한 영혼이 얼굴을 숙인 채 말했다.

---

9 뒤에 나오는 알베르토의 두 아들 나폴레오네와 알레산드로이다. 본문
에서 이름이 언급되지 않는 그들은 유산 문제와 함께 정치적 이유로 서로 원수
가 되어 싸웠고 결국 둘 다 죽임을 당했다. 나폴레오네는 기벨리니파에, 알레
산드로는 궬피파에 속했다.

「왜 그렇게 우리를 거울처럼 바라보는가?   54

저 두 사람이 누구인지 알고 싶다면,
비센치오[10] 냇물이 흘러내리는 계곡이
아버지 알베르토[11]와 저들의 것이었지요.   57

저들은 한 몸에서 나왔지만, 카이나[12]를
온통 찾아보아도, 저들보다 얼음 속에
처박히기에 적합한 영혼은 찾지 못하리라.   60

아서가 손으로 내려친 타격에 의해
가슴과 그림자까지 뚫렸던 자[13]도,
포카차[14]도, 내가 멀리 보지 못하게   63

10 Bisenzio. 토스카나 지방의 작은 시내이다.

11 알베르토 델리 알베르티Alberto degli Alberti. 그는 비센치오와 시에
베 계곡 근처의 많은 토지와 성을 소유하고 있었다.

12 Caina. 아홉째 원의 첫째 구역 이름으로 단테가 지어낸 것으로, 「창세
기」에 나오는 카인의 이름에서 따온 명칭이다. 카인은 자신의 형제 아벨을 죽
임으로써 인류 최초의 살인자가 되었다. 따라서 이 구역의 영혼들은 자신의 가
족이나 친척을 살해한 죄인들이다. 아홉째 원의 다른 구역들인 안테노라, 톨로
메아, 주데카도 마찬가지 방식으로 이름 지어졌다.

13 아서왕의 이야기를 다룬 랜슬럿(「지옥」 5곡 127행 참조)의 소설에 나
오는 등장인물 모드레트Mordret(또는 모드레드Modred). 그는 아서왕의 조
카였는데, 왕을 배반하여 죽이려다 발각되었다. 왕은 그를 창으로 찔렀는데,
창을 뽑자 가슴에 완전히 뚫린 구멍 사이로 햇살이 통과하여 땅에 비친 그림자
까지 찢어진 모습이었다고 한다.

14 Focaccia. 반니 데이 칸첼리에리Vanni dei Cancellieri의 별명이다. 그

머리로 내 앞을 가로막는 이놈, 그대가

토스카나 사람이라면 이미 알고 있을

이 사솔 마스케로니[15]도 그렇지 못하리.　　　　　　66

이제 더 이상 나에게 말 시키지 마오.

나는 카미촌 데 파치[16]였고, 내 죄를

가볍게 해줄 카롤리노[17]를 기다리고 있지요.」　　　69

나는 추위 때문에 창백해진 얼굴들을

수없이 보았으니, 얼어붙은 강물만 보아도

소름이 끼치고 또 앞으로도 그럴 것이다.　　　　72

모든 중력이 한꺼번에 집중되고 있는

중심을 향해 우리가 가는 동안, 그리고

내가 영원한 응달 속에서 덜덜 떠는 동안,　　　75

는 피렌체 근처 발다르노 출신으로 피스토이아의 궬피 백당에 속했으며 숙부
를 살해했다.

15　Sassol Mascheroni. 피렌체 토스키 가문 출신으로, 부자였던 숙부가
죽자 그의 외아들을 죽이고 재산을 차지하였다. 나중에 탄로되어 그는 통 속에
넣어져 땅바닥에 끌려 다닌 다음 교수형에 처해졌다.

16　Camicion de' Pazzi. 그는 자신의 친척 우베르티노를 죽였다.

17　같은 파치 가문의 카롤리노Carolino. 궬피 백당에 속했던 그는 흑당에
매수되어 백당의 많은 사람이 죽거나 잡히게 만들었다. 그가 카미치온의 죄를
가볍게 해준다는 것은, 자기 당파를 배신하는 더 큰 죄를 지었기 때문에, 코키
토스의 둘째 구역 안테노라에 갈 것이라는 뜻이다.

운명인지 또는 행운인지 모르겠지만
나는 수많은 머리들 사이로 지나가면서
한 명의 얼굴을 발로 세게 걷어찼다.   78

그는 울부짖었다. 「왜 나[18]를 짓밟는가?
네가 몬타페르티의 복수를 하기 위해
온 것이 아니라면 왜 나를 괴롭히는가?」   81

이에 나는 말했다. 「스승님, 내가 저놈에 대한
의혹에서 벗어나게 여기서 기다려 주세요.
그런 다음 원하시는 대로 재촉하십시오.」   84

스승님은 걸음을 멈추었고, 나는 아직도
사납게 욕을 퍼붓는 그에게 말하였다.
「다른 사람을 그렇게 욕하는 너는 누구냐?」   87

그는 대답했다. 「너는 누구인데 안테노라[19]를

18 뒤에 이름이 나오는 보카 델리 아바티Bocca degli Abati. 그는 원래 궬
피파였으나 당시 우세하던 기벨리니파를 편들었다. 1260년 벌어진 몬타페르
티Montaperti 전투에서 그는 칼로 기수의 손을 쳐 깃발을 떨어뜨림으로써 전
의를 상실한 궬피파는 패배하였다.
19 Antenora. 아홉째 원의 둘째 구역. 트로이아 사람 안테노르의 이름에
서 나왔다. 그는 트로이아 전쟁 때 조국을 배신하고 몇몇 그리스 사람들과 우
정을 맺었으며, 또한 신호를 하여 그리스 군인들이 목마에서 나오도록 하였다.
따라서 이곳에서는 자기 조국이나 당파를 배신한 죄인들이 벌받고 있다.

지나가면서, 살아 있다 해도 지나칠 정도로
다른 사람의 얼굴을 발로 차며 가느냐?」   90

나는 대답했다. 「나는 살아 있고, 만약
네가 이름을 남기기 원한다면, 너의
이름을 내 기억 속에 적어 둘 수 있다.」   93

그가 말했다. 「나는 정반대를 원하니,[20]
나를 귀찮게 하지 말고 여기에서 꺼져라.
그런 유혹은 이 구덩이에서 소용없으니까!」   96

그래서 나는 그의 머리채를 잡고 말했다.
「네 이름을 밝히는 게 좋을 거야. 아니면
이 머리카락이 하나도 남지 않을 테니.」   99

그가 말했다. 「내 머리털을 모두 뽑아낸다 해도,
내 머리를 천 번이나 걷어찬다 해도,
내가 누구인지 너에게 밝히지 않겠다.」   102

나는 손에 잡힌 머리카락을 잡아채
이미 한 움큼도 더 뽑아냈기 때문에

20 다른 죄인들과는 달리 조국을 배신한 자들은 자기 이름이 세상에 알려
지기를 원치 않는다.

그는 눈을 아래로 깔고 울부짖었고,   105

그때 다른 자가 외쳤다. 「무슨 일이냐,
보카야? 주둥이로 소리 내는 게[21] 부족해
울부짖느냐? 어떤 악마가 너를 건드리느냐?」   108

나는 말했다. 「이제는 너의 말을 듣기도 싫다,
이 사악한 배신자야. 너의 수치에다
너에 대한 진정한 이야기를 전하겠다.」   111

그가 대답했다. 「꺼져라. 원하는 대로 해라.
하지만 이곳에서 나가거든, 재빨리 혓바닥을
놀리던 저놈[22]에 대해서도 침묵하지 마라.   114

저놈은 프랑스인들의 은화 때문에 여기서
울고 있다. 이렇게 말해라, 〈나는 죄인들이
얼어붙은 곳에서 두에라 놈을 보았다〉고.   117

누군가 〈또 누가 거기 있던가?〉 하고
질문하거든, 피렌체에서 목이 잘려 버린

---

21 추워서 이빨을 덜덜 떨면서 내는 소리이다.
22 크레모나의 영주였던 두에라Duera(또는 도베라Dovera) 사람 부오
소Buoso. 그는 1265년 나폴리의 왕 만프레디의 위임으로 카를로 단조 1세의
군대를 저지하기로 하였으나, 돈에 매수되어 프랑스 군대를 통과시켰다.

베케리아의 그놈[23]이 네 저쪽에 있노라. 120

저쪽에 잔니 데 솔다니에르[24]가 있는데,
게늘롱[25]과, 또 잠든 사이에 파엔차를
열어 준 테발델로[26]도 함께 있을 것이야.」 123

우리는 이미 그에게서 떠났으며, 나는
한 구멍에 둘이 얼어붙은 것을 보았는데,
하나의 머리가 다른 자의 모자가 되어 있었다. 126

그리고 마치 배고픔에 빵을 씹어 대듯이,
위에 있는 자는 다른 자의 머리와 목덜미가
맞붙은 곳을 이빨로 물어뜯고 있었다. 129

티데우스[27]가 광포하게 멜라니포스의

---

23   베케리아Beccheria 가문의 테사우로Tesauro. 그는 파비아 출신으로
발롬브로사의 수도원장이며 교황의 토스카나 사절이었다. 1258년 기벨리니파
가 추방된 후 기벨리니파와 음모하여 반역을 시도하였다는 혐의로 체포되어
교수형을 당했다.

24   Gianni de' Sodanier. 피렌체 기벨리니파의 일원이었는데, 개인적 욕
심을 채우기 위해 자기 당파를 배신하고 적을 도왔다.

25   Guenelon 또는 Guenes(이탈리아어 이름은 가넬로네Ganellone). 중
세 무훈시에 등장하는 인물로『롤랑의 노래』에서는 론세스바예스 고갯길의 매
복에서 주요 배신자였다.

26   Tebaldello. 파엔차Faenza의 잠브라시 가문 출신. 개인적인 모욕을 보
복하기 위해 고향을 배신하고 볼로냐의 궬피파에게 넘겨주었다.

관자놀이를 물어뜯었던 것과 다름없이
그는 머리와 다른 곳을 깨물고 있었다.   132

나는 말했다. 「오, 짐승 같은 모습으로
씹어 먹히는 자를 향해 증오를 드러내는
그대여, 이유를 말해 주오. 그 대신   135

만약 그대가 정당하게 분노하고 있다면,
또 내가 그의 죄를 알고 그대가 누구인지
안다면, 말하는 내 혀가 마르지 않는 한   138

저 위 세상에서 그대에게 보상하리다.」

27 테바이를 공격한 일곱 왕들 중 하나로 멜라니포스와 싸우다 치명상을
입었는데, 나중에 죽은 멜라니포스의 잘린 머리를 보자 그 머리의 골을 파먹었
다고 한다.

제33곡

단테는 피사 출신 우골리노 백작의 비참한 최후에 대한 이야기를 듣는다. 정치 싸움에서 패한 그는 두 아들, 두 손자와 함께 탑 속에 갇혀서 굶어 죽었다. 뒤이어 단테는 셋째 구역 톨로메아로 내려가고, 그곳에서 친구를 배신한 알베리고 수사와 이야기를 나눈다.

그 죄인[1]은 잔혹한 식사에서 입을
떼더니, 자신이 망가뜨린 뒤통수의
머리카락으로 자신의 입을 닦았다.   3

그러고는 말했다. 「이야기하기도 전에
생각만 해도 마음을 짓누르는 절망적인
고통의 이야기를 다시 하게 만드는구려.   6

하지만 내 말이 씨앗이 되어 내가
물어뜯는 이 배신자에게 치욕을 준다면,

---

1 게라르데스카 가문의 우골리노Ugolino 백작으로 피사 근처와 사르데냐섬의 방대한 영지를 소유했던 귀족이었다. 전통적으로 그의 가문은 기벨리니파였으나 1275년 피사에서 궬피파가 승리하도록 도와주었다(아마 이 배신 때문에 단테는 그를 안테노라에 둔 것으로 짐작된다). 뒤이어 그는 사위와 함께 피사의 정권을 장악하였으나, 1288년 루제리Ruggieri 대주교와 피사의 여러 가문이 이끄는 기벨리니파가 봉기하였다. 여기에서 포로가 된 그는 두 아들과 두 손자와 함께 탑 속에 갇혔고 거기에서 굶어 죽었다.

그대는 울며 말하는 나를 볼 것이오.　　　　　　　9

그대가 누구인지, 또 어떻게 이 아래에
왔는지 모르겠지만, 그대 말을 들으니
그대는 분명히 피렌체 사람 같구려.　　　　　　12

나는 우골리노 백작이었고, 또 이놈은
루제리[2] 대주교였음을 알아야 하오.
왜 내가 이놈 곁에 있는지 말해 주리다.　　　　15

이놈의 사악한 계략으로 인해, 이놈을
믿었던 내가 붙잡혀 죽임을 당했다는
사실은 다시 말할 필요가 없을 것이오.　　　　18

하지만 그대가 아마 모르는 것, 그러니까
내 죽음이 얼마나 잔인했는가 들어 보면,
이놈이 나를 얼마나 모욕했는지 알리다.　　　　21

나로 인해 〈굶주림〉이라는 이름을 갖고,
지금도 다른 사람들을 가두고 있는

2　우발디니Ubaldini 가문 출신으로 1278년 피사의 대주교가 되었다. 포로가 된 우골리노 백작과 그 자식들이 너무나도 가혹하게 죽도록 만들었기 때문에, 교황 니콜라우스 4세로부터 엄중한 경고를 받았다.

그 탑[3]의 좁은 틈 사이 구멍을 통해   24

이미 많은 달이 모습을 보였을 무렵,[4]
나는 내 앞날의 베일을 벗겨 주는
아주 흉측한 악몽을 꾸게 되었지요.   27

꿈에서 이놈은 피사와 루카 사이를
가로막는 산[5]에서 늑대와 그 새끼들[6]을
사냥하는 우두머리 두목으로 보이더군요.   30

날쌔고 야위고 길들여진 암캐들과 함께
괄란디, 시스몬디, 란프랑키[7] 등을
이놈은 맨 앞에 내세우고 있더군요.   33

조금 달린 후에 아비와 자식들은
지친 것처럼 보였고, 이놈은 날카로운

3 괄란디Gualandi 가문이 세운 탑으로 당시 피사시의 소유였다. 우골리
노와 그의 자식들이 그 안에서 굶어 죽은 후 〈굶주림의 탑〉이라 불렸다고 한다.
4 탑에 갇힌 지 여러 달이 지났다는 뜻이다. 그는 1288년 7월부터 이듬해
3월까지 갇혀 있었다.
5 줄리아노Giuliano산을 가리키는데, 원문에는 〈피사 사람들이 루카를
볼 수 없도록 만드는 산〉으로 되어 있다.
6 우골리노 자신과 그의 아들, 손자들을 가리킨다.
7 Gualandi, Sismondi, Lanfranchi. 모두 피사의 귀족 가문들로서 루제리
대주교와 함께 기벨리니파의 봉기에 앞장섰다.

이빨로 그들 옆구리를 찢는 것 같더군요.   36

꼭두새벽에 나는 잠에서 깼는데,
나와 함께 있던 아들들[8]이 잠결에
울면서 빵을 달라는 것을 들었지요.   39

꿈이 내 가슴에 예고하는 것을 생각해도
슬프지 않다면, 정말 매정하군요. 그대가
울지 않는다면, 대체 무엇 때문에 울지요?[9]   42

자식들은 이미 깨어 있었고, 으레 음식을
갖다주던 시간이 다가오고 있었는데,
각자 자신의 꿈 때문에 두려웠지요.   45

그리고 나는 그 무서운 탑의 아래에서
입구를 못질하는 소리를 들었고, 그래서
아들들의 얼굴을 말없이 바라보았지요.   48

나는 울지 않았고 가슴속은 돌이 되었는데,

---

8   정확하게 말하자면 두 아들과 두 손자인데, 애정 어린 표현으로 모두 아들들이라 부른다. 두 아들은 가도Gaddo(68행)와 우귀초네Uguiccione(89행)이고, 두 손자는 브리가타Brigata라 불리기도 하는 니노Nino(89행)와 안셀무초Ansemuccio(50행)이다.

9   단테의 냉정한 태도에 대해 우골리노는 일종의 연민을 호소하고 있다.

아들들은 울었고 안셀무초가 말하더군요.
〈할아버지, 무슨 일인데, 왜 그렇게 쳐다봐요?〉 51

그렇지만 나는 그날 하루 종일, 또한
밤이 되고 또 다른 태양이 세상에 나올
때까지 울지도 않았고 대답도 하지 않았소. 54

그 고통스러운 감옥에 약간의 햇살이
스며들었을 때, 나는 네 아들의 얼굴을
통하여 나 자신의 모습을 보았답니다. 57

괴로운 마음에 나는 손을 물어뜯었는데,
그들은 내가 먹고 싶어서 그런 것으로
생각하고 곧바로 일어서서 말하더군요. 60

〈아버지, 저희를 잡수시는 것이 우리에게
덜 고통스럽겠습니다. 이 비참한 육신을
입혀 주셨으니, 이제는 벗겨 주십시오.〉 63

그들을 슬프게 하지 않으려고 나는 진정했고,
그날도 다음 날도 우리 모두 말이 없었지요.
아, 매정한 땅이여, 왜 열리지 않았던가?[10] 66

10 차라리 땅이 갈라져 그 안에 떨어져 죽는 게 좋았으리라는 뜻이다.

그리고 넷째 날이 되었을 때 가도가
내 발 앞에 길게 쓰러지면서 말하더군요.
〈아버지, 왜 나를 도와주지 않습니까?〉   69

그는 그 자리에서 죽었지요. 그리고 그대가
나를 보듯, 나는 닷샛날과 엿샛날 사이에
세 아들들이 하나씩 쓰러지는 것을 보았소.   72

이미 눈이 먼 나는 그들의 몸을 하나씩 더듬으면서
그들이 죽은 후 이틀 동안 이름을 불렀는데,
고통 못지않게 배고픔도 괴로웠답니다.」   75

그렇게 말하더니 그는 눈을 부릅뜨며
마치 개의 이빨처럼 뼈로 된 듯 억센
이빨로 그 처참한 머리통을 물어뜯었다.   78

아, 피사여, 〈시〉 소리가 울려 퍼지는
아름다운 나라[11] 사람들의 수치여,
이웃들이 너를 처벌하는 데 더디다면,   81

카프라이아섬과 고르고나섬[12]이

11 이탈리아를 가리킨다. 〈시si〉는 이탈리아어에서 〈예〉라는 뜻이다.

움직여 아르노강 어귀를 가로막아
그 안에 모든 사람이 빠져 죽었으면!   84

비록 우골리노 백작이 너의 성들을
배신했다는 소문이 있더라도,[13] 너는
자식들까지 십자가에 매달지 않았어야지!   87

새로운 테바이여,[14] 우귀초네와
브리가타, 이 노래가 위에서 부른 두
아이는 나이가 어려 아무 죄가 없었노라.   90

우리는 그곳을 지나 다른 무리가 처참하게
얼어붙은 곳에 이르렀는데, 그들의 얼굴은
아래를 향하지 않고 모두 쳐들려 있었다.   93

그곳에는 울음 자체가 울음을 허용하지
않았으니, 눈 위에서 가로막힌 고통이

12   카프라이아Capraia섬과 고르고나Gorgona섬은 피사를 가로지르는
아르노강의 어귀의 두 섬이다. 이 두 섬이 강어귀를 막아 피사가 완전히 물속
에 잠겼으면 좋겠다는 뜻이다.

13   우골리노 백작이 피사의 정권을 장악하고 있을 때, 제노바, 피렌체, 루
카가 연합하여 위협을 가하자, 그는 피사를 지키기 위해 주변의 몇몇 성들을
양도하였다.

14   테바이는 갖가지 잔혹한 범죄들로 유명했기 때문에 피사를 거기에 빗
대어 그렇게 부른다.

안으로 향해 더욱 큰 고통이 되었다.[15]   96

먼저 흘린 눈물이 응어리를 이루어
수정으로 된 눈가리개처럼 눈썹 아래
움푹 팬 곳을 가득 채웠기 때문이다.   99

그런데 추위 때문에 내 얼굴에
마치 못이 박힌 것처럼 온갖 감각이
완전히 사라져 버린 것 같았지만,   102

한 가닥 바람을 느꼈기에 내가 말했다.
「스승님, 누가 이 바람을 일으킵니까?
여기는 온갖 공기가 꺼진 곳이 아닙니까?」   105

그분은 말하셨다. 「잠시 후에 너는 너의
눈이 대답을 해줄 곳에 이를 것이고,
이 입김이 부는 이유를 보게 되리라.」   108

그때 차가운 얼음 속의 한 비참한 영혼이
우리에게 외쳤다. 「오, 잔인한 영혼들이여,
그대들에게 마지막 장소[16]가 주어졌구려.   111

15 눈물이 눈 위에서 얼어붙었기 때문이다.
16 아홉째 원의 마지막 넷째 구역 주데카.(「지옥」 34곡 116행 참조) 그는

내 얼굴에서 이 단단한 너울을 벗겨 주어

눈물이 얼어붙기 전에 잠시라도 이

가슴에 젖는 고통을 토로하게 해주오.」   114

그래서 나는 그에게 말했다. 「내 도움을 원한다면,

그대가 누군지 말해 다오. 그래도 풀어 주지

않으면 나는 얼음 바닥으로 가야 하리다.」[17]   117

그가 말했다. 「나는 알베리고 수사[18]인데,

사악한 동산의 열매 같았으니 여기에서

무화과 대신 대추야자를 따고 있소.」[19]   120

나는 말했다. 「오호! 그대가 벌써 죽었단 말인가?」

그가 말했다. 「내 육신이 저 위 세상에서

어떻게 되어 있는지, 나는 전혀 모르오.   123

시인들이 그곳으로 가는 영혼들인 줄 알고 이렇게 말한다.

    17 영혼이 신분을 밝히면, 눈자위에 얼어붙은 눈물을 꼭 걷어 주겠다는
약속이다. 하지만 단테의 이런 약속은 거짓말이다.(149~150행 참조)

    18 frate Alberigo. 만프레디 가문 출신으로 향락 수도자(「지옥」 23곡
103행 참조)였고, 파엔차의 궬피파에 속했다. 자기 친척들과 불화 관계에 있었
는데, 화해하자는 핑계로 그들을 잔치에 초대하여 죽였다. 잔치에서 음식을 먹
은 후 그는 과일을 가져오라고 명령했고, 이를 신호로 부하들이 초대한 손님들
을 살해했다. 열매의 비유는 여기에서 나온 것이다.

    19 값비싼 대가를 치르고 있다는 뜻이다. 당시 피렌체에서는 무화과가 가
장 싸고, 대추야자는 가장 비싼 과일이었다고 한다.

이 톨로메아[20]는 그런 특권이 있는데,

아트로포스[21]가 움직이기도 전에 종종

영혼이 이곳에 떨어지는 경우가 있지요.   126

그대가 좀 더 기꺼이 나의 얼굴에서

얼어붙은 눈물을 떼도록 말해 주리다.

내가 그랬듯이 영혼이 배신하게 되면,   129

곧바로 그 육신을 악마가 빼앗아서,

그 이후로 남아 있는 시간이 모두

흐르는 동안 줄곧 지배하게 되지요.[22]   132

영혼은 이곳 웅덩이로 떨어지지만

내 뒤 얼음 속에서 겨울을 나는 영혼들의

육신은 아마 저 위에서 볼 수 있을 거요.   135

20 Tolomea. 손님들을 배신한 영혼들이 벌받는 셋째 구역. 「마카베오기
상권」 16장 11~16절에 나오는 프톨레마이오스(이탈리아어로는 톨로메오)의
이름에서 나왔다. 그는 나라를 차지하려고 장인 시몬 마카베오와 아들들에게
주연을 베풀고 술에 취한 그들을 살해했다.

21 그리스 신화에 나오는 운명의 세 여신들, 즉 모이라이 중 하나로 생명
의 실을 끊음으로써 죽음을 결정한다. 다른 여신 클로토는 생명의 실을 잣고,
라케시스는 그 실을 재고 운명을 결정한다.

22 그러니까 영혼은 이미 지옥으로 떨어진 다음, 악마가 깃들은 육체가
지상에서 남은 생애 동안 살아간다는 뜻이다. 원래의 영혼이 떠난 뒤에도 소위
〈육화된 악마〉가 지상에서 살아간다는 끔찍하고 가공스러운 이야기이다.

그대가 방금 여기 왔다면 알겠지만,
저놈은 브란카 도리아[23]인데, 저렇게
갇혀 있는 지 벌써 몇 해가 지났지요.」   138

나는 말했다. 「그대가 나를 속이는 모양이군요.
브란카 도리아는 절대 안 죽었고, 지금
잘 먹고 마시고 자고 옷을 입고 있소.」   141

그가 말했다. 「저 위 말레브란케의 구덩이,[24]
끈적끈적한 역청이 끓어오르는 곳에
미켈레 찬케가 채 도착하기도 전에   144

저놈은 자신을 대신하여 악마에게
제 육신을 건네주었고, 그와 함께
배신한 그의 친척 하나도 그랬지요.   147

여하간 이제 손길을 뻗어 내 눈을 좀
열어 주오.」 하지만 나는 열어 주지 않았다.
그런 악당에겐 오히려 그게 예의였으니까.   150

---

23   ser Branca Doria. 제노바의 귀족으로 미켈레 찬케(「지옥」 22곡 88행
참조)의 사위로 사르데냐의 로구도로 관구를 자기 것으로 만들기 위해 장인을
연회에 초대하여 살해하였다.
24   여덟째 원의 다섯째 구렁이다.

아, 제노바 사람들이여, 온갖 미풍양속을
버리고 온갖 악덕으로 가득한 사람들이여,
어찌하여 세상에서 사라지지 않았는가?　　　　　153

로마냐의 사악한 영혼[25]과 함께 나는
그대들 중의 하나를 보았는데, 자신의
죄로 그 영혼은 코키토스에 잠겨 있지만,　　　　156

육신은 아직도 위에 살아 있는 모양이다.

25　알베리고 수사.

제34곡

단테는 지옥의 가장 밑바닥 주데카에서 은혜를 배신한 영혼이 루키페르에게 처참한 양상으로 벌받고 있는 것을 본다. 지옥의 모든 것을 둘러본 두 시인은 루키페르의 몸에 매달려 지구의 중심을 지나고, 좁은 동굴을 통해 남반구를 향해 기어오른다. 그리고 마침내 동굴 입구에 이르러 하늘의 별들을 보게 된다.

「〈지옥 왕의 깃발들이 나아온다.〉[1]
우리를 향해. 네가 알아볼 수 있을지
앞을 바라보아라.」 스승님이 말하셨다.   3

마치 빽빽한 안개가 끼거나, 또는
우리 반구가 어둠에 잠길 때, 멀리서
바람에 돌아가는 풍차가 보이듯이   6

나는 그런 건물을 본 것 같았는데,
바람이 나를 뒤로 밀쳐 냈고, 달리
피할 곳이 없어 안내자 뒤로 숨었다.   9

1 라틴어로 된 원문은 Vexilla regis prodeunt inferni이다. 6세기 푸아티에의 주교였던 베난티우스 포르투나투스Venantius Fortunatus의 유명한 송시 첫 구절에다 inferni(〈지옥의〉)를 덧붙여 바꾸었는데, vexilla regis(〈왕의 깃발〉)는 원래 십자가를 상징한다.

그곳[2] 영혼은 모두 얼음 속에 파묻혀
유리 속의 지푸라기처럼 환히 보였으니,
두려움과 함께 시구로 옮기고자 한다.   12

일부는 누워 있고 일부는 서 있었는데,
누구는 머리로, 누구는 발로 서 있었고,
누구는 활처럼 얼굴을 발에 대고 있었다.   15

우리가 조금 더 앞으로 나아갔을 때,
스승님은 전에 멋진 용모를 가졌던 놈[3]을
나에게 보여 주시는 것이 즐거웠던지,   18

몸을 비켜 나를 앞세우더니 말하셨다.
「저기 디스[4]가 있다. 네가 마음을
단단히 무장해야 할 곳이니라.」   21

그때 나는 얼마나 얼어붙고 겁이 났는지
독자여, 묻지 마오. 여기 쓰지 않는 이유는
어떠한 말도 부족할 것이기 때문이오.   24

---

2 아홉째 원의 마지막 넷째 구역인 주데카 Giudecca(117행). 예수를 팔아
먹은 유다(이탈리아어로는 주다 Giuda) 이스카리옷의 이름에서 나왔다.
3 지옥의 마왕 루키페르는 하늘에서 쫓겨나기 전에는 뛰어난 용모의 천
사였다고 한다.
4 루키페르를 가리킨다.(「지옥」 8곡 69행 참조)

나는 죽은 것도, 산 것도 아니었으니,
약간의 재능만 있다면, 어떻게 내가 죽음도
삶도 아니었는지 그대들이 생각해 보시라.   27

그 고통스러운 왕국의 황제는 가슴부터
상반신을 얼음 밖으로 내밀고 있었는데,
그의 팔뚝과 거인을 비교하는 것보다   30

거인과 나를 비교하는 편이 더 나으리라.
몸의 한 부분이 그 정도였으니, 전체의
몸은 얼마나 클 것인지 상상해 보시라.   33

전에 아름다웠던 만큼 지금은 추했는데,
자신의 창조주께 눈썹을 치켜세웠으니
모든 악과 고통이 그놈에게서 비롯되었다.   36

아, 그놈의 머리에서 세 개의 얼굴을
보았을 때 나는 얼마나 놀랐던가!
앞의 얼굴 하나는 짙은 빨간색이었고,[5]   39

5   세 개의 얼굴은 각각 빨간색, 노란색, 까만색으로 되어 있는데, 하느님
의 권능, 지혜, 사랑과는 대립되는 무능력, 무지, 증오를 상징하는 것으로 해석
되기도 한다.

다른 두 개의 얼굴은 그것과 맞붙어

각 어깨의 한가운데에 솟아 있어서

머리카락 부분은 서로 합쳐져 있었다.   42

오른쪽 얼굴은 하양과 노랑 사이의

색깔로 보였고, 왼쪽 얼굴은 나일강이

흐르는 고장의 사람들[6]을 보는 듯했다.   45

각 얼굴 아래에는 그렇게 큰 새에게나

어울릴 거대한 두 날개가 솟아 있었는데,

그렇게 큰 바다의 돛은 본 적이 없었다.   48

날개에는 깃털이 없었고 마치 박쥐 같은

형상이었으며, 그 날개들을 퍼덕이면

거기에서 세 줄기의 바람이 일어났고,   51

그리하여 코키토스는 온통 얼어붙었다.

여섯 개의 눈은 눈물을 흘렸고, 세 개의

턱에는 피 맺힌 침과 눈물들이 흘러내렸다.   54

각각의 입은 마치 삼[麻]을 짓찧듯이

이빨로 죄인을 하나씩 짓씹고 있어서

6　에티오피아 지역의 흑인들로 아주 검다는 뜻이다.

세 놈에게 엄청난 고통을 주고 있었다.   57

앞의 놈이 단지 물어뜯기는 것은 할퀴는
것에 비하면 아무것도 아니었으니,[7]
때로는 등 피부가 온통 벗겨지기도 했다.   60

스승님이 말하셨다.「저기 위에서 가장 큰
형벌을 받는 영혼이 유다 이스카리옷인데,
머리는 입 안에 있고, 다리는 밖에 나와 있다.   63

머리가 아래로 처박힌 다른 두 놈 중
검은 얼굴에 매달린 놈은 브루투스[8]인데,
보아라, 말도 없이 몸을 비틀고 있구나.   66

좀 더 건장해 보이는 놈이 카시우스[9]이다.
하지만 또다시 밤이 되니, 이제 떠나야 한다.[10]

7 앞의 입에 물린 놈은 단지 물어뜯기고 있지만, 다른 두 놈은 거기에다
날카로운 손톱으로 할퀴어 껍질이 벗겨져 더 고통스럽다는 뜻이다.

8 마르쿠스 유니우스 브루투스Marcus Iunius Brutus(B.C. 85~B.C. 42).
로마 시대의 정치가로 카이사르와 함께 갈리아 원정에 참가하였으나 나중에
카이사르의 암살에서 주동적인 역할을 하였다. 암살 후 그리스 북부 필리피로
달아났으나 그곳에서 옥타비아누스와 안토니우스의 군대에 패배하여 자결하
였다.

9 Cassius Longinus(B.C. 86~B.C. 42). 로마의 정치가로 브루투스와 함
께 카이사르 암살의 실질적인 주모자였고, 필리피 전투에서 패배하자 자결하
였다.

우리는 모든 것을 보았으니까.」 69

그분이 원하는 대로 나는 그의 목에
매달렸고, 날개가 충분히 펼쳐졌을 때
그분은 적당한 시간과 장소를 골라 72

그놈의 털투성이 겨드랑이에 단단히
매달렸고, 털을 움켜잡고는 무성한 털과
얼음판 사이를 통해 아래로 내려가셨다. 75

허벅지가 구부러지는 곳, 엉덩이가
불룩 튀어나온 지점에 이르렀을 때
스승님은 숨을 헐떡이면서 힘겹게,[11] 78

다리가 있던 곳으로 머리를 돌리더니
기어오르는 사람처럼 털을 움켜잡았기에
나는 다시 지옥으로 돌아가는 줄 알았다. 81

「꽉 붙잡아라. 우리는 이런 사다리를
통해 저 수많은 악에서 떠나야 하니까.」

10 만 하루로 예정된 지옥 여행이 끝나 가는 토요일 저녁 무렵이다.
11 지구의 중심에서 가장 강한 중력에 저항하기 위해 힘이 많이 들었기
때문이다.

스승님은 마치 지친 사람처럼 말했다.   84

그리고 어느 바위의 구멍 밖으로 나가서
나를 그 가장자리에 내려놓아 앉히고는
내 곁으로 신중한 발걸음을 옮기셨다.   87

나는 눈을 들었고, 방금 떠나올 때와 똑같은
루키페르의 모습을 보리라 생각했는데,
다리를 위로 쳐들고 있는 것을 보았다.   90

그때 내가 지나온 지점[12]이 무엇인가
모르는 어리석은 사람들은 아마도
내가 혼란에 빠졌다고 생각할 것이다.   93

스승님이 말하셨다. 「두 다리로 일어서라.
갈 길은 멀고 노정은 험난한데, 해는
벌써 셋째 시간의 절반[13]으로 가는구나.」   96

12　지구의 중심으로 당시의 천체관에 의하면 모든 우주의 중심이 되기도
한다.
13　당시 교회의 성무일도(聖務日禱)에 따른 시간 구분에서는 낮의 12시간
을 4등분하여 첫째, 셋째, 여섯째, 아홉째 시간으로 나누었는데, 각각 오전 6시,
9시, 12시, 오후 3시에 해당한다. 따라서 지금 태양이 셋째 시간의 절반 지점을
향해 가고 있으므로, 첫째 시간과 셋째 시간의 중간에 해당하며 대략 오전 7시
30분경이다.

그때 우리가 있었던 곳은 궁전의
넓은 거실이 아니라 자연 동굴이었으며,
바닥은 거칠고 빛은 어두컴컴하였다.   99

나는 똑바로 일어서서 말했다. 「스승님,
이 심연에서 벗어나기 전에, 제가
오류에서 벗어나도록 말해 주십시오.   102

얼음은 어디 있습니까? 왜 이놈은 이렇게
거꾸로 처박혀 있나요? 또 태양은 어떻게
순식간에 저녁에서 아침으로 흘렀습니까?」   105

그분은 말하셨다. 「너는 아직 중심의 저쪽에,
세상을 꿰뚫고 있는 사악한 벌레[14]의 털을
내가 붙잡았던 곳에 있다고 생각하는구나.   108

내가 내려오는 동안에는 저쪽에 있었지만,
내가 몸을 돌렸을 때, 너는 이미 사방에서
무게를 끌어당기는 지점을 통과하였다.   111

지금 너는 거대한 마른 땅으로 뒤덮인
반구, 그 꼭대기 아래에서 죄 없이

14　루키페르.

태어나 살던 분[15]이 돌아가신 반구의   114

맞은편 반구 아래에 있는 것이다.[16]
너는 지금 주데카의 맞은편 얼굴을
이루는 작은 반구 위에 서 있단다.   117

여기는 아침이지만, 저쪽은 저녁이고,[17]
또한 털 사다리를 만들었던 이놈은
여전히 처음 그대로 처박혀 있단다.   120

하늘에서 바로 이쪽으로 떨어졌는데,
예전에 이쪽에 솟아 있던 땅은 이놈이
무서워서 바다의 너울을 뒤집어쓰고   123

우리 반구로 솟아올랐고, 또 이쪽으로
솟아오른 땅[18]은 아마 이놈을 피하려고

15   예수 그리스도.

16   당시의 지리 관념에 의하면, 지구의 북반구에만 육지가 있고 그 북반구 하늘의 〈꼭대기 아래〉, 즉 육지의 중심에 예루살렘이 있으며, 남반구는 바다로 뒤덮여 있다고 믿었다. 단테는 그 남반구의 대양 한가운데에 연옥의 산이 높이 솟아 있는 것으로 묘사한다.

17   서로 대척 지점을 이루기 때문에 12시간의 차이가 난다. 하지만 남반구의 시간이 12시간 더 빠른 것으로 볼 것인가, 아니면 12시간 더 늦은 것으로 볼 것인가에 따라 하루의 날짜가 달라진다. 대부분 남반구에서 12시간 더 늦은 것으로 해석하는데, 그렇다면 현재는 토요일 오전 7시 30분 무렵이다.

18   남반구의 대양 위로 솟아 있는 연옥의 산이다.

여기 텅 빈 곳을 남기고 위로 솟았지.」¹⁹   126

베엘제불²⁰로부터 멀리 떨어진 만큼
그곳에는 무덤²¹이 펼쳐져 있었는데, 눈에
보이지 않았지만 개울물 소리를 통해   129

알 수 있었듯이, 그 물줄기가 꿰뚫은
바위 구멍을 통해 흘러내리는 개울은
완만한 경사로 그곳을 휘감고 있었다.   132

밝은 세상으로 돌아가기 위하여
길잡이와 나는 그 험한 길로 들어섰으니
휴식을 취할 생각도 없이 그분은   135

19 루키페르의 추락을 모티브로 하는 121~126행의 이야기는 단테의 풍
부한 상상력을 단적으로 보여 준다. 그러니까 루키페르는 천국에서 추방될 때
남반구 쪽으로 떨어졌다는 것이다. 이때 남반구를 뒤덮고 있던 육지는 무서운
나머지 바닷속으로 숨어 들어가 북반구 쪽으로 솟아올랐다. 또한 루키페르가
지구의 중심에 틀어박힐 때, 그와 맞닿는 것을 두려워한 흙이 남반구의 바다
위로 솟아올라 연옥의 산을 이루었다. 그리고 그 흙이 솟아오른 지하에는 텅
빈 동굴이 생기게 되었고, 바로 그 동굴을 통해 현재 두 시인은 남반구 쪽으로
올라가고 있다는 것이다.
20 루키페르의 다른 이름이다. 〈마귀 우두머리 베엘제불〉.(「마태오 복음
서」 12장 24절)
21 일부에서는 지옥을 가리키는 것으로 해석하고, 다른 일부에서는 동굴
을 가리키는 것으로 해석한다.

앞에서, 나는 뒤에서 위로 올라갔으며,

마침내 나는 동그란 틈 사이로 하늘이

운반하는 아름다운 것들을 보았으니,   138

우리는 밖으로 나와 별들[22]을 보았다.

---

22   이탈리아어로 *stelle*. 『신곡』의 세 노래편 모두 이 단어로 끝난다.

열린책들 세계문학 093 신곡 |지옥|

옮긴이 김운찬 한국외국어대학교 이탈리아어과와 동 대학원을 졸업하였고, 이탈리아 볼로냐대학교에서 움베르토 에코의 지도하에 화두(話頭)에 대한 기호학적 분석으로 박사 학위를 취득하였다. 현재 대구가톨릭대학교 프란치스코칼리지 교수로 재직 중이다. 저서로 『현대 기호학과 문화 분석』, 『신곡 — 저승에서 이승을 바라보다』, 『움베르토 에코』가 있으며, 옮긴 책으로 단테의 『향연』, 아리오스토의 『광란의 오를란도』, 타소의 『해방된 예루살렘』, 에코의 『논문 잘 쓰는 방법』, 『이야기 속의 독자』, 『일반 기호학 이론』, 『문학 강의』, 칼비노의 『우주 만화』, 『팔로마르』, 『교차된 운명의 성』, 파베세의 『달과 불』, 『레우코와의 대화』, 『피곤한 노동』, 비토리니의 『시칠리아에서의 대화』, 마그리스의 『작은 우주들』 등이 있다.

지은이 단테 알리기에리 **옮긴이** 김운찬 **발행인** 홍예빈·홍유진
발행처 주식회사 열린책들 **주소** 경기도 파주시 문발로 253 파주출판도시
전화 031-955-4000 **팩스** 031-955-4004 **홈페이지** www.openbooks.co.kr
Copyright (C) 김운찬, 2007, 2009, *Printed in Korea.*
ISBN 978-89-329-1015-4 04880 **ISBN** 978-89-329-1499-2 (세트)
발행일 2007년 7월 31일 초판 1쇄 2009년 8월 30일 초판 7쇄 2009년 12월 20일 세계문학판 1쇄 2022년 11월 25일 세계문학판 27쇄